だれがコマドリを殺したのか？

イーデン・フィルポッツ

医師のノートン・ペラムは，海岸の遊歩道で美貌の女性に出会い，一瞬にして心を奪われた。彼女の名はダイアナ，あだ名は“コマドリ”――。ノートンは，踏みだしかけていた成功への道から外れることを決意し，燃えあがる恋の炎に身を投じる。それが予測不可能な数奇な物語の始まりと知るよしもなく……。さながら美麗な万華鏡を覗くかのように，目まぐるしくその姿を変える事件。『赤毛のレドメイン家』の巨匠フィルポッツの魅力が凝縮された，ミステリ史に残る名編が，読みやすい新訳でここによみがえる。

登場人物

ノートン・ペラム……………………医師
ニコル・ハート……………………私立探偵
ジャーヴィス・ペラム………………ノートンの伯父
ネリー・ウォレンダー………………ジャーヴィスの秘書
ノエル・ウォレンダー………………ネリーの兄
ベンジャミン・パースハウス卿……準男爵
ヘンリー・コートライト……………大執事
マイラ・コートライト………………〝ミソサザイ〟というあだ名のヘンリーの娘
ダイアナ・コートライト……………〝コマドリ〟というあだ名のマイラの妹
ミリセント・リード…………………看護師
ハロルド・ファルコナー……………医師

だれがコマドリを殺したのか？

イーデン・フィルポッツ
武　藤　崇　恵　訳

創元推理文庫

WHO KILLED COCK ROBIN?
(WHO KILLED DIANA?)

by

Eden Phillpotts

(Harrington Hext)

1924

目次

だれがコマドリを殺したのか？

第1章　事　故

日曜の礼拝が終わり、ノートン・ペラム医師と友人のニコル・ハートは、ウェストポートのゆったりとした海岸遊歩道に腰を落ち着けた。小さな海水浴場は大変な賑わいで、水遊びをしたり、ボートに乗ったり、ゴルフに興じたりする人びとでいっぱいだった。

道行く人を見ながら、ニコルが口を開いた。

「礼拝用の服装から、どういう人物かを判断するのはなかなか難しいな。むしろ服が邪魔になる場合が多い。だからきみたち医者は服を脱がせて、直接肌を見るわけだろう」

ノートンは面白いと思った様子もなく、おざなりに笑った。友人の冗談を上の空で聞き流し、遊歩道を行き交う老若男女の姿も目に入らないようで、心はどこか遠くをさまよっていた。

「とはいえ、服装から当人だと判明する場合もある」ニコルは続けた。「身につけているもので悪党の正体を暴いたことなら、一度や二度ではないからな。たとえば、銀行の出納係だったジョゼフ・ワーダー。当人の顔は知らなかったが、きわめて珍しい種類の懐中時計の鎖を愛用していると同僚から聞いていた。行方を突きとめたとき、一週間伸ばした顎ひげに埠頭労働者のようなコーデュロイの仕事着姿だったが、やはりその鎖を身につけていた。その習慣さえなければ、彼はいまも自由の身だったろう」

ノートンは話を聞いていなかった。人混みではなく、海原《うなばら》をじっと見つめている。ノートンは道行く女性たちの注目の的だった。なにしろ目を疑うほどの美青年なのだ。古代ギリシアの偉人の彫像さながら、特定の民族にかたよった特徴のない、まさに完璧な風貌で、国籍など持たぬといった趣《おもむき》だった。ゲルマン系やラテン系といった印象も受けない。ノートンは民族的な特徴を超越した、人類の理想を体現したといえる眉目秀麗《びもくしゅうれい》な青年だった。人間の容貌に関心の高いニコルはつねづね彼のことをこう評していた。ノートンはそのときによって、ローマ皇帝ハドリアヌスの寵臣アンティノウスの彫像に見えるときもあれば、彫刻家プラクシテレスの手になるギリシア神話の神ヘルメスに似ているときもあると。

「きみが珍しくご機嫌のときはヘルメスだな――巻き毛からなにからそっくりだ。そして不機嫌なときは、憂鬱《ゆううつ》そうで謎めいたアンティノウスだ」以前、本人にそういったこともあった。

ノートンにも欠点はあるが、容姿を鼻にかけることはなかった。ニコルをはじめとした友人たちは、その顔立ちを生かして俳優となることを勧めたが、当人は医学の道に進んだ。そしてきわめて優秀な成績で医学部を卒業し、ロンドン郊外のチズルハーストで開業して腕を磨いている。実は、ノートンは富を約束された身だった。だがその富を我がものとするためには、ある条件を満たす必要がある。その条件にはなんの不満もないのだが、それでもノートンは決心がつかずにいた。その風貌とは裏腹に、ノートンは骨の髄まで英国人であり、自分のプライベートに口出しされるのは我慢ならない質《たち》だった。そしてその性格がいっそうその問題を難しくしていた。

ニコルは話しつづけていたが、ノートンは目の前を通りすぎる人びとを眺めながら、ある女性のことを考えていた。

ノートンは濃い灰色のフランネルの上下に濃紺のネクタイという出《い》で立《た》ちで、麦わら帽子のリボンも濃紺だった。身長は百八十センチを越え、すんなりとした手足が伸びている。いまは整った顔を不安そうに曇らせ、むっつりと鬱《ふさ》ぎこんでいた。今日はアンティノウスの日らしいとニコルは察した。

ニコル・ハートは私立探偵をなりわいにしていたが、ほとんど道楽のようなものだった。歳は三十五、かなりの資産家であり、興味の対象はほぼ犯罪と犯罪者にかぎられている。あまり名を知られてはいないが、有名な事件を解決したことも一度や二度ではなかった。ただ経済的に困っていないため、それほど精力的に活動していないのだ。いまは犯罪論の本を執筆中で、実際に調査をするよりも、犯罪者の精神状態を分析し、対策を考えるほうが性に合っていた。髪は金色、これといった特徴のない顔は青白く、並よりもいくらか小柄だった。ひょんなことで知りあったノートンとは気が合い、親しくつきあっている。いっぽうのノートンもニコルに興味が尽きることがなかった。その人となりはもちろんだが、違法な行為に関係することもあるいささか刺激的な話を聞けるのも魅力だった。

「あの男は成金だ」ニコルは続けた。「両手をポケットにつっこむのが癖のようだが、いまは右手で上着の襟をつまんでいる。馬鹿でかいダイヤモンドの指輪を見せびらかしたいんだな。あの気取った歩き方も最近始めたんだろう。金持ちの暮らしに慣れようと必死なんだ。このあたりの人間ではない。あのクルーザーでどこかから来て、そのうち帰っていくだろう。礼拝帰りで、祈禱書《きとうしょ》は妻に持たせている。顔を見るかぎりでは節度ある暮らしを送ってきたようだが、そのたがが外れ、金持ちならではの生活を享受したくて仕方ないといったところか。当然、そんなことができるはずもないんだが。五十五歳を過ぎていては、見苦しくない金の使い方を覚えるのはまず無理だ。もっと若いころに学ぶべきことだからな」

ニコルは明らかな作り話も織りまぜて通行人の観察を続けたが、友人は話に乗ってこなかった。だがある三人連れが歩いてくるのを見て、ノートンが顔をあげた。そのうちのひとりは昨日も見かけた顔だった。

「これは驚いた！　またあの娘《こ》に会えるとは！」ノートンはつぶやいた。

背が高く風格ある老人の両側を、姉妹らしき若い女性ふたりが挟むようにして歩いてくる。どうやら親子のようだった。三人ともほっそりとした体つきで、人混みのなかでも目を惹く雰囲気を漂わせている。快活そうな女性ふたりは金髪で、飾りけのない白い服を優美に着こなしていた。老人は前垂れのついた法衣姿で、痩せてはいるが形のいい脚にはゲートルをつけていた。髪は白髪交じりで、ひげはきれいにあたっているものの、青色の眼鏡に隠れて目は見えなかった。片手に黒檀《こくたん》の杖を持ち、もう片手は右側にいる女性の腕にかけている。

「家柄はいいが、金はなさそうだな」ニコルは上目遣いに品のある三人を見た。「で、きみのお気に入りはどっちだ？」

「どっちだって？　聞くまでもないじゃないか。もちろん、左側のほうさ。あんなきれいな女性が本当にこの世にいるなんて信じられないな」

ノートンの整った顔には畏怖にも似た色が浮かんでいた。憂鬱の殻を脱ぎすて、目を輝かせて女性を見つめている。

「しぃっ！　あの娘の声が聞こえるかもしれない」

残念ながらその女性はなにもしゃべらなかったが、ふたりの前を通りすぎるときに小さな笑い声を漏らした――来た道を戻っていく、派手なダイヤの指輪をした成金と小柄でけばけばしい妻とすれちがいざまに、くすりと笑ったのだ。

育ちのよさを示すがごとく、ごく小さな笑い声だったが、耳を澄ましていたノートンは聞き逃さなかった。ニコル・ハートはじっくりと三人を観察した。

「感じのいい三人だな。昨今ではめったにお目にかかれない立派な老司祭。ふたりの娘は双子だろうか。しかしおれとしては、顔にあれこれ塗りたくってないほうが好みだが」

「双子？　まさか！　きみにいわせれば、太陽と月も双子なのか？」

一見したところ女性ふたりは見分けがつかないくらいだったが、恋に落ちたノートンの目に映る姿はちがったようだ。

「どうして老司祭が父親だと思うんだ？」ノートンは尋ねた。

「見ればわかるよ。無数の細かい手がかりがそれと示している――足、手、首、それに立ち居ふるまい」

「主教かな」

「ちがう。前垂れとゲートルを見ればそう勘違いしそうになるが、帽子を見ればわかる。大執事だ。神学博士さまだな――服装を見るかぎりでは。そして眼鏡をかけているのは、目が不自由なのか、あるいはそのふりをしているのか」

「ふりをしている？」

「だって、わからないじゃないか。絞首刑になること確実の、有名な極悪人かもしれない――法衣で変装して、やはり犯罪者の、美人だが冷酷な娘ふたりを連れている可能性もある」

「きみのことだ。もっと詳しくわかっているんだろう？」

「まあね。三人とも品位があるから、かなりいい家柄だ。だが、それほど裕福ではないな。娘ふたりの服の趣味はいいが、それほど高価なものじゃない。余裕があれば、きみのお気に入りはもっといい服を着てるはずだ。きみのお気に入りといえば、ネリー・ウォレンダーとはどうなったんだ？　まだ話がまとまるまではいっていないようだが」

「いろいろ複雑な事情があるんだよ」ノートンはぽろりと漏らした。

「きみは自分のことをあまり話さないから、どういう事情かはよく知らないんだ。もちろん、無理に説明する必要などないが」

「てっきり承知しているものと思っていたよ」ノートンは煙草入れから一本抜きだした。

「ぼくが説明しなかったのは話題にもしたくないからだが、兄のノエルから聞いているとばかり。だから、どうしてその件について沈黙しているのか、不思議に思ったこともあった」

「いや、よく知らない。ノエルからは、きみとネリーは婚約していても不思議じゃないと聞いただけだ。ノエルはそのうちきみが結婚を申しこむと思っているようだな。もう申しこんだのでなければだが」

ノートンはこれまでの事情を説明した。

「そもそも、すべては茶番劇なんだよ――馬鹿馬鹿しいかぎりだし、真面目に考える気にもなれないが、それでも現実にはちがいない。父方の伯父は、独身だがすごい金持ちでね。父が亡くなって、金のないぼくと母だけが残されたとき、伯父――ジャーヴィス・ペラムのおかげで医学を諦めずに済んだんだ。伯父がいなかったら、ぼくは医者にはなれなかった。だから、それだけの恩があるんだが、いまではそれが裏目に出てしまった。ここ二年、伯父の秘書を——会社でではなく、自宅で——務めているネリー・ウォレンダーが大のお気に入りで、世界で一番すばらしい女性だと思っているんだ。三十歳若かったら自分が結婚していただろう。少なくとも、求婚したことはまちがいない。とにかく、伯父はネリーと親戚になるとかたく決心しているんだ。医者になったあとでノエルとネリーを紹介されて、いまではきみのつぎに親しくつきあっている。だが、伯父が期待したような展開にはなっていないんだ——いまはまだ。伯父はぼくがネリーに会うなり恋に落ちるものと期待していたらしく、しまいにはそうなるべきだと命令した。そんなふうに変に干渉されなければ、ぼくたちはとっくに婚約していたと思う。だが伯父は人間というものを——少なくともぼくという人間を理解していないんだ。伯父の狙いを知ったとき、当然、それに従いたくないという気持ちになった」

「どうして？」

「わからないか？　きみを結婚させるために、ある人物がすべてをお膳立てしたとわかったら、意のままになるのも癪《しゃく》じゃないか」

「場合によるな。それで？」

「伯父の決心はかたく、期待どおりに事態が進展してないと知って、ぼくを呼びつけてどこかで聞いたようなくだらない話を始めた。金持ちというものは、ひどく傲慢になることがあるね。ネリーを愛しているかと訊かれたので、愛していないと答えた。それでもネリーがぼくに好意を抱いているのはまずまちがいないというので、それは疑問だと反論したんだ。すると暗にほのめかすのをやめて、ふたりを一緒にさせると決めたから、すぐにでも婚約しろといいだした。それを聞いて思わずかっとなって、ぼくはきっぱりといってやった。この先どうなるかはわからないが、伯父の希望がネリーとの結婚なら、口出しは逆効果でしかないとね。すると伯父はますます強硬になった。鼻持ちならない尊大な老人で、金の力でできないことはないと信じているんだ。なんと、金で買えないものを欲したことはないらしい――そういうつまらない男なんだよ。だからこの問題も、金の力で即座に解決できると思いこんでいるんだ。

　とにかく、ネリーと結婚しろといいわたされた。少なくとも結婚を申しこまなければ、財産はやらんとね。伯父は無茶苦茶なりに理にかなっていて、ネリーのような相手をどこで見つけるつもりだといわれたよ。たしかに、伯父があれほど惚れこむのも不思議はない。まれに見る女性だという点はぼくも賛成だ――美人で、聡明で、思慮深い」

「それだけじゃないだろう、ノートン。彼女の目を見ればわかるが、気立てもいい」

「それにも異論はない。だが、わからないか？　こういう繊細な問題に、我がもの顔で口出しされるのはどうにも我慢がならないんだ。それに、あの伯父のことだからネリーにも似たようなことをいっているに決まっているが、ネリーのように感受性の鋭い女性がどう感じたかは想像できるだろう。伯父はそのあたりの機微が理解できない朴念仁《ぼくねんじん》で、ネリーの気持ちを推しはかるなんてことは不可能なのさ。まあ、いまはそういう状況なんだ。本音をいえば、伯父にやいのやいのいわれなくとも、どのみちネリーに結婚を申しこんでいただろうと思う――いつかは。だがぼくの性格は知っているだろう。いまはぐずぐずと結論を引き延ばしているといったところかな。たぶん、そのうちネリーにプロポーズするよ。金は大事だと思っているし、それを隠すつもりもない。だが、自由に決めたいという気持ちのほうが強いんだ」

「いわゆる〝自由〟も、金がなくてはなんにもならない」ニコルは断言した。「正直にいわせてもらえば、伯父さんがそう希望しているというだけで結婚をやめるなんぞ、ただの大馬鹿者のそしりを免れないだろう。きみの説明を聞くかぎりでは、そうとしか思えない。まれに見るすばらしい妻と、十年かそこらで手に入る巨額の遺産。それを躊躇《ためら》っている理由は、結婚しろと助言されたからってだけなんだろう?」

「助言なんかじゃない――脅しめいた命令だ。さらにいえば、ネリーをすばらしいと思っているからこそ、腹が立ったんだ。自分のためでもあるが、彼女のためにもね。たとえ結婚を申しこんだとしても、受けいれてくれるとも思えないし。来週、兄妹がこちらに来るんだよ。きみも、もっと親しくなってくれると嬉しい。特にネリーとね――あ、戻ってきた!」

大執事とふたりの娘がまたこちらに歩いてきたが、今度は一行に青年が加わっていた。運動選手らしく背が高くて引きしまった体格で、日に焼けたほっそりとした顔、小さな黒い口ひげと輝く黒い瞳。青年はゆっくりと大股で歩きながら、身ぶりを加えてなにか話している。右腕を動かしてなにかを説明しているようだが、ノートンにはなんの話題なのかわからなかった。とはいえ、ノートンが青年に目をとめたのはほんの一瞬で、すぐに目当ての女性の顔に視線を移した。前を通りすぎるときにふたりの視線が合い、女性はしばらく目をそらさなかった。炎がかっと全身を駆けめぐり、ノートンの鼓動が速くなった。女性の顔にもはっきりと驚いたような表情が浮かんでいる。まるで示しあわせたかのように、ふたりの心が同時におなじハーモニーを奏でたようだった。なぜか急に息苦しい気がして、ノートンは身を震わせた。相手もおなじように感じてくれているのかと考え、そうにちがいないと確信する。自分の顔立ちが整っていることも、それが女性に与える効果も、長年目《ま》のあたりにして承知していた。そのとき、ニコルの声に物思いから覚めた。

「あの男は知っているよ。ある意味、有名人といってもいいな。準男爵でテニス選手のベンジャミン・パースハウス卿だ。打ち方の説明をしていたんだろう。試合を観たことがあるよ。来週のウェイマス・テニス大会に出場するはずだ」

「うまいのか？」

「かなりね——英国では十位に入る選手と評判だし、当人は五本の指に入ると自任しているんじゃないか。実際に上手だし、フォームの美しさではだれにも負けない——二年前に優勝したアメリカ人にはかなわないが。まさにそのティルデンにそっくりだよ。ベンジャミン卿のテニスはバレエを観ているようでね。とはいえ、あの顔は好きになれないな。話をしたら、中身は空っぽのつまらない男にちがいない」

だがノートンの耳には届いていなかった。

「お近づきになれるなら、この魂を差しだすんだが」ノートンはそのことしか考えられないという顔でつぶやいた。だがそんな犠牲は必要なかった。五分後にはその望みがかなったのだ。

百メートルほど先で、急に一行の姿が見えなくなった。ニコルはなにか起こったのだと察した。叫び声が聞こえ、のんびりと歩いていた人びとが、急ぎ足である場所に集まっている。いまでは走りだす人もいた。

「なにかあったようだな」ニコルがいった。

ふたりが立ちあがると同時に、背の高いベンジャミン卿が心配そうな顔でふたりの方向に走ってくるのが見えた。会う人、会う人になにか尋ねている。医者はいないかと訊いているのが聞こえてきた。訊かれた人物がかぶりを振ると、ノートンよりも早くニコルが答えた。

「医者ならここにいますよ」

「ああ、よかった！　一緒に来てくれないか――大変なことになった。目の不自由な老人が遊歩道から転げおちてしまったんだ。眼鏡の破片で顔を怪我したうえ、意識がないようだ

――サルチェスターのコートライト大執事なんだが」

ベンジャミン卿は走りながら事情を説明した。それを聞いたノートンは、後ろにいるニコルを振り返った。

「急いで宿に戻って、救急箱を持ってきてくれないか――ほら、玄関広間に置いてあるやつだ。あれなら必要なものがすべて揃っている。それとタクシーを呼ぶなりして、急いで迎えの車も手配してほしい」

ニコルは宿に向かい、ノートンはベンジャミン卿に顔を向けた。

「家までは遠いんですか？」

卿は答えるかわりに、一キロほど離れた、西のはるか高台に建つ小ぢんまりとした別荘を指さした。

「二ヵ月あそこを借りているんだ。最初は谷間を走る登り坂で、その後曲がりくねった道になるが、家の正面は平坦だ」

その直後、ノートンは怪我人の横に膝をついた。遊歩道と下の砂利の浜辺とは一・五メートルほどの段差がある。ヘンリー・コートライト大執事は娘にかけていた手を離してしまい、頭から転げおちたようだ。足を踏み外し、顔と両手で下の砂利に着地したのだろう。どの程度の怪我なのかはまだ不明だが、目の周囲の傷からの出血がひどく、意識もなくぐったりと横たわっている。背の高い娘ふたりは横に跪《ひざまず》き、ひとりは父の頭を支え、もうひとりは法衣のカラーを緩めようとしていた。ノートンはそれを手伝おうとして、はからずも手袋をした女性の手に触れた。お近づきになれるなら魂を差しだすと思った女性だった。黒く汚れた細長い手足を投げだすようにして横になっている大執事を診たところ、差しせまった危険はないとわかってノートンは安堵のため息をついた。

ノートンは自分のハンカチで血を拭き、娘が差しだしたハンカチも受けとった。まさに神が与えたもうた千載一遇のチャンスだと気負い立つ。大執事は痩せているので、落下したときに受けた衝撃もさほどではなく、深刻な事態ではなさそうだ。ノートンとしては、なんとしてもこの怪我人の治療にあたりたかった。歯が立たずに、連絡すれば三十分ほどで駆けつけてくるだろうほかの医師に引きわたすことだけは避けたい。そこで持てる知識を総動員し、全力で治療にあたることにした。

「心配いりません」ノートンは娘たちに話しかけた。「即断はできませんが、見た目ほどひどい怪我ではなさそうです。すぐに意識も戻るでしょう――ほら、気がついたようです。もうすこしの辛抱ですよ」

自分の上着を丸め、大執事の頭の下に置いた。

「その日傘を差し掛けてあげてください――ありがとう」続いて大執事に声をかける。「大丈夫ですよ。手足は動かせますか？　右足の下にある大きな石をどけてください。いや、大変な災難でしたね。目は傷ついていません――安心してください。しかしこの陽射しを避けるため、しばらくは包帯を巻いておきましょう」

ノートンの声は優しく、人を落ち着かせる効果があった。五分後には驚くほどの早さでニコルが到着し、ノートンは黙って感心している一同の前で、てきぱきと応急処置をしてみせた。救急箱から素早く必要な道具をとりだし、まずは年代物の強いブランディを怪我人にすこし飲ませた。それほど深い傷はなかったが、一番ひどい左目の上の傷だけふた針縫い、ガーゼをあてて包帯を巻く。できるだけ手早く、だが痛みを最小限に抑えるために丁寧に処置することを心懸けた。宿の車は待機していた。大執事はすでに娘の手を借りて身体を起こしていて、近くの階段をのぼって自力で歩いていけると主張したが、ノートンは耳を貸さなかった。まずは車に駆けよって準備を整え、それからニコル、ベンジャミン卿、もうひとりの男性の力を借りて大執事を車まで運び、楽な姿勢をとらせた。

ノートンはふたりの娘を振り返った。

「申し訳ありませんが、おふたりが乗るスペースはありません。しかし別荘まで歩いて戻っても、到着はぼくたちとあまり変わらないでしょう。車はゆっくりと行かせますから」

そしてニコルに顔を向けた。

「ぼくを待たずに、先に食事していてくれ。用が済んだら戻るから」

すぐに怪我人の横に座って背中に手をあて、車をゆっくりと発進させた。

二時間後、ノートンは上機嫌で海岸沿いにある宿に戻った。

「なんの問題もなかったよ！　最初はひどい怪我のように見えた――いささか不安になったが、骨折もしていないし、たいしたことはない。もうすこしひどい怪我でもよかったところだがね。一時《いちじ》滞在しているだけだから、このあたりにかかりつけの医者はいないそうなんだ。だからこのあとも診てほしいといわれたよ。怪我人は軽く食事をして、ベッドに横になった。かかりつけの眼科医の名前を聞いたから、明日来るよう電報を打たないと。まあ、一応念のためにね。行きつけの眼鏡屋に電報を打って、新しい眼鏡を注文する必要もある。予備の眼鏡はないそうなんだ。そうそう、あのふたりはやはり娘だったよ。五時にお茶に誘われたんだ。見れば見るほどすてきな女性だよ。ひとりはマイラ、もうひとりはダイアナという名前なんだが、父親は小鳥にちなんだあだ名で呼んでいるんだ。〝コマドリ〟と〝ミソサザイ〟とね。あの日に焼けたのっぽの男もそう呼んでいた。彼は友人で、姉妹のどちらかはテニスが得意だそうだ。どちらなのかはわからないが。それに大執事は教会の鐘については最高権威だそうだよ」

「まずは食事をしろよ」とニコル。「なにかを腹におさめれば、すこしは落ち着くだろう。鶏を半分残しておいたよ――おれにしては驚くべき自制心だと思わないか。海岸であれだけ派手にやらかしたからには、明日には患者希望者がごまんと押しよせるぞ」

第2章　夕食会

人間はそもそも孤独な存在であるべきだと考える者にとっては、恋に落ちることはすばらしいどころか、とらわれの身になるのと変わらないのかもしれない。そしてひとときだけ炎のように燃えあがる恋もあれば、生涯続く恋もあるが、その後なにがあろうともその記憶は消えるものではない。だが長さには関係なく、恋という得がたい経験は当人の性格にも影響を及ぼすだろう。幸福感なり、その後の苦悩なりのために。

ノートン・ペラムは身を焼き尽くすような恋をしていた。懸念のネリー・ウォレンダーの存在も、圧倒されるほどの現実の前にはどこかに吹き飛んでしまい、いまとなっては些細な問題としか思えなかった。それだけではない。コートライト大執事の事故から一週間もしないうちに、ノートンは心震えるような想いに襲われたのは自分ひとりではないらしいと感じはじめていた。

美貌に恵まれた女性は得てして現実に疎《うと》く、男性を見る目はないに等しい。出逢う男性はみなその美貌に目が眩《くら》んでおり、彼らの平静な姿を目にする機会はないからだ。それほどではないにしろ、目を瞠《みは》るような美青年であるノートンも、やはりその容姿のために人間を見る目を養うことは難しかった。開業しているノートンは、礼儀正しく魅力的な独身医師の前では驚くほど愚かな真似をする女性が多いと知り、そのために軽い女性不信に陥っていた。また彼は思慮が足りないわけではないが、強固な行動規範がなく、よかれあしかれ他人の影響を受けやすいと自覚していた。職業柄、自制して規則正しい生活を送っていたが、内には情熱の炎を隠しもっていた。そして快楽にもおおいに興味はあったが、そのために現実になにかを犠牲にすることもなく、むしろ危険である可能性が高いと避けてきた。忍耐強く、慎重なタイプなのだ。だが自意識は高く、うぬぼれもかなりのものだった――自分の容姿ではなく能力に自信があり、だからこそ伯父の無神経な命令に腹を立てたのだ。本来なら自然の成り行きに任せるべきものを、伯父の思慮の足りない尊大な口出しが台無しにしてしまったと感じていた。要は伯父が考えるノートン像に、本人が承服できなかったのだ。伯父にしてみれば、平凡だが真っ当な暮らしを送っている甥は、ここ二年というもの、てきぱきと仕事をこなしてくれた聡明で物静かな秘書と結婚するのが最善だろうと考えただけなのだが。

天にも昇るような心地のノートンにとっては、いまや過去も未来もなんの意味もなさなかった。大執事と娘たちは大歓迎でノートンを迎えいれ、彼もウェストポートには旅行に来ただけだと知るとかなり恐縮していたが、怪我が完治するまで責任をもって治療すると告げると一同は大喜びした。なかでもある人物にとっては、その知らせはほかのふたりよりも大きな意味を持っていた。というのは、妹のダイアナ・コートライトは、このとき偶然にもノートンとおなじような問題に直面していたのだ。その後ダイアナが自分から打ち明けたのでノートンも事情を知ることになるのだが、すべてを打ち明けたダイアナの大胆さは特筆に値するだろう。それはともかく、出逢った最初から、ダイアナの胸にもノートンの心震えるような想いと似たものが芽生えていた。そしてノートン同様、ダイアナも突然人生の岐路に立たされた。実はこのときダイアナは、一生を左右する重大な決断を迫られていた。ところが決心する直前にノートンが彼女の前に現れ、それからは見知らぬ他人に等しい存在のはずが、彼のいない未来が思い描けなくなったのだ。あるいは一日遅ければ状況が変わり、ノートンとの出逢いも特別な意味を持たなかったかもしれない。だが、運命はぎりぎりのタイミングでふたりを引きあわせた。そして父親の目が悪いせいで謎が長引くことになり、この恋は無惨としか形容できない幕引きを迎えることになる。

大執事は数日でかなり気分もよくなり、順調に快復していた。サルチェスターから駆けつけたかかりつけの眼科医は目の上の深い切り傷の処置を絶賛し、後遺症の心配はないと怪我人に保証した。事故の一週間後、ノートンは夕食に招待された。招待された理由はダイアナにあるとノートンの勘が告げていた。姉妹ともども感謝の意を表していたが、妹はただそれだけではなく、ノートンに関心がある様子だったからだ。ノートンはこれまでも何度となく女性の好意を感じたことがあったが、そのときはなんの関心も持てなかった。だがいまはそのようなかすかな気配を感じるたび、驚きと喜びで胸がいっぱいになった。

やがてふたりは互いの気持ちを打ち明けることになる。のちにダイアナは、初めて会ったときから初対面とは思えず、どんなことでも理解しあえる長いつきあいの相手のような気がしたと告白した。

夕食会は慎ましいもので、ノートン以外にベンジャミン・パースハウス卿も招待されていた。ノートンはすぐに、親子とベンジャミン卿は長年のつきあいで、ごく親しい間柄なのだと察した。日に焼けた青年は人当たりがよく、一緒にいて楽しい相手だった。ノートンにもにこやかに接し、親子同様、感謝の言葉を繰りかえした。しかし、はっきりと言葉にこそしないが、ベンジャミン卿と親子はノートンよりも階級が上だと言外にほのめかしているようだった。あとで思いかえしてもそう感じた理由は判然としなかったが、無礼にならない方法でそうした印象を与えたのは事実だった。

食卓ではベンジャミン卿が大執事の正面の席につき、左手にマイラ、右手にダイアナが座った。ノートンの席はマイラと大執事のあいだで、正面に恋する女性がいた。

ノートンが話題の中心となり、それぞれがにこやかに質問を浴びせた。一段落したあと、お返しにとノートンはベンジャミン卿に尋ねた。

「友人から聞いたんですが、優勝したこともある有名なテニス選手でいらっしゃるそうですね。ここで試合に出場する予定はないんですか？」

「こちらのお嬢さんも有名な選手なんだよ」

「あら、有名なんてちがいます。そうなれる見込みもないですし」マイラが答えた。無頓着でユーモアのある妹とちがい、真面目な性格がマイラの魅力だった。

「そんなことないわよ」とダイアナ。「必要なのはほかの人みたいな強い意志だけだって、自分でもわかってるくせに。ミソサザイに勝てる選手なんて五人程度しかいないんだから、その気になれば女性チャンピオンにだってなれるわ。闘志が足りないだけよ。ねえ、ベンジャミン?」

「その意見に賛成だね。今シーズンはぼくに任せてくれれば、秋には猛練習をして、来年の春のリヴィエラではだれにも負けないことを請けあうよ。技術は申し分ないんだ——足りないのは熱意だけだね。とはいえぼくも、テニスが人生の目的だなんて思っているわけじゃないが。コマドリはわかってるだろう?」

「うーん、どうかしら」

「おいおい、頼りない返事だな」ベンジャミン卿は眉をひそめた。「わかってるはずだよ。まあ、得意な分野があって、打ちこむだけの価値があることだったら、楽をせずにその道で努力すべきだってことさ」

「スポーツは英国人の一部といっても過言ではなく、スポーツ好きであることが英国人、それにアメリカ人にも好影響を与えているのはまちがいないだろう」コートライト大執事はいった。「その影響たるや驚異的で、ラテン諸国にもその傾向は広がり、やはり国民に好影響を与えている」

ノートンはその意見に賛成だった。

「いわゆるスポーツマンシップというものは、ラテン諸国ではあまり見かけることができません。しかし、スポーツを愛する高潔な心を世界に広めるのは、我々の務めでしょう。人びとに好影響を与えるだけでなく、国家間の結びつきを強めることもできますからね。手始めに国際試合をおこなうことです。他国はなにがなんでも勝とうと必死になるでしょうが、勝つことが目的ではありません。とはいえ、新しく始めた者が勝利にこだわるのは自然なことでしょう。しかしスポーツを始めたことで他国民はいい影響を受けますし、アメリカと英国は、勝利だけが目的ではないというスポーツマンシップを広げることができます。最終的な目標は、スポーツによる国際交流ですね」

大執事はその意見に感銘を受けた様子だった。

「なにかスポーツをなさるんですか、先生」ダイアナが訊いた。

「なかなか機会がなくて。もっとテニスがうまくなりたいんですが、練習する時間がないんです。病院勤めのころはやっていましたが、ベンジャミン卿にはお遊びといわれそうなレベルですね」

「病院の代表選手だったとか?」ベンジャミン卿が尋ねた。

「ええ、一応は。しかし、たいしたものじゃありません」

「それなら、わたしがお相手をしてさしあげるわ」とダイアナ。「腕前のほうはお遊びのレベルにもいかないけど、わたしもテニスに熱中したことがあったの」

「そうだったな」ベンジャミン卿がいった。「あのまま続けていれば、かなりの腕前になっただろうに。一流の選手になれたかもしれないよ、コマドリ」

「まさか。それに選手になりたいとも思わなかったし。だって、やりたいことがたくさんあるんだもの。ひとつのことだけに専念するなんてつまらないわ」

ダイアナはノートンに顔を向けた。

「ラテン諸国のことをご存じですの？　そんな口ぶりでしたけど」

「いくらかは。学位をとったあと、仕上げとしてパリとローマで学んだんです。気前のいい伯父のおかげですが、一年ずつ滞在しました。イタリアの外科医のレベルの高さに驚きましたよ」

「毎年、冬はリヴィエラで過ごすんです」マイラがいった。「母の希望で、子供のころはニースで暮らしていましたし。いまとなっては、リヴィエラに行かない冬というのは想像もできませんわ」

食卓の話題はテニスに戻った。やがて技術的な話になったので、ノートンはコートライト大執事に顔を向けた。

老人はノートンに好意を抱いており、彼のたしかな腕前と気遣いに感謝していた。それは純粋に患者に対する気遣いであり、医者として当然のことを心懸けているだけだったが、大執事はまれに見る感受性の鋭い青年だと勘違いしていた――ノートンもすぐにその勘違いに気づいた。とはいえふたりのあいだに友情と呼べるものが育っているのはまちがいなく、ノートンは今夜もまたみごとな配慮を見せた。

「最近のテニスのフォームにご興味はありませんでしょう、大執事。よろしければ、名高いご研究について教えていただけませんか？　ぼくはそちらの方面もとんと疎いもので」

大執事は顔を輝かせた。

「鳴鐘術は実にやり甲斐のある研究なのだ。知性のある者ならばその重要性が理解できるだろうし、それこそはかりしれないほどの事実が明らかになる。鐘そのものについては、鋳鐘師など無数の重要な条件が関連してくるから、そこは専門家に任せるとしよう。とはいえ、興味深い事実をいくつか教えるくらいはできるがね。いうまでもなく、鐘は楽器だ。そして建築に重大な影響を与えた初めての楽器が、ほかでもない教会の鐘なのだ。神の栄光をたたえるために建築された、人類の英知を結集した壮麗な教会。その教会も鐘のおかげで生まれたといえる。そこが原点だとは、なかなか興味深いと思わないかね」

「なるほど、そうでしたか。そううかがうと、がぜん鐘に興味が湧いてきます」

いっぽう、ベンジャミン卿はダイアナと話しこんでいた。

「ミソサザイは実はバックハンドが上手で、手首の使い方は一流の選手にも引けをとらない。

それなのに、バックハンドで打つのをいやがるんだ。まわりこんでフォアハンドで打とうとするから、必要以上に体力を消耗してしまう」

ノートンの視線はもっぱら正面のダイアナに向けられていたが、真摯に大執事の話に耳を傾けていた。鐘に造詣《ぞうけい》が深い大執事の講義は実際に面白かった。聡明なノートンはきちんと話についていき、合間に適切な質問を挟んだので、その点も大執事を満足させた。

そこでダイアナが助け船を出した。

「先生はもう鐘の話は辟易《へきえき》してらっしゃると思うわ。ベランダでコーヒーを飲みながら、星を眺めましょうよ」

姉妹は立ちあがったが、大執事の講義はまだ途中だった。

「本人からいやだといわれてもいないのにかね。あと十五分で話は終わるのだ。中途半端に終わらせるのは気が進まんね」

ノートンは内心ため息をつきながら、にこやかに続きを促した。姉妹とベンジャミン卿は姿を消し、すぐにダイアナがふたり分のコーヒーを運んできた。

「明日からは、鐘と聞いただけで身震いなさるでしょうね」ノートンにそう声をかけ、ベランダに向かった。

だがノートンの辛抱は報われることとなった。大執事は星になんの興味もない様子で、話題にもしなかった。そのかわりに概略の講義を終えると、すばらしいコレクションがおさめられた葉巻箱を披露して、うちとけたふうに話を始めた。もともと大執事は話し好きだった。ノートンを高く評価していたため、まずは現在の状況や将来の見通しなど、ノートン自身のことを尋ねた。ノートンはヨークシャーに未亡人の母がいること、独身で裕福な伯父が目をかけてくれ、その援助のおかげで医師免許をとることができたこと、現在はケント州のチズルハーストで開業していることを簡単に説明し、未来の希望を語った。大執事は共感しながら耳を傾け、続いて自分や家族の話を始めた。しばらくすると、まさにノートンが聞きたかった話題になった。

「そういうわけで、サルチェスター郊外のブルックリーにある小さな家に、娘ふたりと一緒に残されたのだ。わたくしはそこの教区で大執事を務めている。財産といえるほどのものはないが、大執事ともなると厄介なお務めも多く、そろそろ引退を考えているところだ。目も悪くなるいっぽうでな。実はすでに引退したいと伝えてあるのだが、主教じきじきに慰留され、もう一年続けることになった。それはともかく、なにより気にかかっているのは娘の将来のことだ。ふたりとも特に約束した相手がいるわけではなさそうだが、目が不自由なわたくしでも、ベンジャミン卿がふたりに好意を持っていることはわかる。卿は由緒正しい家柄で、財産もあり、人物も申し分ない。天才も精神異常者も出ている家系だが、さいわい、どちらにも当てはまらないどころか、見てのとおりの好青年だ。だがわたくしが鈍いのか、それとも卿の心がまだ決まらないのか――マイラとダイアナ双方に惹かれているように見えるのだが、本心ではどちらを愛しているのか、まったくわからないのだ」

「おそらく、本人にもわからないんじゃありませんか」ノートンは憂鬱《ゆううつ》な思いで答えたが、そこに迷いが生じる理由は理解できなかった。

大執事はその答えがお気に召さなかったようだ。

「きみの見立てがまちがっていてほしいものだが。どちらを選ぶか迷っているようなら、そんなものは愛ではない。ふたりの女性のあいだで揺れ動き、態度を決めかねているようなものを愛とは呼ばない。娘はふたりとも教養もあるし、礼儀もわきまえているし、魅力的だと思う。心身ともに非の打ちどころがなかった母親には及ばないとはいえ、いかにも現代娘らしく、幸せな未来を夢見ているようだ。時代遅れなのだろうが、わたくしにいわせれば——いや、いかん。そこまでにしておこう。最近の若者は年寄りの意見など聞かず、好きな生活を送るものだと承知している。とにかくわたくしとしては、近いうちにはっきりするとありがたいのだ。ふたりとも優しくて気立てのいい娘たちでな」

「本当にそう思います。今回の突然の事故のときも、大執事の身を案じ、あれこれ気を配る姿に感じいりました」

大執事はうなずいた。

「同感だ。そこで頼みがあるのだが、あちらに合流して、悟られぬようにベンジャミン卿を観察してもらえないだろうか。明日からマイラとふたりでウェイマスに行く予定のはずだ。

マイラはテニス大会に出場する友人を訪ね、大会にもベンジャミン卿とペアを組んで出場するらしい。それはそれとして、治療はまだしばらく続けてもらえるとありがたい」

　それを聞いてノートンの気分は浮き立った。ベンジャミン卿が好きなのはマイラなのだろう。しかしあんなにすばらしいダイアナを前にして、べつの女性に惹かれるなどあり得るのかと疑問だった。

「さあ、もうわたくしにはかまわずに。葉巻を吸いおえたら、失礼するとしよう」大執事は遠慮したが、ノートンは今度も期待を裏切らなかった。

「それまでご一緒させてください。先ほどの件は心にとどめておきます。部外者のほうがよく見えることもありますし。それにしてもベンジャミン卿は聡明な方ですね。おそらくは一、二年で、テニスよりも有意義なことに熱中するようになるでしょう」

「そうだといいが。高い身分で財産もある者には、果たすべき義務がある」

　ノートンはそれから十五分大執事につきあい、「おやすみなさい」と挨拶してからベランダの一行に合流した。

　三人はまだテニスの話題に興じていたが、ダイアナが話題を変えようと提案した。

「ようやく先生が来てくださったんだから、テニスの話はやめましょうよ。頭のなかにはテニスしかないと思われちゃうわよ、ベンジャミン」

「大執事はお寝《やす》みになられました」ノートンは説明した。

「我が家の秘密をすべて暴露したんじゃありませんか?」マイラがいった。「先生は危険な方ですね。優しくて聞き上手だから、ついなんでも話してしまいそうですわ」

さすが父親のことを理解していると感心しながら、ノートンは笑顔で卿の横のラウンジチェアに腰を下ろした。

「それは過大評価ですよ。大執事のお話は興味深く拝聴しました。すばらしい高潔な人生観に、目が覚める思いです」

「あら、先生ったら、でたらめばっかり」ダイアナがぶしつけにいった。

「そうじゃない医者なんていますか?」ノートンはさらりと受け流した。

一時間ほど楽しくおしゃべりをしていると、ベンジャミン卿がそろそろ失礼するといった。卿は立ちあがり、「ほんのちょっとだけ」とダイアナに声をかけ、腕をとって闇に沈む小さな庭に降りていった。

ノートンは肌寒さを感じ、マイラに暇乞《いとまご》いをした。だがマイラはいまのちょっとした出来事に気をとられているようで、声の調子がおかしくなり、ノートンの言葉も耳に入らぬ様子だった。

ノートンはテニス大会での健闘を祈り、一週間以内にウェイマスに行って試合を観るつもりだと告げた。マイラははっと我に返った様子で礼をいい、ウェイマスに来たらぜひ父親の怪我の経過を知らせてほしいと頼んだ。

そのころにはふたりも戻ってきて、五分後に男性ふたりは別荘をあとにした。話がはずむこともなくノートンの宿の前で別れ、ベンジャミン卿は滞在しているホテルに向かった。ノートンは部屋に戻って驚いた。いつもの椅子にニコルの姿はなく、炉棚に走り書きした手紙が残っていた。

ノートン
きみが出かけた直後に、興味深い事件発生を知らせる電報が届いた。ダービーシャーのピーク城で貴重な宝石が盗まれたそうなので、町に戻る最終列車に飛びのることにした。済まない。だが明日にはウォレンダー兄妹がウェストポートに来るから、きみも退屈はしないだろう。では、また。

ニコル・ハート

第3章　月明かりの下で

その晩、ノートンは横にもならずに物思いにふけっていた。夜中の一時になってようやくベッドに入ったが、その後も眠れなかった。生まれて初めてだった——これほど心を揺さぶられる激しい恋に落ちたのは。特に情熱的でもなく、ごく平凡な内面を持つ青年は、これまでの人生で女性に心が動いた経験は一度きりしかなかった。そしてその相手であるネリー・ウォレンダーと兄ノエルがウェストポートにやってきたら、そのうち婚約という話になるのはまちがいない。実際、ノートン自身もそのつもりでいた。伯父からこれ以上引き延ばすなとかなりきつくいいわたされ、ようやく決心したのだ。だが、いまとなってはまったく事情が変わってしまった。明日の正午には兄妹と顔を合わせるが、ネリーの優先順位はもはや一番ではない。それどころか、ネリーにプロポーズせずに伯父の不興を買わない道を探っていた。めまいがするほど考えたが、楽天家ではないので、見通しは暗いと自覚していた。だがダイアナの存在こそが、成功への鍵を示しているように思えた。恋愛には不慣れなうえ、長らくネリーしか目に入っていなかったが、それでも意中の女性となれば、無数のわかりにくいサインを見逃すことはなかった。そしてダイアナとの仲がどうなるかは、すぐに結論が出るような気がした。

「二週間以内に婚約するか、あるいは断られるかだ」駅でウォレンダー兄妹を待ちながら、そう考えた。「百年も前から分身といえる存在だったような気がするが、ぼくが決められる問題じゃない。本当におなじ気持ちでいてくれるにしても、それを認めるかどうかはダイアナ次第だ。だがいい返事をしてくれる自信がある。ダイアナは自分の意思を通すタイプだ。ぼくを好いていてくれるなら、ふたりを引き裂くものはなにもない。ダイアナは炎のような女性だ——恋をしたら、自分の気持ちのままに行動する——」

正午の列車が到着した。ほどなくしてノートンは兄妹と握手し、さほど多くもない荷物を運ぶのを手伝った。ノエル・ウォレンダーはアウトドアを好む運動選手らしい体格の青年で、なによりもバイクを愛していた。広い肩幅に、たくましい手足。頭はきれいに剃りあげ、顔立ちは平凡ながらも世知に長《た》けていることを感じさせる。株式仲買人をしていて、専門は石油市場だった。兄妹ふたりでハムステッドに暮らしている。ネリーが週に五日通っている伯父ジャーヴィス・ペラムの豪邸まで歩いていける距離だった。

ふたりとも休暇を楽しみにしている様子だったが、まず最初にノートンを気遣った。

「代診の先生はどんな具合なんだ？」ノエルが尋ねた。「なんの問題もなく、一ヵ月はのんびりできるんだといいが。おれたちは一ヵ月滞在するつもりなんだ。石油市場がぱっとしないから、なにもすることがなくてね。まあ、ここを踏んばれば、そのうち持ちなおすのはまちがいないが」

ノートンは代診の医者からすべて順調だと報告を受けたと告げた。

「この時期はかなり忙しいんだけどね。休暇はもう二週間になるが、なんとも快適だよ。とはいえ、これからさらに一ヵ月も休むとなると、良心が許すかどうか」

「それなら、良心にも休暇をやればいいんだ」

ネリー・ウォレンダーは兄に似ていなかった。背は平均よりもいくらか低めだが、体格はしっかりしている。こげ茶色の瞳は知的な輝きを放ち、口もとに性格が表れていた。ただ美しいだけの顔ではないが、だれでも理解できるたぐいの魅力ではなかった。親切で穏やかな心といった内面の美しさを感じとれる者の目には、ネリーは驚くほど魅力的に映った。聡明で、素直で、利己的なところはかけらもなかった。人を幸せにすることに喜びを感じる質《たち》で、なにに対しても冷淡に批判を浴びせることはなく、万人を受けいれる懐《ふところ》の深さを感じさせる温かい雰囲気を漂わせている。人づきあいは多いほうではないが、だれからも愛されていた。兄は妹を溺愛し、人情に欠ける雇い主ジャーヴィス・ペラムもその人柄に惚れこみ、甥の理想的な妻となると信じている。だが想像力の乏しいジャーヴィス・ペラムがやり方をまちがえたために、若いふたりを結婚させるどころか、かえって逆効果となってしまった。

ネリーと結婚しないかぎり財産を遺さないという命令も、ネリーが心からノートンを愛していなければ、逆に簡単に解決していただろう。心から愛しているからこそ、ネリーはこれまで必死に自分の気持ちを表に出さないようにしてきた。隠しごとをほとんどしない兄に対しても言葉にしたことはなく、兄ノエルはそうだろうと察しているだけだった。素直で純真なネリーに、自分の気持ちを隠しとおすことは不可能だったのだ。ジャーヴィス・ペラムが甥に突きつけた最後通牒を知っても、ネリーの誠実な愛は変わらなかった。ノートンが伯父の命令をノエルに打ち明けるずっと前から、ネリーはノートンを愛していたのだ。

こうして事態は宙ぶらりんのまま、あとはノートンが行動を起こすだけという状態だった。

大執事の事故に遭遇するまではノートン自身も心を決めていた。ネリーは承諾してくれるだろうと思っていたし、ふたりの未来を想像したこともある。だがノートンの人生は根底から引っ繰りかえってしまった。たとえるなら、古い建物は崩壊し、その土台の上にはすでに新たな建物ができあがっていた。

その変化を知らないノエルは、時間を無駄にせずにノートンにある事実を知らせた。もちろんノエルもデリケートな問題だと承知してはいたが、喫緊の問題でもあったのだ。株の売買を任されている関係でジャーヴィス・ペラムの性格なら熟知しているうえ、つい三日前に夕食をともにし、痛烈な伝言を託されたばかりだった。

とはいえ一日が終わり、ネリーが寝室に引きとるまでノエルは口を噤《つぐ》んでいた。その日ノートンは宿で夕食を済ませたあとに改めて兄妹の宿を訪ね、三人で月に照らされた浜辺をしばらく散歩した。その後宿に戻り、男だけでパイプとウィスキーの時間になると、ノエルは口を開いた。

「デリケートな問題なのはわかっているが、ほら、きみの伯父さんはああいう人だから。この問題に関して、おれが気にかけているのはふたつだけだ。まず妹のこと、そしてきみのこと。先週ペラムさんと食事したんだが、かなり苛々《いらいら》している様子だった。なんといったかは、わざわざ伝えなくても想像つくだろう？　歳をとったせいか、最近はせっかちになっているし、体調も芳《かんば》しくないらしい。とにかく、いますぐ結論を知りたいそうだ。もう充分すぎるほど待ったと考えているようで、まさに腹に据えかねるという顔だったよ。本当ならこんな役目はまっぴらなんだが、伝えるようにと頼まれたんだ。いったんは断ったが、いわれたとおりにしろと命令された。きみなら伯父だから喧嘩もできるだろうが、おれにはとても無理だ。なにしろお得意さまだからな」

ノートンは話をはぐらかした。

「ぼくなんか、ネリーにはふさわしくないよ」

「まあね。反論はしないよ。妹にふさわしい男なんて、お目にかかったことがない。妹のことはよく知っているだろうから、いまさらくどくどと褒めたりはしないが。理想の妹がいるというだけで、一生独身でいることになりそうだよ。妹が女性を選ぶ基準になってしまったんだよな。あれ以上の女性に出逢ったことはないし、今後も出逢えるとは思えない。それはともかく、三人ともに関係のある問題だし、きみも気づいているとおり、妹はひそかにきみに心を寄せている。あれほどの汚れなき心を、こんなふうに話題にするのは気が咎《とが》めるが、きちんと尊重してやることはできる。決めるのはきみだ。長いつきあいのおれたちが、これ以上こんな話を続ける必要はないだろう」

ノートンはぐずぐずと言葉を濁した。一週間前に知らされたのならば重大な宣告だったし、おそらくはその場で返事をしただろうが、いまとなってはちがう意味のメッセージに聞こえた。ここが思案のしどころだと返事を考える。ネリーとの縁を切って、退路を断つつもりはなかった。もうひとりとの仲がどうなるかはまだ未知数なのだ。それにネリーはすばらしい女性だし、彼女と結婚すれば将来莫大な遺産を手にすることが約束されている。心惹かれるとはいえ、どうなるかもわからない相手のために、そうした未来を捨てることはできなかった。だがこうして明確な返事を求められてしまっては、もうひとりにあたってみるしかないだろう。常識的に考えればすぐさま行動を起こすなど不可能だが、いまならばなんとかなるかもしれない。ノートンの頭脳はすさまじい速さで回転していた。運命の女神が微笑んでいるのが見える。いまこの地に残っているのはダイアナと大執事のふたりだけで、大執事は早く寝《やす》む。明朝大執事を訪ねるつもりだったので、昼前に小高い牧草地の散歩に連れだすのは難しくないだろう。誘えばダイアナも一緒に来るはずだ。これまでも一、二度大執事の牧草地の散歩につきあったことがあった。大執事は遊歩道よりも牧草地を散歩するのが好きなのだ。うまくすれば、夜にふたりきりで会いたいとダイアナを誘えるかもしれない。それに対してどう返事をするかだけでもわかれば、考えるヒントになる。

だれも書きとれないほどのスピードで、ノートンはそれだけのことを考えた。立ちあがり、ノエルの手をとる。

「伯父にそんな役目を押しつけられて、さぞかしいやな気分だったろう。正直に答えよう。そのことに関係して、真剣に考えなくてはいけない問題を抱えているんだ——重大な問題だと考える理由はいくつもあるが、それについてはいま話をしたくない。だが説明しなくても、重要な問題だと理解してくれるものと思っている」

「わかった。この話はこれで終わりにしよう。おれがいったことは忘れてくれ。責めるべき人間はほかにいるわけだしな。明日はのんびりして、水曜はバイクでデヴォンまでツーリングに行こうと思っている。食事には戻ってくるつもりだが、夜になるかもしれない。だからその日は妹につきあってやってくれないか。ゴルフでもなんでもいいから」

「喜んで。なにをするかはネリーの希望を聞いて決めるよ」

ノートンは自分の宿に戻り、計画を練った。道はひとつしかない。たとえあっさりと断られたところで、当の相手以外に知られなければいいのだ。それなら本心を隠してネリーのもとに戻ることもできる。真実からはほど遠いとはいえ、ノエルには自分の気持ちを整理したかったから返事を遅らせたとあとで説明すればいい。いっぽうダイアナが好意的で、希望の光が見えるようなら、これもまた進むべき道ははっきりしている。ノートンの考えはあちこちに飛びながら、どんどん先走りしていった。愛する女性の返答がなんであろうと、貧乏暮らしに決まっている結婚などあちらの家族は反対するだろう。そう考えたところで伯父のことを思いだした。若さゆえの楽観主義で、ダイアナ側のその難関を突破できたとしたら、ふたりで協力して伯父も懐柔できるかもしれないと自分にいいきかせる。さしもの伯父も、ダイアナに会えば認めてくれるにちがいない。

翌日、予定どおり大執事の別荘を訪ね、三人で散歩に出かけた。やはりダイアナはノートンに関心がある様子で、その心遣いに勇気づけられた。

「お疲れのご様子ですね」ダイアナにそういわれ、ノートンは昨夜眠れなかったのだと打ち明けた。

崖まで行ったところで大執事は腰を下ろし、深緑色の大きな傘を広げた。ノートンはこのチャンスを逃さず、さらに西の海際にあるゴールデン・キャップまで行ってみようとダイアナを誘った。ふたりきりになるとノートンは切りだした。

「いきなりで恐縮ですが、今夜、大執事が寝《やす》まれたあとで、散歩におつきあいいただけないでしょうか。こんな突拍子もないことをいいだして、返事に困ってらっしゃるかもしれませんが。もしご一緒できたら――これ以上の喜びはありません」

ダイアナが黙ったままなので、ノートンはさらに言葉を継いだ。

「もちろん、無礼のほどは承知しています。しかし、もしかしたら僥倖《ぎょうこう》に恵まれるかもしれないと思いまして」

「喜んでおつきあいしますわ。わたしも似たようなことを考えていたといったら、びっくりなさるかしら。なにかお話があるんでしょう? たぶん、わたしに聞きたいことが。わたしも話があるんです。わたしたちふたりのつながりは、常識でははかれないものがありますよね。先生がお気づきかどうかはわかりませんが、たぶん感じてらっしゃるんでしょう。そんな気がします。ずっと昔からのつきあいのように、なぜか先生のことが理解できるんです。

実は、いまも誘われるだろうと予想していました。まるで自分のことのように理解できるので、先生もおなじように感じているんじゃないかと思って」

ノートンはまじまじとダイアナを見つめた。自分が赤面するのがわかる。目が眩《くら》みそうになり、急いで歩いていた崖端から離れた。

「もっと内側を歩きましょう。そんな話を聞かされては、足もとがふらふらします。ええ、そうです――何度でもいいます。そうです、おなじように感じています。とはいえ、あなたのことを理解できるとうぬぼれてはいませんが。あなたのことを半分理解できる男すら存在しないでしょう。でも関心はあります――どんなことでも知りたいと、心から思っています。そんな自分に驚き、途方に暮れてもいます。とにかく快諾いただいたことを神に感謝します」

ダイアナは青ざめていた。胸に秘めた想いのため、言葉が出てこないようだ。

「今夜、十時はいかがでしょう？　門まで迎えに行きますから、お好きなところに散歩に行きましょう。きっと月がきれいですよ」

ようやくダイアナが口を開いた。

「ずいぶんとお疲れのご様子ですけど、どうして昨夜眠れなかったんですか？」

「考えごとをしていたもので」

「わたしとおなじだわ。すごく難しい問題があるんです。今夜、説明しますね。先生なら、なにかいい解決策を考えてくださるかも。とにかく、話を聞いてほしいんです。先生に相談するのが一番だという気がするので。人生は不思議なもので、突然なにもかもが複雑に絡まりあってしまうものなんですね――それも、まさかというタイミングで」

「人生は不思議どころじゃありません。いまのぼくには、怖いほどです」

ゴールデン・キャップも、オレンジ色の崖肌も、緑の大地も、眼下の夏の海も、ふたりの目には入らなかった。ヒバリの鳴き声も、すれちがう旅行者の話し声にも気づかなかった。しばらく、ふたりは無言で歩いた。

やがてダイアナが足を止め、ノートンに顔を向けた。

「そろそろ父のところに戻らないと。今夜十時十五分に待ちあわせしましょう、先生」

「光栄です」

「そんな大げさな。それが自然だと思うだけです――世界で一番自然なことだと。わたしはごく平凡な人間ですから、とりたてて風変わりなことなんてわたしの身には起きないんです。だから散歩に行くのも、ごく普通のことだと思っています」

「平凡な人間だなんて！」

「あら、すべてのことで意見が一致するわけじゃないんですね」

「あなたの意見に反対するなんて、まさか、ありえません」

「人生は怖いものだという人もいるかもしれません――だけど恐ろしいことはなにもない――わたしはそんな思いをしたことは一度もありません。でも、怖いほどにわくわくするものなんですね」

「ああ、本当にそう思います！」

こうしてふたりは夜に会う約束をした。支離滅裂のようでいて含みのある言葉の意味を察し、ふたりとも胸を締めつけられる思いだった。

ふたりは大執事のいる場所に戻り、そのまま広々とした斜面を下った。ノートンは翌日大執事と一緒に食事をする約束をして、親子に別れを告げた。果たして食事の約束を守れるのだろうかと疑問に思いながら、日が沈み、夜になるのが待ちきれなかった。過去のあれこれは頭から吹き飛び、新しく開けた未来のことばかり考えていた。たしかに怖いほどにわくわくする！

十時過ぎにノートンは約束の場所に着いた。二十分後にダイアナが現れた。夜会服の上に銀色に輝く長いケープをはおり、頭には黒い布を巻いている。

「どこに行きましょうか。滝の上に静かで落ち着けそうな場所を見つけたんですが、そこはいかがですか？」

「ああ、知っています。そこにしましょうか。あら、どうして旅行用の膝掛けなんて持ってきたんですか？」

「椅子がないので、これに座っていただこうと」

ふたりは踏みならされた道を避け、足音を忍ばせるようにしてその場所に向かった。牧草地にぽっかりと空いた狭い窪地に、イバラやサンザシ、シダが絡みついたごく小さな灌木が生えていた。横を流れる小川はすぐ先で崖を越え、百メートルほど下まで流れ落ちている。黄金色《きん》の月は上空にのぼるにつれ、ところどころウサギが齧《かじ》ったあとが残っていた。穏やかな英仏海峡にV字形の緑のベルベットのような牧草地に、眩《まば》ゆいばかりの純白へと変わった。穏やかな英仏海峡にV字形の月光が映り、きらきらと輝く水面を時折蒸気船の黒い影が横切っていく。あたりは静寂に包まれ、凪《な》いだ海のささやきも窪地にはほとんど届かなかった。

ふたりはしばらく黙っていた。ここまで一キロ半ほど歩いてくるあいだもずっと無言だったのに、お互いに相手の気持ちが手にとるように理解できることに驚愕していた。すべては芽生えはじめた愛の力だった。その後、愛のせいで行きちがいが生じることになるのだが、それはまだ先の話だ。露に濡れた草の上に膝掛けを敷き、ふたりで腰を下ろした。テレパシーのように互いの気持ちがわかることを試すみたいに、ダイアナが掌《てのひら》を上に向けてノートンに差しだした。ダイアナがそんなことをするのは生まれて初めてだったが、ノートンはなにを望んでいるのかすぐに察することができた。自分の煙草入れをダイアナの掌に載せ、マッチを擦った。

ダイアナは満足げな笑い声を漏らした——寝ぼけた小鳥が翼の下に顔を戻す前にあげた鳴き声のようだった。

「不思議。わたしがなにを欲しいのか、どうしてわかったの?」

「どうしてなのか説明はできませんが、わかったんです」

「こんなことをされたら、怯える女性もいるでしょうね。わたしは怯えるどころか、すばらしいと感動したけど」

「すばらしいもなにも、先週の日曜以来、夢か現《うつつ》かもわからない状態です」

「先週の日曜から?」

「ええ、ずっとそうなんです。時間の長さはかなり主観的なものだとわかりました。一時間に永遠が存在することもあるのです。たった一時間のうちに、生涯を決定するような重要な問題がすべて起こる場合もあります」

「そういうこともあるでしょうね」

ダイアナは煙草を吸った。ノートンは煙草を吸わずに、月明かりに照らされたダイアナの目もと口もとを眺めていた。青白い光を浴びて色味が消え、美しい顔が謎めいて見える。

やがてダイアナが煙草を抛《ほう》り投げた。

「なにかお話があるそうですが、よければ先にそちらをうかがいましょうか、コートライトさん」

「〝コマドリ〟と呼んで」

「いいんですか? でも、こうして月を眺めているときはダイアナと呼ばせてください。昼間はコマドリと呼びますが、夜はダイアナのほうがいいです」

「これからする話を聞いたら、そのどちらの呼び方もやめることになるんでしょうね。すぐに終わっちゃうような話なんだけど。実は、ベンジャミンに結婚を申しこまれたの。明日か、明後日《あさって》か、遅くてもそのつぎの日には返事をしないと」

ノートンはまじまじと相手を見つめ、ダイアナは穏やかにその視線を受けとめた。

「眠っている月の女神《ダイアナ》を驚かせて、仰天した牧神ファウヌスみたい。あなたを眺めていると、なぜかファウヌスを思いだすの、ノートン――彫刻家プラクシテレスふうのファウヌス。どことなく人間離れしているのね。美青年であることはだれもが認めるでしょうけど、その完璧に整った顔の下には人間とはちがう心が隠されているみたい。人情がないわけじゃなくて、ただ、人間とはちがうという気がするの」

ダイアナのふざけた言葉もほとんど耳に入らず、ノートンの口から漏れた声は冬の生け垣に吹く風のようにわびしかった。それでも、ダイアナが口にした自分の名前だけは心に響いた。昔から呼び慣れているようなごく自然な口ぶりで、その音色をきちんと耳にする機会はあるまいと思っていた、はるかなる地の鐘の音のようだった。

「ベンジャミン卿とは長いつきあいなんでしょうね」

「どちらかというと、長すぎるくらいかしら。わたしたちが暮らしているブルックリー一帯の大地主なの。お金持ちだし、その気になればなんでもできる立場よ。あの人当たりのいい、洗練された態度の下になにが隠されているのか、神のみぞ知るってところね。敵にまわすと怖いだろうけど、愛情も人一倍あるのよ。それこそ髪をセットする年頃になってから、わたしの人生には欠かせない人なの——ねえ、見て。月明かりに照らされて髪が輝いているわ——でも、マイラにとっても欠かせない人なのよ。それにマイラは心からベンジャミンを愛しているの——それはわたしもおなじだけど」

「彼を愛しているんですか？」

「ええ。問題は、どのくらい愛しているかよね。結婚したいほど愛しているのかしら。それも、マイラの気持ちを犠牲にして。ベンジャミンはマイラのことも愛しているの。ふたりとも愛しているのよ——本人の口からそう聞いたわ。でも両方と結婚することはできないから、一週間前にわたしに結婚を申しこんだわけ。当然そのことは、彼とわたし以外はノートンしか知らないのよ。どうしてこんな話をしているのか自分でもわからないけど、話さなくてはいけないと思って——結論を出す前にね。ベンジャミンは大切な条件を満たしているの。そう、お金。彼が資産家じゃなければ、結婚しないと思う。どんなに愛しあっていても、わたしたちがうまくやっていくには、それを支える経済力が必要だとわかっているから。愛を育《はぐく》んでいけるかは、どれだけ自由が許されるかで決まると思うの」

「金などに左右されない愛もあると思いますが。傍《はた》から燃料を補給しなくても、永遠に燃えつづける炎のような。そういったものだけが、愛と呼ぶにふさわしいと思います」

「詩人なのね。思ったとおり。そう思えるのはすごくすてきなことね。わたしもそういう愛はあると思う。だからこそ、いまここにいるの」

　ふたりのあいだに沈黙が流れた。

「いまの話がぼくにとって重要な意味を持つとわかったうえで、話してくれたんでしょうか」しばらくして、ノートンは口を開いた。「ぼくたちは不思議なほどに理解しあえるようですが、その点も誤解はないのかどうか」

「わかっていなければ、話すはずがないでしょう？　こんな経験は生まれて初めてだからこそ、まずあなたに話をしたのよ。それまではベンジャミンに返事できないと思って」

「本当ですか？」

「もちろん」

「どう答えたものか途方に暮れるので、なにかべつの話をしてください。いまの話は、ぼくにとっては悲喜こもごもとしかいいようがありません。それを承知のうえで話してくれたようですが。ダイアナのひと言ひと言が、ぼくにとっては大きな意味を持つんです。あなたを愛しているのはわかっているでしょう？　こんな気持ちになったのは生まれて初めてです。だから最初は、自分はどうしてしまったのかと不思議でした。いまでは、ぼくの人生はダイアナ次第です。もう子供ではないし、馬鹿でもないつもりです。あなたの気持ちはただの勘違いかもしれないこともわかっています。自分でも圧倒されるほどのこの熱い想いのせいで、そんな人知を越えたことが起きたのかもしれません。ぼくの嵐のような恋に無意識のうちに影響を受けただけで、あなたの本当の気持ちはちがうのかもしれません。単に影響されただけと愛するのでは、天と地ほどのちがいがありますからね。どれだけ魅力的な男であろうと、生身の人間があなたの心を得ることは想像もできません。

だが望みが断たれたわけではないようなので、これだけは聞いてください。全身全霊をかけて、あなたを愛しています。この命があるかぎり、愛しつづけるでしょう。それだけは伝えておきたいんです――あなたのためというよりも、ぼくのために。こんな言葉であなたが振り向いてくれると期待しているわけではありません――そんなことができる男はいないでしょう――ただ、あなたに出逢うまで、ぼくは生きていないも同然でした。あのときがまさに人生の夜明けで、雲が割れてまぶしい太陽が顔を出したんです。初めて会ったとき、あまりのまぶしさに、フクロウのように何度もまばたきしたのは覚えているでしょう。あなたの声が聞こえたとき、この身体が震えたのも見えたはずです。あんなに美しい声を耳にしたのは初めてでした。あれ以来、何度となく心臓が止まるような思いをしました。しかし、そんなことはすべてわかっているはずです――そう、なにもかも。ぼくの心の奥底まで見えてしまうんですから。それなのに、こんな話をする――どうしてなんです？　同情や思いやりですか？　それ以外の理由があるかもしれないと、うぬぼれる男はいないでしょう。それでも愛しています。

ぼくには財産もなにもありませんが、あなたを愛する気持ちだけはだれにも負けません。

いまはあなたにふさわしいものを贈ることもできませんが、将来金持ちになる予定がないわけでもないんです。あなたがいてくれれば、まず確実かもしれません。あなたの魅力に抗《あらが》える人間などいるはずがありませんから。だが現在は貧しく、生活するために働かなくてはいけません。ぼくは一介の開業医で、あなたとの釣りあいを考えれば滑稽なほどです。しかし、まるでオウムのように繰りかえしますが、これだけは本当です。世界で一番すばらしいあなたを、心の底から、だれよりも深く愛しています。

ぼくのいいたかったことはこれだけです。あの男性の話に戻りましょうか」

ノートンはそこで言葉を切り、ダイアナに顔を向けた。まっすぐにノートンを見つめる瞳が、月明かりを浴びてきらきらと光っている。ダイアナが唇をなめると、唇もまた輝いた。だが月光では頬に差した紅は見えず、その顔は象牙でできているようだった。

「あの男性？　男性かしら。まあ、男性にはちがいないわね。ベンジャミンの話をしましょうか」

「ぼくにとってはとてつもなく難しいことです。あなたはなんでもわかっているんだから、承知のうえなんですよね。広義では、ぼくもスポーツマンであるつもりです。実際に試合をしたり、猟犬を追って狩りをする者だけがスポーツマンとはかぎりません。おなじ女性を愛する男について、本人のいないところでなにがいえると思います？　あなたのこととおなじくらい、お姉さんのことを愛しているそうですね。しかしそんなことを指摘するぼくは品性下劣です。おそらくはあなたの勘違いでしょう。お姉さんのことはテニス仲間として好意を抱いていて、あなたのことは純粋に愛しているんですよ。きっと——もうやめましょう、こんな話。陰口をたたくのはいやですが、ベンジャミン卿の味方をする気にもなれません。ぼくだって生身の人間です。彼がどんな人物なのかは知らないし、知りたいとも思いません。決められるのはあなただけです。いよいよというとき、頼るべきは自分しかいないんです」

「あなたって聖人なのね」

「あなたの足もとに跪《ひざまず》けば、聖人になれるかもしれません。とはいえ、さすがのあなたもただの男を聖人にするのは無理でしょう。ぼくは聖人なんかではないし、なりたいとも思いません。なにしろ強情者で、働くばかりの毎日でした。これまで誘惑もたくさんありましたが、真っ当に生きてきました。特に考えがあってそうしたわけではなく、自然とそうなったんです。まだ自分自身のこともよくわからないんですがね。なにしろ、ようやく人生が始まったようなものですから。あなたに出逢うまでは、真の意味で見たり、聞いたり、感じたり、苦しんだりしたことはなかったし、自分が生きていることすらわかっていませんでした。さて、そろそろ別荘までお送りしましょうか。寒くなってきたでしょう」

「もうすこし近くに寄って。寒くなんてないし、なるはずもないの。手に触ってみて」

ノートンは差しだされた小さな白い手に触れた。その温かさに気持ちがさらに燃えあがった。

「あなたは愛情深いけど、ずいぶんと控えめなのね」

「愛とはそういうものだと思います」

ノートンは上体を傾けて手にくちづけをした。胸が苦しくなって、眼下の海に顔を向ける。ダイアナはいまこのときをおおいに堪能し、ノートンをじらして楽しんでいた。ダイアナはノートンを愛しており、欲してもいた。触れたい、頰にくちづけしたい、きつく抱きしめられたいという熱い想いに焼かれていたが、そこそこ遊んでもきたので、引き延ばせば引き延ばすほど喜びも大きいと承知していたのだ。月明かりを浴びてうつむいているノートンを見つめ、救いとなる言葉を口にした。

「ねえ、いまのあなたの言葉、まさにわたしの胸の内をそっくりそのまま代弁していたのよ。わたしが男性だったら、まったくおなじことをいったはず。男性は好きにものをいえるけど、女は胸に秘めているしかないでしょう。だから女にとって、愛はいっそう悩ましいの。口のきけない動物にとっての歯痛のようなものよ、それを伝えられないという意味では。でもわたしは、こと愛については、女はこうあるべきという通念など気にしないわ。控えめに、慎み深く、なにも言葉にできないなんて、ただの因習としか思えないもの。今夜、ノートンが愛していると告白してくれなかったら、どうなったと思う？　わたしが告白するつもりだったの。そっくりおなじことを、誤解のないようにもっと直截《ちょくせつ》に。男性に対してこんな気持ちになったのは初めてだから」

「ダイアナ！」

ノートンは立ちあがった。銀色の月明かりを背中に受け、黒く沈んだ姿がダイアナを見下ろした。

「わたしの気持ちに気づいてなかったなんて！　ねえ、こちらに来て――もっと近くに――抱きしめて――くちづけして――早く！」

ノートンが隣に膝をつくと、ダイアナは彼の腕のなかに飛びこんだ。目を閉じて、唇を近づける。

ある意味、偽りのない愛だった――ふたりにとっては、これ以上の愛など存在しないと思われた。ダイアナは躊躇《ためら》いなく、ほとばしる情熱のままに行動した。本気で男性を愛したのは初めてだった。だが、それは知りあったばかりの男女特有の激情にすぎず、そこには理性もなにも存在しなかった。つまりノートンの容姿にひと目ぼれしたのだ。ダイアナは情熱に身を委ね、四肢を震わせていた。ノートンも有頂天にはなったが、最初の感激が落ち着くと冷静さをとりもどした。とはいえ、しばらくは歓喜に酔いしれていた。ダイアナを抱きしめてそっとくちづけし、自分の胸にあたる控えめな胸のふくらみを、腕のなかにある腰を、顔にあたる熱い吐息を感じた。まるで心臓に火がついたようで、ノートンはあまりの動悸の速さに息が止まりそうだった。

しばしの忘我のときが過ぎると、ダイアナが口を開いた。ノートンの腕のなかに飛びこんだ感動で、声が微妙に変化していた。

「あなたなしでは生きていけない――ノートンのいない人生なんて想像もできない。これからどうなるの？　ねえ、いつ？　どうするつもり？　もうすぐなの？」

「結婚してくれませんか、ダイアナ」

「喜んで――愛しているわ。結婚できなかったら、死んじゃう……」

　何度も抱きあううち、ふたりは徐々に落ち着きをとりもどした。ノートンはまだこの幸運が信じられなかった。自分がそれに値する人間だとは思えなかったのだ。ダイアナを腕に抱いたまま、呆《ほう》けたような顔で輝く広大な海を見つめ、途切れ途切れに胸の想いを伝えた。ダイアナはふたりの耳をこすりあわせるようにして、ノートンのカールした髪をなでている。

　静かな夜だった。三キロほど先にある教会の夜中の十二時を告げる鐘の音が響いた。

「おうちに連れていって。早く行ってみたい！　いまとなっては、我が家と呼べるのはノートンの家だけだという気がする」

　ノートンは自宅を思い浮かべた。

「みすぼらしいところだよ」

「愛があれば、どんな家でも心豊かに暮らせるわ」

　やがてふたりは歩きだした。先に冷静になったのはダイアナで、ノートンにあれこれ質問して計画を立てはじめた。

「わたしを養ってくれる？　あふれるほどの愛以外は、年に五十ポンドの収入しかないの」

「金持ちになるまでは貧しい暮らしになるが、それでもよければ」ノートンは夢の世界から急に現実に引き戻された。「莫大な遺産を相続する日は来る――まずまちがいなく。ダイアナ次第なんだ。そのうち伯父に会ってくれないか。きみの魅力で伯父を虜《とりこ》にしてほしいんだ」

ノートンは伯父について説明したが、肝心のことは黙っていた。愛がノートンを臆病にし、正常な判断をうしなわせていた。伯父もいつかはダイアナの魅力に屈すると心から信じていたせいかもしれないし、そうではないのかもしれない。この選択がどのような事態を招くことになったか、明らかになるのはまだ先の話だ。しかし、そのときはすでに遅かったのだ。

胸騒ぎがしたノートンは口を噤んでしまった。

「今後のことについては、また改めて相談するのでいいかな」ノートンは提案した。「絶望と苦悩の夜が突然明けて、救済の光のなかに抛りだされた気分なんだ。今夜は筋道立ててものを考えられそうにないよ。わかっているのは、きみを愛しているということだけ。とはいえ、まだ我が身に起こったことが信じられない。万にひとつもそんな可能性はないと思っていた――ダイアナが愛してくれるなんて、まさかありえないと。明日になったら、きちんと考えるよ。今夜はただ感激に震え、この望外の幸せを神に感謝する以外はなにもできそうにない」

「わたしもおなじ気持ちよ。でも女はずっと現実的なのね。できるだけ早く結婚して、あなたを独り占めしたいの。すぐ父に話すわ。それ以外の人は気にする必要もないでしょうし。今度の満月までにはあなたの妻になりたい。一ヵ月以内に結婚しなかったら、もうできないような気がするの。こんなことを聞いて怖《お》じ気《け》づいた？」

「まさか——嬉しいよ。ぼくたちはもう結婚したも同然なんだ。初めて目が合ったときにね。それを世間はひと目ぼれと呼ぶんだろう？　そう、その瞬間、ぼくたちは恋に落ちた。だがきみのまわりの人びとは反対するだろうし、ぼくのことも永遠に許さないだろうな」

「どうして？　それに、そうだとしてもかまわないじゃない。そもそも、そんなことになるはずがないし。ベンジャミンには悪いことをしたけど、彼にはマイラがいるわ。父はあなたを気に入ってるから、なにが起こったのかもわからないでいるうちに、気がついたらあなたの義理の父になっているわよ。父のことは心配いらないわ。問題はマイラね。だけど傷心のベンジャミンがマイラだけを見つめるようになれば、マイラは嬉しくてわたしのことなんてどうでもよくなるに決まってるわ。ベンジャミンにはわたしからきちんと話す。彼のことなら、わたしが一番よくわかってるから。伯父さまにもお会いしないとね。これからも後ろ盾になっていただきたいし。もちろん、まずはあなたから話してちょうだい。わたしのことは褒めておいてね」

「ぼくが成し遂げたことを知れば、千倍は誇りに思ってくれるさ」

「それは伯父さまがどれだけ財産を大事に思っていて、どれだけあなたを愛しているかによるわね」

「いや、伯父はぼくを愛してはいない――それをいうなら、だれのこともね。でも伯父にはよくしてもらったし、そのことは感謝している。もうすこしきみの話を聞かせてくれないか。そろそろきみの家に着いてしまう」

現実的な話はそこまでだった。ダイアナのためにこそ、この場でよく話しあっておくべきだったのだが。ふたりはまた抱きあい、銀色の月明かりの下で愛はさらに燃えあがった。ノートンは現実に立ち返り、身体を離した。

「明日の朝、大執事に会いに行くよ」

「ええ。わたしは手紙を書いているから、父を散歩に連れだして。ベンジャミンへの返事は手紙で済ませず、きちんと会いに行くつもり。そのせいで試合に負けちゃうかもしれないけど、仕方がないわよね。こういうことは、はっきりさせたほうがいいもの。ふたりで協力すれば、どんな問題でもすぐに解決できるわ。できればウェイマスにも一緒に行ってほしいの――ベンジャミンに話をして、マイラに会うだけだから、一日か二日で済むはずよ」

ダイアナは食堂のフランス窓からこっそりなかに滑りこみ、ノートンは寝静まった小さな町へと降りていった。自分の人生が一変した実感が湧かず、眠くなるまで一時間ほど海沿いをそぞろ歩いた。頭は混乱しきっていたが、時間がたつにつれ、すぐ目の前に立っているかのようにネリー・ウォレンダーの姿が浮かんでくる。今夜は嵐のような感情に翻弄されて心底から疲れきっていたが、それでもネリーの姿ははっきりと見えた。明朝一番にネリーに会い、自分の幸運を最初に知らせようと心を決めた。ダイアナがベンジャミン卿にきちんと返事をするのなら、ノートンも心を寄せてくれた女性には自分の口から告げるべきだろう。生来度胸があるほうではないが、婚約者の大胆さがいくらか乗り移ったような気がした。

第4章　結　婚

ノートン・ペラムは朝早くに海で泳いだ。それが強壮剤のような役目を果たし、このあと待ち受けている様々な試練に立ち向かう覚悟が決まった。朝食を終えてウォレンダー兄妹の宿を訪ねると、すでにノエルは出かけていたのでほっとした。今日はダイアナ絡みの用事で忙しくなるので、一日つきあうというネリーとの約束は守れなくなってしまった。だがノートンのもたらす知らせを聞いたあとは、ネリーもひとりになりたいだろう。

明るい陽射しの下でも昨夜の魅惑的なひとときが頭から離れず、口にしづらい用件も切りだしやすくなった。この知らせをネリーがどう受けとめるかがわかるだけに、笑顔で迎えられたときには胸が痛んだが、ほんの数時間前に自分の腕のなかにいた炎の精のような女性と比べると、身だしなみはこざっぱりとしているがネリーはいかにも平凡だった。恋に目が眩《くら》んだノートンにとって、月明かりの崖で唇を重ねてきた女性の美しさと、ネリーの日に焼けた顔やこげ茶色に輝く瞳との差異は歴然としていた。

「今日はなににつきあってくれる予定なのかしら?」ネリーが尋ねた。「兄さんはもう出かけちゃったの——夜が明けてすぐ、まだ薄暗いうちに。六時前に起きてコーヒーを淹れてあげたら、すぐに飛びだしていったわ。わたしはまたベッドに戻ったけど。ゴルフもいいし、ボート遊びも楽しそうだし、丘をのんびり散歩するのもすてきね」

「今日はつきあえないんだ」早く告白してしまおうと、ノートンはそう切りだした。「昨日、驚くべきことが起こって——まさかこんなことになるとは、夢にも思わなかった。海岸を散歩しながら、詳しく説明するよ。大事な友人のネリーには真っ先に報告しようと思って。そして今日つきあえない理由もそれに関係があるんだ。自分の都合だけで予定を決められないのも仕方ないとわかってくれると思う」

「いったいなにがあったの? いい知らせだといいけど」

「これ以上いい知らせは存在しないよ」

崖下を散歩しながら、ネリーに説明した。

「絶世の美女を射止めたんだよ、ネリー——高嶺《たかね》の花のはずが、どういう奇跡が起こったのか、ぼくを選んでくれた。まだ信じられないくらいだ。あまりのことに圧倒されて、まともにものを考えられそうにない。夢を見ているような気分だよ。知りあったのはほんの数日前で、なんとその瞬間、互いにひと目ぼれしたんだ。彼女もおなじ気持ちでいてくれる。ぼくなしの日々など考えられないし、ぼくと出逢って初めて本物の人生を知ったような気がすると。まさかふたり同時にそんな気持ちになるなんて、現実に起こったこととは思えないよ！」

ネリーは話を聞きながら、ちらちらとノートンの顔をうかがっていた。こんな表情を目にするのも、こんな興奮した声を耳にするのも、初めてのことだった。

ダイアナを初めて見かけたときから、昨夜の告白まで、ノートンは一部始終を説明した。情熱に身を任せた至高のひとときと、その後の冷静で現実的な会話についてだけは口を噤《つぐ》んだが。ネリーは今日こそ愛を告白されるものと期待していたものの、生来の忍耐強さで驚愕の知らせも雄々しく受けとめた。まれに見る気高《けだか》い愛だったのだ、それほど残酷な仕打ちを受けながらも、自分のことはさておいて、ノートンに降って湧いた幸せを一緒に喜ぶことができるほど。愛とはそもそも成就を願うものだが、ネリーの場合はノートンと結ばれる望みは消えたとわかっても、それでもノートンの幸せがなにより大切だった。ネリーは喜びに目を輝かせ、いつもと変わらない声で、ノートンの恋の成就を心から祝った。

恋に夢中になっているノートンは、ネリーの目にはこれまで以上に魅力的に映った。いっぽうのノートンは、ネリーが平凡で垢抜けしない女性になってしまったように感じていた。人気《ひとけ》のない黄土の崖に沿って歩くうち、ノートンの興奮も落ち着いてきた。いつのまにか町から二キロ近くも離れてしまったことに気づいて、ネリーは足を止めた。

ち会えるでしょう」

「もう戻らないといけないわよね、ノートン。わたしのことは気にしないで。また、そのう

ノートンはネリーの気遣いを理解した。

「親切にありがとう、ネリー。これからダイアナの父親に会いに行かないといけないんだ。好人物で、ぼくのことを気に入ってくれている。とはいえ、今日の用件は頭が痛いな。当のぼくたちですら信じられないことを、他人に理解してもらえるかは疑問だよ。ノエルが戻るのはかなり遅いと聞いているが、今夜のうちに訪ねるつもりだ。そのあとはダイアナと一緒に日帰りでウェイマスに行かないといけないし。お姉さんと大切な友人に会いたいらしい。その男はそのうちお姉さんと婚約するかもしれなくてね。ぼくとちがって金持ちで、テニスに打ちこんでいる。とにかく、ぼくたちの愛があれば、なにもかもうまくいくはずだ。解決不可能な問題などない——ぼくは貧乏だが、それだってなんとかなるさ」

「ええ、大丈夫よ。本当によかったわね、ノートン。まわりの方も、みなさん力を貸してくださるわ」

ノートンはすぐに返事ができなかった。伯父のことを口にしそうになって、慌てて呑みこんだのだ。非常にデリケートな問題だけに、ネリーに尋ねるのははばかられた。だがネリーの意見はちがった。ノートンを深く愛するからこそ、遠慮すべきではないと考えたのだ。このままでは容易ならざる事態になると察し、自分の気持ちは押し殺して助言した。

「ペラムさんのことを簡単に考えちゃ駄目よ。なにしろこの知らせには驚かれるでしょうから。あちらのご家族については心配いらないと思うの。あなたのことをきちんと知れば、絶対に賛成してくださるはずだけど、ペラムさんは——あなたの将来がかかっているんだから、どうご報告するかは時間をかけて考えたほうがいいわ」

ネリーの心の広さに感じいりながら、ノートンはうなずいた。

「いまさらながら、ネリーの良識と気配りには感嘆するよ。きみと一緒にいると、自分が馬鹿みたいに思えるな。もちろん、伯父のことは考えているよ。戦略を練って、根気強く説得する必要があると思っている。とはいえ、伯父も鬼じゃないから、理解を示してくれるんじゃないかと——いや、なんとしても理解してもらうつもりだ。伯父にはできるだけ早く報告するよ。ぼくの家族といえるのは伯父と母しかいないし、母は喜んで賛成してくれるだろう」

「ペラムさんにも賛成していただかないと」

「ダイアナに会えば大丈夫だと思う。なにしろ魅力的な女性だから、あの頑固者でもさすがに降参するはずだ。だが、あくまでも認めないというなら仕方ない。ダイアナさえいてくれれば、あとはどうでもいいんだ」

「どうでもいいことではないでしょう。大切な問題よ。いますぐペラムさんに会いには行けないの？」

「すぐは難しいが、ちゃんと考えるよ。ぼくだって大切なことだと承知しているからね」

ノートンはダイアナにきちんと説明しなかったことを思いだした。

「たとえ最初は反対しても、時間をかければ、あの伯父だっていつかは男らしく認めてくれるだろう」

「すぐにご報告に行くべきよ」ネリーは熱心に勧めた。「無理をしてでもなんとか都合をつけて、会いに行ったほうがいいわ。ペラムさんのことなら、よく存じあげてるから。たしかに鬼ではないけれど、なにごとにもご自分のやり方を通すのに慣れておいでmost。きちんと説明しなかったりしたら、一生お許しにならないわ。けっして話がわからない方じゃないので、いまとおなじように説明すれば、心を動かされてお認めになるんじゃないかしら」

「なあ——」

ノートンは口添えを頼もうかと思ったが、恋に目が眩んだ男でも、それはあまりにも自分本位だと気づくだけの理性は残っていた。頭のなかが薔薇《ばら》色に染まったノートンでもかろうじて踏みとどまり、改めて高潔としかいいようがないネリーの態度に感心した。今朝訪ねる前は、どんな反応を示すかと不安だったのだ。

ふたりは話をしながら歩いていった。別れを告げるときに、伯父には万全を期して臨むべきだとネリーは念を押した。

「どんなことでも利用して、絶対にチャンスを逃さないでね。ペラムさんはいまスコットランドにいらっしゃるの。わたしは行き先を知っているから、そこまで訪ねたほうがいいわ。

手紙で済ますよりも、直接報告するほうが印象がいいでしょう。絶対にそうすべきだわ」

「わかった、わかった。覚えておくよ。スコットランドまで行くなら、ヨークにいる母にも会ってこられるしな」

ノートンはネリーと別れた。自分のことで頭がいっぱいで、最初の試練を無事終えたという思いしかなかった。ネリーは遊歩道の人混みのなかに姿を消すノートンを見つめていたが、くるりときびすを返し、予定がなくなった一日を孤独のうちに過ごそうと宿に帰った。兄ノエルが夜まで戻ってこないことに感謝し、ひとりで部屋にこもって何時間も物思いにふけった。わずかに涙をこぼしはしたが、ノートンは幸せの絶頂にいるのだと自分を慰めた。

ノートンから漏れ聞いたふたりの愛は、具体的に思い浮かべることも、自分がおなじ経験をすると想像することも難しかったが、現実的な面に目を向け、ノートンがこの難局を切り抜ける方策をひたすら考えた。それがどれほど険しい道かも、遺産を相続できないことがいつの日か結婚相手に重大な意味を持つ可能性があることも、ノートン本人よりもはるかに正確に見越していた。そして実際にそう聞いたわけではないが、本能的にダイアナは自分とはまったくちがうタイプの女性だという確信があった。そのうちふたりで一緒にいるだけでは満足できなくなり、ノートンが予想している以上のなにかが必要となりそうな気がした。

そもそもノートンのごく平凡な自宅は、炎のように燃えあがる情熱的な恋愛の舞台にはそぐわなかった。もっともネリーは、不自由なことも多いが、これ以上ない理想的な家だと感じていた。ノートンの性格はよく知っているので、将来富と自由を手にする予定が彼にとってどれほど重要かも承知していた。いまは本心からこのままで満足だと思っているのだろうが、突然燃えあがった愛はやはり唐突に燃えつき、その後はつかの間の楽しみなり気晴らしなりがなければ続かないだろうと予想がついた。だがそこまで見通していながらも、それはふたりに対する裏切りだと自分にいいきかせた。それではほかの女性の愛がその程度だと疑っていることになる。ネリーの想像が及ばない世界かもしれないのだ。ネリーの予測はすべて見当違いで、ノートンは運命の赤い糸で結ばれたすばらしい相手と出逢ったのだろう。そう考えるとやはりショックだったが、彼のためにそうであってほしいと願った。

いっぽうのノートンはダイアナと会い、彼女の計画どおり大執事とふたりで散歩に行くことになった。大執事と顔を合わせる前に、ダイアナは早口でつけ加えた。

「みんなを急《せ》かすのよ。ゆっくり考える時間もないくらいにね。大切なのはひとつだけ、できるだけ早く結婚することなんだから。わたしたちの仲を引き裂くことなんて、だれにもできないはずよ。明日はマイラとベンジャミンに会いに、ウェイマスに行きましょう」

三十分後、ノートンは大執事とふたりで散歩に出かけた。ダイアナはついていけないことを詫びた。ノートンは大執事の腕をとり、本題を切りだした。

大執事の足が止まった。話を理解すると、身じろぎもせずに青い眼鏡越しにノートンを見つめた。

「まさか！　まさか！」大執事は困惑のあまり、おなじ言葉を繰りかえした。それから言葉を尽くして自分の懸念を伝えた。

「しかし、そのようなことが起こり得るわけがない。愛というものは、時間をかけてゆっくりと育《はぐく》むものだ。相手に対する関心が愛情へと、理解が敬意へと変わっていくのだ。本物の――揺るぎない愛情がほんの一週間足らずで芽生えたなど、とても信じられるものではなかろう。ふたりともが錯覚しているとしか考えられない」

「愛には様々な形があります、大執事」ノートンは答えた。「ぼくも出逢った瞬間に愛が芽生えるなどありえないと考えていました。自分で経験するまでは。ダイアナとぼくは、初めて会ったときからお互いのために生まれてきたのだとわかりました。ぼくだけがそんな気持ちになったのであれば、ダイアナの美しさや魅力のせいだと考え、愛を告白することはなかったはずです。しかし言葉では表現できない不思議な力で、ぼくたちは相手の心が手にとるように理解できるのです。ダイアナは、ぼくが出逢ったときからダイアナを愛していたことを知っていたそうです。ぼくは、まさかダイアナが愛してくれる可能性などあるはずがないと思いながら、それでも一抹の希望を捨てられずにいました。そしてダイアナの気持ちをはっきり確認するまでは、平穏な生活など送れないと覚悟を決めたのです」

「とても信じられん」大執事はきっぱりといった。「きみのことは評価しているし、好感を抱いてもいる。医者としての腕もたしかだし、わたくしの世代から見ても、礼儀作法は申し分ない。それはきみの年齢ではまず期待できないことだ。しかし！　これでは頭に銃を突きつけられて、娘か自分の命かのどちらかを選べと脅されているのと変わらないではないか。火山の噴火のような激しさで湧き起こった愛は、やはり急速に消え去るのではないのかね。ほとばしるような激情などとても信用する気にはなれない。突如として改宗するのとおなじことだろう――大抵は精神的なストレスなり、雄弁な信仰復興運動家の説得なりが原因なのだ。そのような突然の心境の変化など、とても――」

大執事は一度言葉を切り、また続けた。

「別荘まで連れて帰ってもらえないかね、先生。コマドリと話したい。あれが突然として嵐のような愛に夢中になるとは思えないのだ」

「彼女も驚いたといってました、大執事。それはぼくもおなじですが。当人たちが信じられないくらいですから、大執事が驚かれるのも無理はありません。戸惑われるのも当然ですが、嘘偽りのない真実なのです。いまでは不思議な光に照らされたように、すべてのことが明確に見えるようになりました。ほんの十日前までは、ぼくもダイアナも愛がどんなものかを知りませんでした。しかし、いまではぼくたちにとって、愛は人生そのものなのです」

「きみの人生はきちんと歩まねばならない。無限の未来が開けているのだから。ともかく、別荘に帰るまで考えさせてくれないか。頭が混乱している。あの子にはちがう縁談を考えていたのだ。わたくしの希望ではなく、それがあの子の求めるものだとわかっていたからだ。

愛は尊重されるべきだが、そのためにこれまで理想の幸せと考えていたものを捨てられるのかどうか。こんなことをいっても気分を害したりはしないでくれ。予想すらしなかった事態となっているのだから、腹蔵なく話したほうがいいだろう」

「わかっています。すべてかどうかはともかく、大執事がお考えになっていることの大筋は理解しているつもりです。申し開きの余地はありませんが、それでも――」

「いや、話はもう充分」大執事は遮った。「どう対処すべきなのか、じっくり考えたい」

ふたりが別荘に戻ると、ダイアナは手紙を書いていた。そして父への態度を一変させ、批判めいたことには耳を貸さず、疑念を差し挟むことも許さなかった。

「あくまでも反対だといわれたとしても、わたしの決心は変わらないわ。自分の気持ちはちゃんとわかってる。運命の相手に巡り逢えたのよ！　わたしたちの愛は現代風なの。愛が育つのをのんびり待つ気はないわ。お互いを理解するためにいろいろ話しあうなんて、時間の無駄でしょう？　お互いのことならすべてわかってるし、一時《いっとき》も離れていたくないの。ノートンが隣にいなければ、空気まで薄く感じる。一緒に感動してくれなければ、なにを見ても美しいと感じられない。この愛さえあれば、あとのことはどうでもいいの。大切なのはそれだけ。お父さまは経済的なことを心配なさっているんでしょう？　それだってまったく問題ないのよ。しばらくは自分で稼いでくれるし、将来は遺産を相続する予定なの。とにかく、こうして離れていると毎日が拷問のようだから、一刻も早く結婚したいわ」

ダイアナは早口でまくしたてた。世間ずれしていない大執事は直截《ちょくせつ》な物言いに驚いたが、なにをいっても無駄だと察したようだ。いまのダイアナは父が知る娘とは別人だった。ひとつのことだけを思いこみ、どれだけ反対されようとも自分の意思を貫きとおすつもりのようだ。それに反対できる者などいないだろう。無駄だと悟った大執事はせめて世間並みに時間をかけるようにと諭したが、ダイアナはそれにすら耳を貸さなかった。

「なんのために？　今度の日曜にそれぞれの教区で結婚告知をすれば充分よ。イタリアに一ヵ月行くつもりだけど、帰国したら、模範的な開業医の妻になるわ。それに、これからずっとノートンに無料で診てもらえるんだから、お父さまだって安心でしょう」

大執事はひとりになると、いま聞かされた話を整理した。まだ戸惑う気持ちが強かったが、好意的に受けとめようと努める。だがダイアナは華やかな相手と結婚したかったはずだとの思いが強く、なかなか納得できなかった。マイラよりもずっと現実的だと思っていたダイアナが、眉目秀麗《びもくしゅうれい》である以外はごく平凡な青年のために華やかな世界を捨てる決心をしたのは、永遠に続く真実の愛のためにちがいない。大執事はそう自分にいいきかせたが、気分は晴れなかった。陽気で明るいコマドリが、なにかべつの理由で突然こんな愚行に走ったとしたら？　怒りなり、失望なりが原因で、突然あの青年を受けいれることにした可能性はないのだろうか。もしそうならば、遠からず悲惨な事態を迎えるのは避けられないだろう。そもそも大執事はどんなことであろうと急ぐのが嫌いで、東洋人のように慎重に検討するのがつねだった。

今回も時間をかけて考え、婚約を認めざるを得ないとの結論に達したが、これでいいのかという危惧は残った。もともと娘たちの本心はほとんど理解できなかったし、性格も熟知しているとはいいがたい。それでもダイアナができるだけ早く結婚するとかたく心に決めていることは誤解の余地もなかった。大執事はダイアナの人生に不安を覚えた。大執事自身は大きな変化もなく、まっすぐな人生を歩んできた。間もなく引退する予定だが、眼科医はきちんと自制して目を酷使しなければ、不自由ない程度に視力を保てると保証してくれた。また、娘たちのことは心から慈《いつく》しんでいたが、手放すのが耐えがたいほど溺愛しているわけではない。娘たちも大執事の趣味には興味を示さなかったし、敬虔な信者でもなかった。それぞれの趣味のため、自宅を留守にすることも多かった。姉のマイラのほうが思慮深くて生真面目な質《たち》というちがいはあるものの、ふたりとも優しくて愛情深い娘たちだったが、いつか嫁に行くものと思っていたので、その結果起こるだろう変化を想像してもことさらに喪失感は覚えなかった。

ダイアナがどんな反対意見にも耳を傾けるつもりはないことを目のあたりにしたいま《ま》、ノートン・ペラムの頭を占めているのは翌日のウェイマス訪問だった。ダイアナがベンジャミン卿に婚約の件を伝え、ダイアナの思いつきでマイラにはノートンが話すことになった。そこでダイアナは、ノートン・ペラムがウェイマスまで同行することと、テニス大会でのふたりの活躍を喜んでいるとだけ知らせる手紙を送った。

だがこの小旅行の前に、ノートンにはひとつ片づけておかなくてはいけない用事があった。ネリーの兄ノエルと待ちあわせした海に向かうと、別人のようによそよそしい声で挨拶された。ふたりは海で泳いだあと、腹を割った話をした。

「楽しいツーリングだったよ」ノエルはいった。「おれのバイクは坂道をのぼらせたら最高でさ。四百キロ近く走ったかな。それもかなりの斜面をね。まあ、そんなことより、話は妹から聞いた。いや、衝撃だったよ。それがどういう意味を持つのか、きちんと理解しているのか? もちろん、わかるはずはないよな。とりあえず、婚約のお祝いをいわせてもらうよ。しかしきみならば、男らしく誠実に妹のことを考えてくれるだろうと信じた自分を呪ったがね。それにしても、馬鹿な真似をしたもんだな」

「どういう意味だ?」

「わかっているはずだ。もちろん、妹はそんなこと考えてもいないさ。きみには妹が理解できないだろう。きみに対する並大抵じゃない細やかな気配りを。恋に夢中の男は、それ以外のことなどなにひとつ目に入らないものだからな。だが馬鹿な真似をしたもんだとまでいわれれば、さすがに意味はわかるだろう。きみの伯父ジャーヴィス・ペラムに関するかぎり、きみは終わりだよ。とはいえ、おれとしてはもっともだと思うがね。自分が置かれた状況も、伯父さんの意向も、これ以上なく明確に承知していたんだ。あの伯父さんがいまさら意見を変えるはずはない」

「恋の経験が一度もない男ならではの意見だな。その調子では、今後もすることはなさそうだが」ノートンは答えた。「実際のところ、恋に落ちたら、それ以外の細かいことなんてすべて吹き飛んでしまうんだ。このまま喧嘩別れするのはいやだから、はっきりいおう。かねがね、ネリーはまれに見るすばらしい女性だと思っていた。その気持ちはこれからも変わらない。つきあえばつきあうほど、彼女の美しい心ばえに感動するよ。今回の件もよく理解してくれて、きみとはまったくちがう意見だった。ああいう女性なら、すぐにも夫となるにふさわしい立派な男が現れるだろうな。ネリーは想像力が豊かなんだ。いわせてもらえば、きみに欠けているものだね。だから愛は食事や飲み物のように注文できるものではないとわかっているし、ぼくの状況もよく理解してくれて、奇跡のような出逢いを喜んでくれたよ。ぼくの幸せを願ってくれているが、ただひとつ伯父のことを心配していた」

「だから？　まさにおれとおなじ意見じゃないか。ちがっているのは些細なことだけだ。たしかに恋については門外漢だと認めよう。妹は知っているわけだが、そのことは話題にしたくない。しかし、恋をするというのは正気をうしなうということではないはずだが、きみを見ているとそうとしか思えない。どうやらきみの愛は、良識のあるまともなものではなさそうだな。きちんと教育を受けた大の男であるきみが、きれいな顔に惑わされて人生の希望をすべて投げ捨てるとは信じがたい。お互いのことをろくに知りもしないのに、一時《いちじ》の熱情に身を任せるなんて、馬鹿な真似といわれても仕方ないだろう。若い娘ならばそういうこともあるかもしれない——とはいえ、程度は知れているがね。まともな娘ならばそんな真似はしないはずだ。だが男がそんな行為に走るとは——おれが相手の父親だったら、いってやりたいことは山ほどあるね」

　興奮するノエルとは対照的に、ノートンはどんどん冷静になっていった。ノエルが激するのも理解できる。将来は資産家になる男と結婚するはずだったネリーが、結婚せずに一生兄のもとにいるかもしれないのだ。ノートン同様にネリーの気持ちを知っている兄としては、冷静でいられないのも無理はなかった。そのうえネリーのようなタイプは、ノートンが婚約したからといってべつの男に心を移す可能性は低いだろう。ふたりとも口にはしなかったが、ノエルが一番心を痛めているのもそこだった。やり場のない怒りのはけ口として、こうしてノートンを批判しているだけなのだ。

「もうこの話はやめよう」ノエルが言葉を切ったところで、ノートンは穏やかに口を挟んだ。

「きみのぼくへの理解に比べると、ぼくのほうがきみのことをよく理解していると思う。ひと目ぼれについて講釈を垂れて退屈させるつもりはないよ。それは人間のみに起こる現象で、きみのように教養ある人物も例外ではないとだけいっておこう。きみはぼくを怒らせたくて仕方ないようだが、その手に引っかかるつもりはない。伯父については、きみが考えているよりも道理のわかる人間で、きみよりも広い心でこの知らせを受けとめてくれるものと信じている。きみもネリーを見倣ったらどうだ。だが伯父がぼくには一銭も遺さないと決めたところで、そんなことはたいした問題じゃない。人生で幸運に恵まれるよりも、恋で恵まれたほうがいい。いや、ちがうな。恋で幸運に恵まれたら、それは人生においても幸運だということなんだ。恋と人生は分かちがたいものだから」

「いまはそう考えているわけか。お相手もおなじ考えなのか？」

「コートライトさんのことをいってるなら、心から、ひたむきに愛してくれている。一度でも恋をしたことがあれば、それがどれほど大切なものか、もうすこし理解できるだろうがな。ノエル、きみの考えはわかった。ひとつだけいっておこう。もうぼくのことは抛《ほう》っておいてくれ。ぼくはまだしばらくここに滞在し、結婚もこの地でするつもりだ。きみの意見が変わらないなら、その前にここを離れることを勧めるよ」

「その点だけは意見が一致したな。いわれなくともそうするつもりだ。明日デヴォンシャーに向かうよ」

「そうか。面倒かけるな。恋が実って幸福の絶頂にいるせいで、親友をうしなうとは思いたくない。落ち着いてゆっくり考えれば、いつかは自分のまちがいに気づいてくれると信じてるよ」

ノエルは返事もせずに姿を消した。その後、ふたりがふたたび顔を合わせるのは何ヵ月も先のことになる。こうしてノエルへの報告は終わった。ノートンが予想したとおりの展開だったが、ノエルの心境も手にとるように理解できた。ネリーの兄であれば、この事態に落胆し、腹を立てるのも無理はなかった。しかしノートンは時間が解決してくれると信じていたし、目下のところはウォレンダー兄妹との今後の関係にあまり関心はなかった。とりあえず兄妹がこの地を離れるとわかれば安心だった。いまの状況では、それが最善の道だろう。ふたりに迷惑をかけたことも、それほど気にはしていなかった。頭が痛い問題はほかにいくらでもあったからだ。そのなかでも最重要である伯父の件は先延ばしにできないので、ウェイマスから戻ってきたらすぐに訪ねるつもりだった。ノートンはダイアナの知恵をあてにしていた。意志が強く、決断力もあり、瞬時に細かい状況まで把握してすべての問題に解決策を見いだすダイアナならば、この問題もみごとに解決してくれるにちがいない。

ウェイマスまでの長い道中は、ダイアナとふたりで楽しい時間を過ごした。彼女の情熱にノートンは圧倒される思いだった。まさに、なにもかも焼き尽くす炎のようだ。先々の計画まで立てていて、ウェストポートで結婚し、そのままイタリアに一ヵ月以上滞在すると決めていた。

「そのあとはチズルハーストのあなたの家で、模範的な開業医の妻となるようがんばるわ。しばらくはつまらない思いをするだろうけど、その気になればわたしだって我慢をできるのよ。それに、資産家の伯父さまもいつまでもお元気なはずはないし。ところで、伯父さまはどのくらいお金持ちなの？　それをまだ聞いてなかったわね」

「ぼくもよくわからないんだ。金や銀の貿易をやってるらしい——正確なところはよく知らないんだが」

「なんの心配もいらなそうね」

「そうだと思うよ。伯父は財産はあるが、恐ろしく孤独な人間でね。ダイアナなら絶対に気に入られるよ」

それを聞いてダイアナは思案顔になった。

「わたしはだれにでも気に入られるタイプじゃないわ。おなじ世代ならばまず大丈夫だろうけど。一度すごいお金持ちのおじいさんに結婚を申しこまれたこともあったっけ。どうしようかと迷ったものの、あまりにも見るに堪えない老人だったからお断りしたの。金やダイヤモンドで覆ったところで、とても一緒には暮らせないと思って。だって、隠れていても醜いのは事実だもの。わたしにとって、醜いものは死とおなじ。美しいものにしか希望はないわ。たぶん、伯父さまは女嫌いなんでしょうね」

「いや、そんなことはないよ。長所はきちんと認めるし、すごく気に入る場合もある」

「伯父さまのことを詳しく教えて。ちゃんと作戦を練らないとね。伯父さまの理想はどんなタイプなのかしら。わたしは女優としてもなかなか才能があるのよ。もちろん、結婚式にはいらしてくださるんでしょう?」

「そのことなんだが、実は望み薄だと思うんだ。伯父は驚くほど自己中心的なうえ、九月いっぱいはスコットランドにいる予定らしい。ウェストポートまでは来てくれないだろうな。結婚式のあと、イタリアに行く前に一週間ほどスコットランドに寄るというのはどうかな」

「そんな！　新婚旅行のあいだは、ふたりのことだけを考えていたいわ。家長の伯父さまにはきちんとご挨拶するべきだけど、そのことは新婚旅行のあとで考えましょうよ。結婚祝いにはなにをくださるかしら——金塊？」

ノートンは笑みを浮かべながら、内心は狼狽していた。ダイアナの軽率な発言を聞いているうち、将来がかかっている伯父の問題に暗雲が立ちこめてきた気がしたのだ。だが伯父に紹介する段になれば、もっと常識的にふるまってくれるにちがいないと信じることにした。

「伯父の話はやめよう。結婚祝いはなにもくれないと思うよ。伯父は意表を突くのが好きなんだ」

「それなら、わたしのことも気に入ってくださるわね」

「伯父もきみの魅力には降参するさ。ぼくよりもかわいがるんじゃないかな——うん、きっとそうなるよ。ところで、昨日ベンジャミン卿はシングルスで負けたそうだね。とはいえ、お姉さんと組んだミックス・ダブルスでは勝ち進んでいるし、お姉さんの女子シングルス準決勝進出はまず確実じゃないか」

「ベンジャミンはビリー・エヴァンズに負けたそうね。相当気落ちしてるわよ。これまで、ビリー相手に負けたことなんてなかったのに。きっと返事をじらしたわたしのせいだと思ってるわ。ねえ、今日なにが起きるか予言してあげましょうか。マイラは大喜びして、心からわたしたちのことを祝福してくれる。だって心配事がひとつ解決して、自分が家庭を持つ日に一歩近づいたと思うはずだから。ベンジャミンにはかなりひどいことをいわれるでしょうね。でも天国にいるわたしは、なにをいわれようと傷つかないけど。気の毒なベンジャミンには優しくしてあげるつもり。ほら、彼のことを好きなのは事実だから。人生に対する姿勢が好きなの。父が遊歩道から転げおちなかったら、きっとベンジャミンと結婚していたわね」

「ぼくは恨まれるだろうな」

「それは仕方ないわよ。ベンジャミンは嫌いな相手にはかなり冷酷なの。怒ると無慈悲なところが顔を出すのね。でも、気を悪くしないであげて」

「気を悪くする？　幸福の絶頂にいるぼくは、なにがあろうと気にならないよ。今日なら、蜂に刺されても怒る気になれないだろうな。ぼくたちは天国にいるようなものだから」

「そうね。天国にいると、自然と寛大な気持ちになるみたい」

ふたりは旅行について相談し、ダイアナはヴェネチアとコモ湖には絶対に行きたいと主張した。

「運河や湖でのんびり舟に乗りたいの。ラバをお供に山をハイキングなんて興味もないし。でもノートンが山歩きをしたいのなら、もちろんつきあうわ」

「きみがいやがることをするつもりはないよ」

ウェイマスの駅ではベンジャミン卿に迎えられた。マイラは正午に試合があるために来られなかったそうだ。ダイアナがふたりで話をしたいと声をかけると、ベンジャミン卿は安堵の表情を浮かべた。ノートンはあとで落ちあう約束をして試合会場に向かい、ベンジャミン卿とダイアナは海沿いを散歩した。ベンジャミン卿はそこで痛恨の事実を知らされることとなる。

「とても大事な話があるの、ベンジャミン」ダイアナはそう切りだした。「あなたとの友情はかけがえのない大切な宝物だと思ってる。わたしたち姉妹にとって、ベンジャミンは特別なお友だち——いってみれば、人生に欠かせない存在なの。でも運命の相手はひとりだけよ。わたしは運命の相手と巡り逢ったわ。相手はペラム先生だといったら驚くだろうけど、まちがいないの。それどころか、わたしたち、離れていることさえ耐えられないのよ。ふたりでひとつなんだもの。自分がだれかの一部だと天啓のように悟るなんて、実際にそれを経験したことのない人に説明するのは難しいから、理解してもらえるとは思ってないわ。でも出逢ってからほんの数日で、わたしたちはもともとひとつで、お互いなしでは生きていけないとわかったの。信じられないでしょうけど、でも現実に起こった出来事なのよ。理解してくれると嬉しいわ」

「おいおい、コマドリ！　いったいなんの話なんだ？」

「まだわからない？　こんなにはっきりいっているのに？　控えめに説明しているつもりは

ないんだけど。だって嬉しくて仕方ないんだもの。メガフォンを使って、世界に向かって叫びたいくらい。これからもベンジャミンが大切なお友だちなのは変わらないわ――ごく親しい、特別な存在。いつだって優しくしてくれたわよね。でもわたしが結婚する相手は世界にひとりしかいない。それはノートンなの。とはいえ、もう結婚しているようなものね。これまでだってそうだった。お互いの存在も知らないころから――たぶん生まれる前から結婚していたの。頭がおかしくなったと思われそうだけど、紛れもない真実なのよ。不思議な話でしょう？　どこか宗教に似ている気がする。ベンジャミンなら、真面目に聞いてくれるわよね」

ベンジャミン卿は真面目に耳を傾けた。ダイアナの気質は知り抜いているので、もはや自分に望みは残されていないことも理解した。ショックのあまりしばらく押し黙ったまま、過去を思いかえしていた。ダイアナはいつもはぐらかしてばかりだったが、結婚を断るようなそぶりを見せたことは一度としてなかった。それどころか、ひとつひとつは些細なことだったが、その積み重ねでいつかは自分と結婚するつもりでいるものと信じていた。その点を疑ったことはなかったし、それはベンジャミン卿の勘違いではなかった。

これまでダイアナが興味を惹かれた男性はベンジャミン卿以外にいなかった。知りあった男性には概して愛想よくふるまうが、その分け隔てのない姿に、やがて男たちは自分に望みはないと悟らざるを得ないのだ。出逢ってすぐに結婚を申しこんだ男も何人かいた。ダイアナの質素な暮らしぶりに、財産に心を動かすことを期待した金持ちの男たちだったが、彼女は歯牙にもかけなかった。ダイアナが信頼して打ち明け話をしていたので、ベンジャミン卿はダイアナの一番の理解者だった。姉マイラよりもダイアナのほうが好きだったのだ。大執事がノートンに説明したとおり、たしかに姉妹両方に惹かれていた。さほど深い愛情でもなかったが、それは元来がそういう性格だからだ。だが最終的にはダイアナを選び、それを断られる可能性は考えてもいなかった。

すぐに返事をしてくれなかったことを、内心驚いたくらいだった。

しばらくして、ベンジャミン卿は口を開いた。

「まさか、そんな話を聞かされるとは思わなかった。長年の変わらぬ友情が、きみにとってはそれほど価値がないものだとは信じがたいな。ぼくは――」

「価値がないわけじゃないの。そんなふうに受けとめないで。ベンジャミンとのかけがえのない友情は、わたしにとっても、姉にとっても、人生で一番大切なものよ。姉とはしょっちゅうベンジャミンの話をしているし、あなたがいなかったらどんな毎日になっていたのか、想像もできない。それほど大きな――だれよりも貴重な存在なの。わたしたちふたりとも、あなたを愛しているわ。調子のいいことをいってるわけじゃないのよ。本当の気持ちだし、マイラもそうだとわかってる。でも、ノートンと出逢ってしまったの。一見、馬鹿げているとしか思えないだろうけど、だからこそ真実なのよ。わたしのようなタイプがこうなるなんて、笑い話みたいよね。でも、そんなこと気にもならない。ノートンはわたしの心臓そのものなの」

「あの男について、いったいなにを知っているというんだ」

「わたしの命そのものなのに、どれだけ知っているかなんて関係ある？　あの人が運転手だったとしても、漁師だったとしても、なにも変わらないわ。兵隊でも、鋳掛け屋でも、仕立て屋でも、農夫でも、泥棒でもおなじこと。ノートンはわたしの人生そのものなの。自分の人生はきちんと歩むべきだと思わない？」

「ダイアナ、頼むから考えなおしてくれ。ぼくもそれほど道理をわきまえているわけじゃないが、いくらか舵《かじ》っているとしたら、きみとマイラに負うところが大きい。きみたちがたくさんのことを教えてくれた。落ち着いて考えてごらん。どこの馬の骨かもわからない男がきみの命であるはずがない。二週間前には存在すら知らなかった男に熱をあげるなんて、恐ろしく危険だよ。これは強調しておくが、きみの人生はきみのものだ。そしてきみはぼくと一緒に人生を歩むものとわかっていたはずじゃないか。ろくに知らない、とうてい理解できるはずもない開業医と一緒に生きていくというのか？

はっきりいおう。不思議でもなければ、宗教に似てもいない。不思議だ、宗教のようだなんて、ただの世迷《よま》い言《ごと》だ。厳しいことをいえば、きみは見知らぬ男に目が眩んで、頭がおかしくなっているだけだ。たしかに彫像と見紛《みまが》うほど見てくれはいいが、おそらくは冷酷な心の持ち主だろう。女性の目にどう映るかは想像つくが、それを利用してなにをしているかわかったものではない。きちんとした家の出で、真っ当な男であれば、もっとよく知りあってから結婚を申しこむはずだ。礼儀も知らない成り上がり者だと自分から暴露しているじゃないか。きみのような女性が、突然湧き起こった動物のような情熱に身を任せるとは信じられない。そんなもの、真実でもなんでもない。ただの幻想だ。きみはそんな女性じゃないはずだ。ぼく自身のことはどうでもいい。きみのことが心配なんだ。自分のために考えなおしたほうがいい。どういう未来が待っていると思う？　ロンドン郊外で、つまらない開業医の妻になるのか？　それが未来の夢なのか？　そんなわけはないだろう」

「ノートンは将来お金持ちになるあてがあるの」

「あいつはろくでもない男だ。きみもいつかそれに気づくはずだ」

ふたりは腰かけて話していたが、ダイアナは立ちあがった。

「試合会場に連れていって。あなたがそんなふうに考えるなんて、本当に残念だわ。でも、そのくらいきついことをいわれるのは覚悟していた。いまのようなことを聞いてもあなたへの気持ちは変わらないけど、結婚はできない。救いようのない頑固者だなんて思わないで。ベンジャミンだって本当は理解してくれているはずよ。わたしは充分冷静だし、この気持ちは永遠に続く愛だとわかっているの。ただの気まぐれなんかじゃない。あなたよりノートンのほうが格好いいわけじゃないし、あなたのような優しい夫にもならないと思う。それでもわたしの命なの。ひとつだけいっておくけど、あなたも気づいているとおり、ノートンはろくでもない男じゃないわよ。わたしやあなたとちがって、繊細な心と洗練された趣味を持つ紳士なの。だからそんな怖い顔するのはやめて、落ち着いてちょうだい。もう決まったことだし、すぐにでも結婚する予定なんだから」

「ぼくは未来のことを考えているんだ。自分の言葉を覚えておくんだよ。一年後には自分がなんというと思う？　いまはあの男以外は目に入らないんだろうが、そういう突然芽生えた愛は――一応、愛と呼んでおこう――永遠に続きはしない。それどころか、大抵は驚くほど短命なものだ。いまはあの男がきみの命だとしても――そんなに急がずに、一年でいいから待ってごらん。それでも気持ちは変わらないと思うか？」

「あなたはわかってないわ。愛にそんなことが関係ある？　人生は時間で決まるの？　いまこの瞬間が永遠なのよ。一年も先のことをあれこれ心配するのは、そういうことをしたい人に任せておけばいいじゃない」

ふたりは歩きだしたが、ダイアナを奪われたベンジャミン卿の怒りはおさまらなかった。彼には冷酷で利己的な面もあった。怒っていなければ愛想のいい陽気な男だったが、失望させられると激しい憎悪を抱くこともある。若くして財産と爵位を相続したので、我が意を通し、まわりからちやほやされることに慣れていた。それだけに、これは痛恨の一撃だった。しかしなんとか自制心をとりもどし、それ以上意見を口にするのは控えた。そしてダイアナに助言したとおり、未来のことを考えた。

「失礼なことをいって悪かった。ただ、ぼくの気持ちもわかるだろう？　ショックだったよ。まさか、こんなことになるとは。なにも当然色よい返事がもらえると思っていたわけじゃない。とてもきみには釣りあわないからな。ただ、こんな展開になるとは予想もしなかったんだ。だが、ぼくもスポーツマンだ。男らしく、彼にお祝いをいうよ。ぼくが結婚を申しこんだことは、これからも秘密にしてくれるだろう？」

「もちろん。ベンジャミンがプロポーズしてくれたことはひそかな自慢だから、だれにも教えたくないもの」

これで気が重い問題は解決したと、ダイアナは軽い気持ちで嘘をついた。試合会場に入ると、ダイアナがノートンを見つけて声をあげた。

「ほら、あそこにいる。女子ダブルスのマイラの試合を観てるわ」

いっぽうのマイラの反応はまさにダイアナが予想したとおりだった。ノートンは三十分ほど前にマイラを見つけ、試合前に十分ほどふたりで散策した。そこで婚約を告げると、マイラはかなり驚いた様子だったが、満面の笑みで受けとめた。もちろんノートンに家族の秘密ばかりか、自分がベンジャミン卿を深く愛していることまで知られているとは夢にも思っていないが、妹が婚約し、嫉妬に悩まされる日々も終わりを告げるとわかったのは、朗報だったにちがいない。嬉しい知らせがテニスにもいい影響を与えた様子で、試合が始まるとみごとなフォームでのびのびとプレイしていた。そのときノートンもダイアナとベンジャミン卿の姿に気づき、立ちあがって迎えた。卿は穏やかな声で婚約祝いを述べ、三人並んで試合を観戦した。背の高いマイラは動きがしなやかで、足も速い。半袖のフランネルのブラウスに短いスカート姿でコートのなかを駆けまわり、目を瞠《みは》る正確さで力強いボレーを決めた。相手のペアは実力に差があり、ひとりはかなり上手だったが、もうひとりは見るからに格下の選手で、プレイにかなりむらがあった。マイラはそちらに球を集め、試合の趨勢《すうせい》はすでに明らかだった。友人たちが見守るなか、マイラのペアは六対四、六対〇と圧勝し、観客は拍手喝采した。

試合が終わったあとの四人の話題は、当然のことながら驚きの知らせに集中した。四人で昼食をとったあと、ベンジャミン卿とノートンがふたりで話をする機会があった。ベンジャミン卿が考えているよりも事情を知らされているノートンは、その後ろめたさもあって、不信感に満ちた厳しい言葉を投げつけられるものと覚悟した。だがベンジャミン卿は自分の意見を口にせず、もっぱらノートンの話に耳を傾け、その人間性と将来性を見極めることに力を注いだ。そしてとるに足らぬ人物との結論に達したが、そんなことはおくびにも出さなかった。その後女性陣と合流すると、ベンジャミン卿はマイラに顔を向け、マイラとのミックス・ダブルスのためにすべての予定をキャンセルしたと告げた。シングルスで負けたのは腱を痛めたせいなので、足を休ませる必要があると。マイラは怪訝《けげん》そうだったが、ダイアナは心得顔だった。

ダイアナとノートンがウェストポートに戻るともう日が暮れていた。ダイアナはこの日の用向きを無事終えたことを喜んだ。

「ベンジャミンはすごく男らしく受けとめてくれたの。もちろんノートンを恨んでいるけど、それは仕方ないわよね。そのうち時間が解決してくれるわ。プロポーズされたことをあなたに話したことは知らないから、これからも秘密にしてね。ねえ、わたしは最大の問題を解決したわよ。今度はあなたの番ね。スコットランドに行くんでしょう？」

「迷っているんだ。手紙にするかもしれない」

そこにふたりの性格のちがいが現れていた。ダイアナはかぶりを振った。

「わたしがやったように、正面からぶつかるべきよ。ベンジャミンへの返事も、彼のためというより自分のためにはっきりと口で伝えたの。だから伯父さまじゃなく、あなたのためにいってるのよ。このままじゃ落ち着かないでしょう？　そのためにはきちんと問題を解決しなくちゃ。気が進まないからといって、すべきことを先延ばしにするのはよくないわ」

「そうだね、スコットランドに行くことにするよ。やるべきことがたくさんありすぎて、どこから手をつければいいのか途方に暮れるな。しかも、どれを片づけるにしても、きみと離れることになる。それがいやなんだ」

「あれこれ考えている時間はないわよ」

ダイアナは正しかった。その言葉どおり、それからの数週間ふたりは変化の竜巻に巻きこまれ、ノートンも行動を起こすほかなくなった。そしてノートンがまだ夢心地でいるのに対し、ダイアナは大混乱を前にむしろ嬉々とした様子で、今後起こることを正確に見通し、家族すら驚かされたみごとな手腕でつぎつぎとさばいていった。

まずはノートンに連れられて新居となるチズルハーストの家を訪れ、すべきことを指示した。それからノートンはスコットランドに向かい、そのあいだダイアナはロンドンで、父から結婚祝いとしてもらった二百ギニーのほとんどを使って嫁入り支度を調えた。マイラもそれを手伝い、ダイアナは初めて姉を信頼の置ける味方だと感じた。これまで姉妹はお互いに興味を持ったことがなかったのに、いまのマイラはかつてないほど協力的だった。ここまで親身になる本当の理由をコマドリは承知していたが、そんなことは気にならなかった。姉妹は協力して、万事遺漏なく準備を進めた。

大執事はまだ戸惑いの渦中にいたが、結婚話が徐々に現実味を増すにつれ、不安も募っていった。そこへ折よく帰宅したマイラに懸念を打ち明けた。

「家柄もよくなければ、財産もない。たしかなのは、前途有望ということだけだ。人物は気に入っている。紳士だし、実に魅力的な青年だ。努力を怠らなければ、将来は有名な医師になることだろう。しかしダイアナは自分の決断の意味を本当に理解しているのだろうかと、何度も自問してしまうのだ。人生を左右する一大事を、ここまで性急に進めたがるなど、ダイアナらしくないと思わないか？　おそらくは愛に目が眩んで、まともに考えられる状態ではないのだろう。そんな経験はないので推測しかできないが。しかし、開業医の妻とは——あれこれ考えあわせると、暗澹《あんたん》たる気持ちになることがある」

マイラは結婚を心から祝福しているし、未来は希望に満ちていると父親を慰めた。

「あのふたりの愛があれば、どんな障害も笑って乗り越えられるでしょう。ノートンは好青年だし、とても聡明な方だもの。ダイアナが自分の立場をきちんと理解して協力すれば、ふたりにできないことなんてないわよ。チズルハーストにはロンドンのお金持ちがたくさん暮らしているし、きっと数年で開業医として大成功をおさめると思うわ。それにすごい資産家の伯父さまがいらして、ノートン以外に遺産を相続する人はいないそうよ」

「聖書にあるとおり、『全《まつた》き愛は懼《おそれ》を除く』なのか」大執事は半信半疑で答えた。「だがわたくしたちの時代は、ここまで性急にことを運ぶとなると、よくよく熟慮したものだが。あのふたりは充分冷静だと思うかね？」

「ええ、大丈夫よ。ふたりはお馬鹿さんじゃないもの——もちろん、子供でもないし。ふたりともきちんと未来のことを考えているわ」

「この件を知ったとき、ベンジャミン卿はなんといっていた？」

ベンジャミン卿はマイラの前では自分の苦悩を巧妙に隠していたので、マイラはふたりの前途を祝福していたと答えた。理由を口にはしなかったが、その知らせに大執事は喜んだ。

ベンジャミン卿が本気で惹かれていたのはダイアナではなく、マイラだったと考えたのだ。

スコットランドから帰ってきたノートンは口が重く、ダイアナには真実からかけ離れた報告をした。こうしてノートンは結婚する前から揉め事の種を蒔いてしまった。これがのちに無慈悲な敵を作ることになるとも知らずに。あまりにも眩《まばゆ》い愛のため、ノートンのアキレス腱が露呈してしまった。怯懦《きょうだ》なる心が人生の門番をしているのであれば、新たな敵を招きいれることになるのは時間の問題だ。そしてこれが由々しき事態を招き、ノートン自身は気づかぬまま、夢見ているような楽園ではなく、まさに地獄というべき現実へと飛びこむこととなる。

伯父は待ち望んでいた知らせをようやく聞けるものと信じ、ノートンを迎えた。それだけに事実を知らされると、怒りと落胆のあまりノートンを痛烈に罵倒し、即刻出ていけと怒鳴りつけた。そして神に誓って、今後は裏口を訪ねる物乞い以下の存在と見なすと宣言した。

わずか十分で会見は終わった。だが覚悟していたとおりの展開だったこともあり、ノートンは南にとんぼ返りするころには、若さゆえの回復力ですでに衝撃から立ちなおっていた。伯父の立場に立ってみれば、そもそも盾突かれることに慣れていないうえ、自分の希望が実現すれば関係者一同が幸せになれると確信していただけに、激怒するのも無理はなかった。なんとかなると信じることしかできないが、いまダイアナに正直に告げるのが得策とも思えない。そこで彼女には明々白々の事実を隠して、伯父は突然の知らせに驚愕し、どう受けとめるべきか迷っているようだったとだけ告げた。

「予想どおりの反応だった」ノートンは説明した。「あまりに突然のことで、ご老体の理解を超えていたようだ。なにしろ頭のかたい独り者の老人だからね。愛についてなど、芋虫程度にしか知らないんだ。そのうちダイアナに会えば、ぼくが賢明だったとわかってくれるさ。しばらくはひとりでゆっくり考えてもらおう。旅行から戻ってきたら、ふたりで会いに行けばいい」

「結婚式にはいらしてくださらないの？」

「わからない。伯父はいつも衝動的に行動するんだ。おそらく来てくれるんじゃないかな。日時や場所は教えてあるし」

衝撃の告白をしたあとは口を挟むこともできなかったので、当然、伯父にはなにも伝えていない。だがいまは嘘も方便だと信じた。たとえ〝良心〟が口をきけたとしても、迷いなく黙らせただろう。

またたく間に結婚式当日を迎えた。ヨークシャーから式に参列するためにやってきたノートンの母は、小柄で控えめな佇《たたず》まいだがいまでも美しかった。八月の終わりのどんよりと曇った静かな朝、滞りなく式がおこなわれた。花嫁の年配の親戚も数人出席し、大執事の友人の司祭ふたりが大執事とともに式を執りおこなった。ニコル・ハートが出席できなかったので、ノートンの医師仲間が新郎の付添人を務めた。だが式はどこか華やかさに欠け、新郎新婦が出発すると列席者も散会した。

ダイアナはかなり豪華な結婚祝いをたくさん受けとった。なかでも目を惹いたのはベンジャミン卿から贈られたものだった。先約があるので残念ながら出席できないという手紙とともに宝石が届いたのだ。それはこれからダイアナが送ることになる生活を考えると、不釣りあいなほど立派な宝石だった。ダイアナはその気前のいい贈り物に心から感激し、その旨を記した礼状を送ってベンジャミン卿を喜ばせた。そのような結婚祝いが実は残酷だと気づいていたとしても、ダイアナは自分自身に対してもそのことを認めなかった。

第5章　宴のあと

やけに急激に重大な局面を迎えたように思えるかもしれないが、事実そのとおりだったのだ。目まぐるしいほど立て続けに様々なことが起こった。瞬時に燃えあがった火は周囲が唖然とするほどの速さでふたりを結びつけ、そのままふたりを燃やし尽くす運命なのか、炎となって永遠に燃えつづけた。ダイアナは華やかなロマンスもそのうち過去の想い出になると承知していたが、それでも完璧な男性と結婚したのだからちがう愛情を育《はぐく》み、慎ましやかだが幸せな日々が送れるものと心から信じていた。そして新婚旅行のあいだもその確信はいささかも揺るがなかった。ノートンは愛情深い夫で、ふたりはお互いだけを見つめ、様々なことを話しあって理解を深めた。将来に対する不安が楽しさに暗い影を落とすような、その兆しすら感じられなかった。コモ湖とマッジョーレ湖は息を呑むほどに美しく、山々に抱かれた不思議な色合いの湖面は、旅行の先に待ち受けているものを忘れさせてくれるようだった。ノートンは燦然《さんぜん》と輝く日々とは対照的な、これからの生活に思いを馳せた。自分は地味な仕事に戻り、ダイアナには小さな家で慣れぬ倹約生活を強いることになる。だがダイアナならば、そうした生活にも耐えられると信じた。我慢できるのはやがて報われるという期待があるからだと頭に浮かぶが、慌ててその考えを追いはらう。そうした忍耐が報われる可能性は万に一つもないという事実を、ノートンはダイアナに打ち明けられずにいた。

新婚旅行のあいだ、ダイアナは何度となく伯父に紹介される日のことを話題にした。そのたびにノートンは、先に延ばせば延ばすほど成功する率が高いとそれとなくほのめかした。

こうしてふたりは旅行を満喫し、ノートンは一週間帰国を遅らせて心ゆくまで楽しもうと提案してダイアナを喜ばせた。十月になり、木々の葉が落ちはじめたころ、ふたりは冬の気配が忍びよる自宅に戻った。度胸や決断力には恵まれているが、家事の経験は皆無であるダイアナがすべてを担う新生活が始まった。

これまでつまらない家事は避けてきたので、大抵の若い妻がどれほど大変な毎日を送っているかはまるで知らなかった。家事や使用人の管理に頭を悩ませるのは初めての経験だったし、裕福ではない家で育ったにもかかわらず、裁縫や簡単な修繕もしたことがなかった。だがいま要求されているのは、ダイアナには皆目欠けているそういう知識だった。美貌も、魅力も、快活さもなんの役にも立たず、必要とされるのは毎日生じる問題についての実践的な知識と、快適に暮らすために休む間もなくこまごまと手を動かすことだった。忍耐というのはダイアナの得意分野ではない。日常の些事など甘く見ていたし、家を切り盛りするくらい、知性のある人間がその気になれば簡単にできるものと思っていた。だが現実には、ダイアナはなにをしても失敗続きだった。先を見越して計画を立てるのが苦手だったのだ。そのうえ最初は物珍しさで楽しむこともできたが、時間がたつにつれ、うんざりすることも多くなった。あらゆることが初体験で刺激的だったので、ダイアナは結婚生活も、家事も、すくない収入でやりくりすることも極力楽しもうと心懸けたが、それにも限界があったのだ。だが毎日の生活はそれでも続いていく。ダイアナはノートンのためにこれまでとはあらゆる点で正反対といえる日々を送っていたが、自分の性格まで変えることは不可能だった。これほど激変した生活に満足することができなかったのだ。

「そのうちに慣れるよ、優雅なお嬢さん」ノートンはそう慰めた。だが時間がたつにつれ、いやでもふたつのことに気づくようになった。頭の回転が速くて有能なダイアナならば、すぐに易々と家事をこなすようになるし、お金の大切さも学んでくれるものと考えていた。これまでも質素な暮らしをしていたので、贅沢など知らないはずだと思いこんでいたのだ。だがダイアナはそうした生活に慣れる様子もなく、これだけの不自由に我慢するからには、将来は贅沢な日々が待っているものと決めてかかっている様子だった。

また友人から誘いもあれば、ロンドンの知人もここで暮らしていると知って訪ねてくるようになった。だが日々の生活に不満を募らせているダイアナが、ノートンは仕事が忙しくて社交に費やす時間がほとんどないと知ったときの失望は大きかった。自宅に招待する余裕がないのはダイアナも承知していた。しかしプライドが高いノートンが、裕福な友人に夕食会へ誘われてもお返しができないから断るといったときには、ダイアナは理解できずに憤然と詰めよった。ダイアナ自身は一方的に招待を受けることに慣れていただけに、どうしてもおとなしく従うことができなかったのだ。

「開業医はそんなこと気にする必要はないの。比較的生活に余裕がない方たちもそうよ。だって招待してくださるほうは、相手がお返しできないのは先刻承知なんだもの。お断りしたところで、せっかくの機会をみすみすふいにするつまらない人間だと思われるだけよ、まずまちがいなくね。うちの父だってしょっちゅう地域の方々の招待を受けていたわ。父を招待できるのは光栄なことだと思われていたもの。お金持ちの方はこれからいい患者さんになってくれる可能性が高いのに、どうしてお誘いを断らなくちゃいけないのか、きちんと理由を説明してほしいわ」

だがノートンの返事はとうてい納得できるものではなかった。結局ダイアナは無断で夕食会の招待を受け、ノートンにその旨を伝えた。

その瞬間、空気が危険なほど熱気をはらんだが、それも一時《いっとき》のことだった。ノートンはダイアナの目をのぞきこみ、両手で顔を包んでくちづけした。ダイアナと喧嘩するつもりはなかった。

「コモ湖でよく似合っていると褒めたドレスにしたらいい。あれ以来着ていないし」

その後は平穏な日が続いた。ほどなくノートンは新妻の様々な要求に応えることは時間的に難しいと気づいたが、妻を深く愛していたので無理をするのもそれほど苦ではなく、そのうち落ち着くものと軽く考えていた。早く子供が欲しかったし、妻もおなじ気持ちだと信じて疑わなかった。一緒に暮らしてお互いが冷静に見えてくるようになると、大胆で勘のいいダイアナはまたたく間に夫の気質を理解したが、それはとうていノートンが太刀打ちできるレベルではなかった。そしてダイアナは自分の希望どおりだとそのまま堂々と推しすすめるが、意に染まぬことは秘密や言い逃れが得意な女性らしく隠すようになった。ノートンは優しく寛大で、妻に甘い夫だった。ダイアナはノートンの愛情にあぐらをかいている面があり、あれほど身を焦がした恋もいまでは気まぐれに思いだす程度で、情熱が充分に満たされているいま、もっと興味をそそられることや心躍る楽しい出来事が起きないかと期待するようになっていた。

それでもふたりの関係は良好だった。ダイアナの生活があらゆる面で一変し、いまではすべてが彼女の双肩にかかっており、我慢とバイタリティが必要とされる場面も多いことを、ノートンはよく理解していた。ダイアナはバイタリティの点では申し分なかった。そして妻が辛抱できるようになるまでノートンは応援するつもりだったが、ダイアナ本人は相続するまでの我慢だと決めてかかっていた。ノートンは伯父の遺産をなんとか忘れさせようと努力したが、ダイアナは聞く耳を持たなかった。ノートンは自分の収入が伸びた事実も指摘してみた。実はそれについてはダイアナに負う部分も大きかった。今後いい患者になりそうな相手にはきわめて愛想よく、人をそらさぬ歓待ぶりを発揮したのだ。近づきがたいほどの美青年だったノートンが妻帯して落ち着いたことは、仕事にもいい影響を及ぼしたようだった。腕がいいうえに思慮深くて思いやりのあるノートンは、なにもなければ開業医として成功したにちがいない。しかしあのような事態に陥り、仕事に専念するなど夢のまた夢となってしまった。ダイアナはそのうち裕福になれる約束をけっして忘れなかった。夫が開業医として成功をおさめたとしても、資産といえるものを手にするころにはふたりとも初老にさしかかっていると見越していたのだろう。しかし肝心の伯父ジャーヴィス・ペラムからは便りひとつ届かなかった。

ノートンはひそかに伯父に手紙を書いた。礼儀正しい、細部まで配慮の行き届いた文面だったが、返事はなかった。その件をダイアナには隠していたが、思いついてウォレンダー兄妹に連絡をとってみた。どんな反応が返ってくるか内心怖くもあったが、土曜の午後にチズルハーストに遊びに来ないかと誘ったところ、快諾してくれたのでほっと胸をなでおろした。結婚前はしょっちゅうこうして行き来していたのだ。ノエルの返事は短いが、ごく普通の調子だった。そして兄妹が訪ねてくると、夫の大事な旧友に会えて嬉しいとダイアナはふたりを大歓迎した。

三人の胸中にくすぶるわだかまりなど知らないダイアナは精一杯歓待し、ネリーもなにもなかったかのような笑顔でこれに応えた。ネリーは自宅の調度を褒め、これほど幸せそうなノートンは目にしたことがないと微笑んだ。ダイアナがその複雑な胸中を知るはずもなかった。兄妹が暇《いとま》を告げるころには、ダイアナはネリーの魅力やセンスのよさを手放しで褒めちぎっていた。帰りは夫婦で駅まで送っていき、女性ふたりが前を歩いたので、ノートンはノエルと腹蔵ない話をすることができた。とにかく伯父について知りたかったが、ノエルもそれほど事情に通じているわけではなかった。

「あまり体調が芳《かんば》しくないらしく、医者からは仕事量を減らせといわれているそうだ。シティに行くのは週に四日と控えているが、自宅でも仕事をしているからおなじことだな。妹にいわせると、もしも仕事を減らしたらそれこそ重症だそうだ。とにかく金儲けが生き甲斐のような御仁だ。それ以外になんの楽しみもないんだから、仕事を引退したりしたら、それこそ寿命が尽きてしまうだろう。石油関連の株は手放したんだ——飽きたようだな。とはいえ、たまに売り買いするとかならずといっていいほど儲けているが」

「ぼくが手紙を出したことは、ネリーから聞いているか？」

「ああ、聞いた。手紙を開封するのも妹の仕事だからな。だがきみの筆跡に気づいたので、開けずに渡したそうだ。するとこともあろうに、それを妹に読みあげさせたらしい。かわいそうに、どんな気持ちだったことか。ここだけの話、きみの婚約の知らせを聞いたときには腹が立ったなんてもんじゃなかった。

しかし落ち着いて考えたら、伯父さんの希望に応える前に、重要な問題を解決しなくてはならないときみがいっていたのを思いだしたんだ。いま思えば、ちがう女性に恋をしたからだったんだな。あのとき奥さんに振られていたら、妹に結婚を申しこむつもりだったのかどうかは知らないがね。そうでないことを祈っているよ。それはいささか品性下劣のそしりを免れないだろう。とはいえ妹の気持ちは先刻承知だったわけだし、きみの未来もかかっていた。いまとなっては、こうなるのがだれにとってもよかったのかもしれないな。もうこの話はやめよう。結婚してもきみは妹の大切な友人だし、おれにとってもそうだ。

そうそう、きみの手紙の話に戻ろうか。折り目正しく、道理をわきまえた、非の打ちどころがない文面だったようだな。一家の長である伯父さんに新妻を紹介させてほしいと頼んだそうじゃないか。しかし伯父さんはそれを聞いて、よくもそんな図々しい願いを口にできるものだとつぶやいただけで、手紙を破り捨ててゴミ箱に抛《ほう》りこんでしまったそうだよ。だが、話はこれで終わりじゃないんだ。そう、ネリーの登場さ。自分以外のこととなると勇敢で、敢えていわせてもらえば、人を恨むことを知らないので、敢然と伯父さんに意見したんだ。奥さんに会うくらいはするべきだと、常識を説いたんだよ。もちろん、当分はきみを許せといっても無駄だ。だからきみには触れず、おそらく奥さんは伯父さんの希望についてはまったく知らないだろうから、彼女にはなんの罪もないと力説したんだ。もしかしたら伯父さんの存在すら聞かされていないかもしれないとね。妹としては、奥さんに会えば伯父さんが気に入る可能性もあり、そうなれば万事解決だと考えたようだ。これまでかわいがってきた前途洋々たる甥なんだから、せめて奥さんに手紙を書くよう懇願した。最近は以前にも増して妹を頼りにしているらしく、自分の意見なら聞いてもらえるかもしれないと思ったようだな」

「だが、説得には失敗したのか？」

「ああ、みごとに。激怒してくれれば、まだ見込みがあったそうなんだ。伯父さんが怒るのはいい兆しらしい。ところが案に相違して、腹を立てるどころかまったくの無関心だったそうだ。妹の話に黙って耳を傾け、終わると礼までいった。そして手紙の口述筆記を始めたが、きみにはなんの関係もない手紙だったそうだ。帰宅したとき、妹は途方に暮れていたよ。それはいまも変わらないようだがね。どうすれば仲直りできるのかをいつも考えているが、名案は思いつかない様子だな。伯父さんがご機嫌うるわしいときにでも、奥さんの魅力を力説するくらいしかないと思うがね」

「体調が芳しくないという話だったな。どこの医者にかかっているかは知っているか？」

「妹なら知っているだろう」

「伯父には内密にその医者から病状を聞き、役に立ちそうな助言をするのはどうだろう?」

ノエルはすぐに返事をしなかった。

「もちろん、最善と信じることをやるべきだと思う。だが、それに妹を巻きこまないでくれないか。伯父さんに内緒で、きみと通じていると思われたらどうなる? もちろん、きみに頼まれたら妹は喜んで協力するだろう。だが、そうなると——いいたいことはわかってくれるよな」

「伯父の機嫌を損ねたら、当然の権利である遺産相続をふいにすることになる?」

「ああ。きみだってそんなことになったら気分がよくないだろう? もっともネリー本人は気にもしないだろうが。大切なのはきみだけで、それはこれから先も変わらないんだろう——たぶん、一生。ごくごくまれに、そんな女性も存在するんだな。きみのためなら、遺産なんぞ何度でも抛りだすにちがいない。いや、だれのためでもおなじだな。人を助けるためとなれば、自分のことはまるで見えなくなってしまう。そういう人間もいるんだよ。だから、その分おれが気をつけてやらないといけないと思ってる。妹の性格ならだれよりも承知しているだけに、この問題は頭が痛いがね。おそらく予想しているより早くそのときを迎えるような気がするが、妹は遺産を相続するにふさわしい人物だと思っている」

「ぼくもおなじ意見だ。それにぼくのせいでネリーが受けとる遺産がいくらかでも減ってしまうくらいなら、自分の右手を切りおとされるほうがまだましだ。ネリーに迷惑をかける気配を感じたら、伯父には近づかないよ。ああ、いま、はっきり宣言しておく——ネリーになにかを頼んだりはしない。ただ、伯父も病気で気が弱くなっているかもしれないし、一度訪ねてみようかとは思うが。その場合も、ひねくれた伯父がネリーの助言によるものだと勘違いしないよう気をつけると約束する」

「こんなことを頼んで気を悪くしないでくれよ。おれだって伯父さんに奥さんを紹介できるよう願っている。奥さんはすばらしい女性だ。だれもが目を惹きつけられる華やかな美貌の持ち主でありながら、驚くほど頭の回転も速い。ただ問題は、伯父さんに関するかぎり、妹以外の女性を気に入るわけはないということなんだ」

駅に到着するまでふたりはこの調子で話を続けた。列車に乗る兄妹を見送り、ノートンとダイアナは自宅に向かった。ダイアナは初めてネリーに会った興奮もあるのか、いつになくご機嫌で、ノートンをからかった。

「あんなにすばらしい女性が近くにいながら、どうして結婚を申しこまなかったの？　わたしなんか比べものにならないくらいすてきなのに！」

ノートンはかぶりを振った。

「今日はまたずいぶんと弱気なことをいうね。ほかの女性が月だとしたら、きみは輝く太陽だとわかっているから、そんなことをいうんだろう。たしかにネリーもすばらしい女性だが、大切な友人にすぎない。愛しているのはきみ、ダイアナなんだ」

その数週間後、ダイアナは大執事に会うために実家に帰り、ノートンは二週間ひとりで過ごすことになった。いい機会だと久しぶりに夜はのんびり過ごし、現況を分析したり今後の戦略を練ったりした。そして伯父についてもじっくりと考え、伯父を診ている医師に近づく方法はないかと調べた。するとハムステッドのさして歳の変わらない開業医で、ネリーの名を出さなくとも近づくことができそうだとわかった。

ダイアナがブルックリーの実家にいるあいだに、他言しないとの約束で、なんとか伯父の正確な病状を探りだすことに成功した。だが伯父になにか助言をすれば、医師との約束を破ることになる。どのみち話を聞くかぎりでは、いま以上の治療法など考えつかなかった。しかし、ひとつ明らかになったことがある。伯父はもう長くはなさそうだった。さすがに心配になり、気が進まないと躊躇《ためら》っている場合ではないと伯父を訪ねたが、名刺をとりついだ従僕がすぐに戻ってきて、留守だと門前払いされてしまった。

ダイアナは上機嫌で帰宅し、また日々の家事と遊びに精力的にとりくみはじめた。大執事は体調も申し分なく、半年後にようやく長年のお役目を終えることに決まったそうだ。マイラはリヴィエラで冬を過ごす準備をしていて、ひと月ほどダイアナも遊びにこないかと誘われたという。それを聞いてノートンが一も二もなく賛成したので、ダイアナは大喜びだった。

その後、ふたりは顔を合わせるといいあらそいをするようになった。最初のうちは、どこの家でも見られるような、夫婦喧嘩ともいえないたわいのないものだった。そのうち、軽い諍《いさか》いをしてはくちづけや抱擁で仲直りをするようになった。やがて意見のちがいが際だつようになり、しっくりこない思いだけがじわりと毒のように残った。なにより埋まらない溝は、ノートンが伯父に紹介せずにのらりくらりと言い訳に終始していることで、業を煮やしたダイアナはとうとう自力で解決すると心を決めた。ダイアナは自分に自信があるだけに、あれこれ理由をつけては先延ばしにするノートンが理解できなかったのだ。なにかを恐れているのは察せられたものの、その理由は見当もつかなかった。いくらかなりと寛容を学ぶまでは孤独に捨て置くのが一番だというノートンの意見など、考慮に値するとも思えなかった。ダイアナはいままで延ばした理由もわからず、病人だと知ってからはなおさらノートンに任せてはおけないと感じた。理はこちらにあると信じていたし、会えば気に入られるにちがいないという夫の言葉も覚えていたので、実際に会うにあたって臆するところはなかった。すでにノートンが和解を画策しているものの、相手にされていないことも知らず、事態解決のためには自分が乗りだすしかないと決意をかためたのだった。

二月のある日、ロンドンの友人と昼食を一緒にして、リヴィエラ行きのための服を見繕ってくるといいおいて外出し、一路ハムステッドヒース公園を見下ろすジャーヴィス・ペラム邸に向かった。見るからに金のかかった豪壮な屋敷を目にして、やはり行動を起こして正解だとの意を強くした。門衛小屋までがしゃれていて、その先には冬のことで葉は落ちているものの、手入れの行き届いた立派な樹木が並ぶドライブウェイが延びている。ダイアナがとりつぎを頼もうとすると、女性が現れ、開いた鉄門から顔を出した。ネリー・ウォレンダーだった。

ふたりは驚いて顔を見合わせた。ダイアナはネリーが伯父のもとで働いているのを知らなかったので驚いたのだが、ネリーはこの場にダイアナが現れた意味を瞬時に悟って驚いたのだった。ジャーヴィス・ペラムがふたりの結婚をどう見なしているかを知っているだけに、ダイアナが招待された見込みは薄いと察し、ネリーはこの会見に深い危惧を抱いた。だがダイアナ本人には、会ってもらえるかを心配している気配はまったくなかった。ネリーにあれこれ尋ねたが、返事を期待している様子もない。ネリーに会えたことを喜び、ようやく伯父に対面できると心弾ませているのが感じられた。

「伯父さまをご存じだなんて驚いたわ」

「どうしてノートンは、わたしが秘書をしていることを黙っていたのかしら」

「でも、思いがけず会えて嬉しいわ。伯父さまはいらっしゃる？」

「ええ」

ダイアナは今日の訪問の目的を告げなかった。もちろん、自分が嫌悪されているとは夢にも思っていないせいだろう。それを察したネリーが狼狽した隙に、ダイアナはひとつうなずいて笑顔で通りすぎていった。ネリーはあとを追いかけて呼びとめたい衝動に駆られたが、そんなことをしたところでなんの解決にもならない。この訪問をノートンが承知しているのかどうかはわからないが、こんな危険な賭を許可するとは考えがたかった。ネリーにできるのは、ダイアナが面会を断られるよう祈ることだけだった。現状を鑑《かんが》みれば、それが一番被害がすくない道と思われた。どのみちこの事態もノートンは覚悟のうえだろうと自分にいいきかせる。どうしてノートンは伯父の秘書として働いていることをダイアナに秘密にしていたのかと疑問に思ったが、その答えはすぐに見当がついた。

たいして時間がかからずに追いかえされるだろうと、ネリーはその場を動かなかった。しかし門衛小屋の女性と十分ほどおしゃべりしていても、ダイアナは戻ってこない。どうやらジャーヴィス・ペラムは面会を許可したようだった。それがどんな結果を招くのかと思うと恐ろしく、急いで屋敷に戻りながら、もしかしたらダイアナの奇襲が功を奏したのかもしれないと頭をよぎった。だがすぐに、そんなはずはないと思いなおす。今日は体調が思わしくない様子で、いつにも増して不機嫌で口数もすくなかったのだ。

ダイアナは従僕に訪問カードを渡してとりつぎを頼み、応接間に案内された。ネリーをそれほど驚かせた展開にも、ダイアナ本人はまったく動じていなかった。面談が許される可能性がほとんどなかったことを知らなかったからだ。在宅していたジャーヴィス・ペラムが現れるまで、五分ほど待たされた。

贅を尽くした設《しつら》えだとひと目でわかる――だが個性が感じられない部屋だった。どのような人物が暮らしているのか、さっぱり見当がつかないのだ。内装の専門家の作品といった佇《たたず》まいだった。だがダイアナは圧倒的な富の力に深い感銘を受けた。

ジャーヴィス・ペラムが面会を許可したのは、ただの気まぐれだった。まちがっても親切心からではなく、むしろ胸にあったのは悪意に満ちたたくらみに近かった。今日の訪問はおそらくノートンのあずかり知らぬことだろうが、ダイアナがどういう目的で訪ねてきたのかはもちろん、知性も教養もある男がネリー・ウォレンダーを袖にして選んだ相手はどんな女性なのか、興味が湧いたのだ。どうしても実現させたかった野望を阻んだダイアナのことは、実際に顔を合わせる前から気に入らなかった。

ダイアナは日本製のみごとな漆塗りの飾り棚の前に腰かけ、その美しさよりも、見るからに高価そうな様子に感心していた。そこへ杖をついたジャーヴィス・ペラムが現れた。長身瘦軀《そうく》で禿頭、きれいにひげをあたってあるが、その顔色は蒼白に近かった。物憂げでくすんだ目もとや冴えない顔色から、健康状態が芳しくないのが見てとれる。ジャーヴィス・ペラムはじろじろとダイアナを観察し、差しだされた手に無表情なままおざなりに触れると、腰を下ろすように促した。

「どうして訪ねてきたのかね？」ジャーヴィス・ペラムはよく響く声でゆっくりと尋ねた。

「ノートンに頼まれたわけではありませんわ。突然お訪ねして申し訳ありませんが、すぐにお暇いたします。わたし、物事を曖昧なまま抛っておいたり、目をつぶったりするのが苦手なんですの。単刀直入に申しあげます。主人は伯父さまのことを恐れているようなのです」

「それは当然だな」

「でもどうしてなのか、その理由を説明してくれないのです」

「なにも聞いていないのかね？」

「ええ、なにひとつ。主人のことを心から愛しておりますし、人柄がよくて働き者の理想的な夫だと思います。ところが、伯父さまのこととなると、人が変わったように不可解な態度をとるので、いつも不思議に思っておりました。いまでも理解できません。一家の長であり、もちろん義母はべつですが、唯一の身内である伯父さまに紹介してほしいと、何度となくお願いしました。それなのにいつもはぐらかしてばかりで。どうしてなのでしょう？」

「なにか思いあたることはないのか？」

「まったくございませんの。結婚したあとで、伯父さまは結婚に諸手《もろて》を挙げて賛成ではなかったようなことをほのめかされたくらいです。それにしても、一度もお会いしたことがないのですから、わたしがお気に召さないはずはありません。本当の理由はなんだろうとずっと考えておりましたが、わからないのでこうして直接うかがうことにしたのです。わたしとしては、ゆえなく揉め事を増やす気はなく、伯父さまに親しくおつきあいいただきたいと願っております。それをお断りになったりはなさいませんよね」

ダイアナはとびきりの笑顔を向けたが、ジャーヴィス・ペラムはにこりともしなかった。

「わたしの話を聞いたことはあるのかね」

「それはもう、数えきれないほどに。主人は尊敬と賞賛の念をこめて話してくれました。もちろん、言葉にできないほどに感謝しておりますし。伯父さまの寛大な計らいのおかげで、学位をとったあとにフランスとイタリアでさらに勉強できたことも、忘れてはおりませんわ。ご恩をお返しする方法をいつも考えているようです。ですから、伯父さまのお加減がよろしくないとうかがって、とても心配しておりますのよ」

「心配する必要などない。わたしの体調はあいつにはなんの関係もないことだ。それをいうならば、わたしの財産もおなじことだがね」

「どうしてそんな冷たいことをおっしゃるのです？　慕っている甥を無下《むげ》に遠ざけるような仕打ちをなさるなんて」

ジャーヴィス・ペラムは冷徹なまなざしでダイアナを観察した。堂々と正攻法で向かってきたのには感心した。しかし、そもそもの事情を知っての発言なのかどうかは疑問だった。おそらくはなにも知らされていないのだろう。これまでの経緯を承知したうえで、こんな時間の無駄としか思えない行為に走る愚かな娘とも思えない。正直に話しているものとの結論に達した。

「どの程度これまでの事情を聞いているのかね？　あいつが医学を勉強し、真っ当な生活を始めることができたのはわたしのおかげだ。そして、その恩返しをしてもらおうとしたことがある。敢えて恩返しという言葉を使ったが、そうでなくともだれにとっても賢明な判断だった」

「そんなことがあったとは、初めて知りました。それにしてもおかしいですわ。主人は伯父さまにご恩返しできる機会を待ち望んでいるはずですのに」

「それはなによりだ。ところでわたしについては、裕福な優しい伯父としか聞いていないのか？　わたしがあることを望み、それはだれが聞いても納得する内容だったのは知らんのかね？　わたしとの関係を良好に保つには、それを実現する必要があったのだ」

「なにも聞いておりません」

「なるほど。最低の嘘つきと結婚してしまったようだな」

「まさか、そんな。ひどい誤解があるように思います。もうすこし詳しく説明していただけませんか」

「いいだろう。わたしはある女性と結婚してほしかったのだ。あらゆる観点からいって、甥の理想的な伴侶になっただろう相手だ。さらにいうならば、あいつの何千倍もすばらしい人物だがな。しっかり者で、頭の回転も速く、辛抱強いうえに心根が優しい。もっとふさわしい相手が星の数ほどいるだろうに、どういうわけか甥のことを好いていてくれると彼女の兄から聞いた。なんらかの打算で愛情があるふりをするような娘ではない。そういった俗な感情とは無縁な存在なのだ。あれほど純粋な娘は見たことがないし、これからもお目にかかれないだろう。だから肝心要《かなめ》の問題については解決していたのだ。そうでなければ、わざわざ口を挟むような無粋な真似はしなかった。なによりも大切なのは、その娘の幸せな将来なのだから。また甥のほうでも、結婚の意思をかためたのはまずまちがいなかったのだ。ところが、去年スコットランドにやってきたと思ったら、こともあろうにおまえさんと婚約したと聞かされた」

「でも、それは――」ダイアナは反論しようと口を開いた。

「最後まで聞きなさい。いいたいことがあるなら、あとで聞こう。もうひとつ伝えておきたいことがある。そのときにノートンには、わたしの希望に添えないならば、今後は甥でもなんでもないとはっきりいいわたした。甥にとっても願ってもない良縁だったのだから、それを反故《ほご》にするのであれば一切の縁を切るとな。つまり人の好意も恩も解しない大馬鹿者は、すべて承知のうえでウェストポートに戻ったのだ。ネリー・ウォレンダーと結婚しないかぎり、わたしの遺産は一銭ももらえないと。当然わたしの気性も知り抜いている。さて、忌憚のないところを聞かせてもらおうか。婚約をする前からそうした事情をきちんと説明されたのかね。それとも甥はあたりさわりのない話で誤魔化し、わたしの遺産があてにできるものと誤解させたのだろうか。ただの好奇心から尋ねるだけだが、それが済んだらお帰り願いたい」

ダイアナはしばらく無言でいたが、やがて立ちあがった。化粧をしていても、顔が真っ青になったのは見てとれた。震える声で答えた。

「それでは失礼したほうがよさそうです。主人からは、かねてよりかわいがってくれた裕福な伯父さまがいること、いい関係が築けるかどうかはもっぱらわたしにかかっている——そして、わたしならば気に入ってもらえるにちがいないとしか、聞かされておりませんでした」

「それはまた気の毒に。そんなことではないかと思っていたのだ。これで最低の嘘つきと呼んだ理由をわかってもらえたろう」

ジャーヴィス・ペラムは呼び鈴を鳴らし、その後は室内に沈黙が流れた。従僕が現れた。

「ごきげんよう、伯父さま。そういった事情にもかかわらず、会ってくださってありがとうございました」

ジャーヴィス・ペラムはダイアナの手をとり、冷ややかな声で繰りかえした。

「気の毒に」

ダイアナは辞去した。

ジャーヴィス・ペラムはあるかなきかの微笑みを浮かべ、部屋を出ていくダイアナの後ろ姿を見送った。

「あの大馬鹿者もさすがにこれには参るだろう」とひとりごちた。

だが、伯父ジャーヴィス・ペラムの予想に反して、ノートンが大打撃を受けるのはまだ先のことだった。その日、ダイアナは怒りに燃えて帰宅した。身体が震えるほどの激昂を覚えるのは初めてのことで、自分でも驚いていた。これほどの憤怒《ふんぬ》に襲われた経験は一度もなかった。これまでの人生、すべての窓はダイアナに向かって優しく開かれていて、行く手に隘《あい》路《ろ》や奈落が待ち受けていると想像したことはなかった。どんな深さかもわからぬ奈落、どんな罠が潜んでいるかもわからぬ隘路が存在すると、ダイアナは初めて身をもって学んだ。

卑怯にもノートンは騙したのだ。欺《あざむ》いたのだ。嘘偽りを並べてダイアナの愛を手に入れたのだ。こうしてすべてを知ってみると、夫は臆病者のうえに、伯父の使った呼称どおり大馬鹿者だった。真実は遅かれ早かれダイアナの知るところになると理解できなかったのだろうか。ダイアナと結婚したら莫大な遺産を相続する資格をうしなうと正直に打ち明けられたとしても、ノートンへの愛が深まっただけで、将来を思いわずらうことなく結婚に踏みきったはずだ。ダイアナのその自信はおそらく真実の思いだったのだろう。だから必要のない辱《はずかし》めを受けた悔しさで、さらにダイアナの憤怒が燃えあがったのだ。つまり、真実を隠したノートンは、将来も貧しいままだと判明したらダイアナの愛が醒めると思っていたのだ。この事実がなによりも許しがたかった。ノートンの愛はその程度のものだと証明された。単にほかの女性からダイアナに乗りかえただけのものだったのだ。

最初は今夜にでもノートンと対決し、欺瞞《ぎまん》を暴いてやるつもりだった。ダイアナの愛情はその激しさゆえに、反転して憎悪に変わるのも一瞬だったのだ。だが、重大な問題だけに時間をかけて考えるべきだと、夫と顔を合わせる前にかろうじて冷静さをとりもどした。今日知った事実は胸に秘めておくと決めたことに、ダイアナは陰湿な満足感を覚えた。それにこの事実はなにかに利用できるかもしれないとひらめいた。

突如ダイアナの胸の内に自由への憧れが芽生えた。今朝まではそんなことを考えたこともなかったが、事態が急展開したいまでは、自由が貴重なものに思える。そして漠然とながら、冷酷な計画を思いついた。そんなことを平然と思いついた自分に驚いたくらいだった。なんとしても夫に復讐してやりたいが、そのためにはとてつもない忍耐が必要となるのはまちがいない。つい先ほどまで毛を逆立てた動物そっくりだったダイアナは、冷静に状況を分析しはじめた。昔から臨機応変に対処するのは得意だったので、怒りを抑えて潔《いさぎよ》く自分の失敗を認め、絶望的な状況のなかで希望を捜した。すべては破壊され、もうなにも残されていないのだろうか。その点はまだ見極めがつかないが、今日知った事実を最大限自分に有利に使うために、馬鹿な真似はすまいと自戒した。こんな重大な事実をただの夫婦喧嘩で終わらせてしまうなど論外だ。これ以上ない効果を発揮できるそのときまで、切り札として隠しもっておくことにした。

もはやノートンに対する愛情は消えうせ、二度ともとに戻るはずもなかった。いまとなっては憎んでいるし、今夜顔を合わせても、まるで見知らぬ他人のように感じることだろう。ダイアナ本人も、自分の心境がここまで劇的に変化するとは予想外だった。普通ならば、ノートンも妻の様子がおかしいと気づいたにちがいない。どんなに隠したつもりでも、そうしたことはどこからともなく滲《にじ》みでるものだ。ところが、その日ダイアナが帰宅すると手紙が届いていた。ノートンの帰宅を待たずに開封したところ、ふたりともがその手紙の内容に気をとられ、夫婦の問題は棚上げとなったのだった。

ダイアナは帰宅前に、知りえた事実を最大限に利用できるまで口を噤《つぐ》むと決心した。怒りを抑えつけ、なにごともなかったようにふるまうと意気込んで帰宅したら、姉マイラからの手紙が待っていたのだ。これまでダイアナは姉に興味がなかった。姉妹は真の意味で理解しあったことがなく、家族としての通り一遍以上の愛情を抱いたこともなかった。だが今日ばかりはマイラの知らせに衝撃を受けた。ベンジャミン卿がマイラにプロポーズし、ふたりの婚約が決まったと知らせる手紙だった。この知らせはダイアナにも重大な意味を持つと勘がささやいた。このときはふたつの出来事にはなんのつながりもないように見えたが、実際にはたしかに関係があって、ダイアナは謎めいた力でそのことを嗅ぎとっていた。そして、そのふたつがどう結びつくのか明らかになるのは、かなり先の話となる。ダイアナはいつもどおりの顔を装って夫を迎え、すぐに手紙を見せた。ノートンはその知らせに、驚きながらも喜んでいた。

「ダイアナの予言どおりになったな。さすがベンジャミン卿、賢明な選択で、幸せが約束されたようなものだ。マイラなら、きみのつぎに理想的な奥さんになるのはまちがいない。あのふたりならお似合いだ。もちろん、ぼくたちにはかなわないがね」

ダイアナは微笑んだ。

「わたしたちのあいだには、いまも、これからも、なんの隠しごともないのが嬉しいわ」

「ベンジャミン卿がそれほど待たされないように祈ろうか」

「大丈夫よ。わたしの愛に負けないくらい、姉もベンジャミンのことを愛しているはずだから。たぶんすぐに結婚するわよ。でも、こうなってみると、リヴィエラ行きは中止したほうがいいかもね。ふたりも計画を変更して、新婚旅行にアフリカかどこかに行くんじゃないかしら」

「お祝いを考えないとな。あんなすてきな贈り物をいただいたんだから」

「そうね。でもマイラにダイヤやエメラルドを贈るのは難しいわ」

「そんなお祝いは期待してもいないだろう」

一週間後、ダイアナは姉に会うために実家を訪ね、ある予想はあたったがもうひとつは外れたと手紙で知らせてきた。

『ベンジャミンがちょうどリヴィエラから戻ってきたところで、姉たちはすぐに——三週間以内に結婚するそうよ。ベンジャミンは南仏マントンの高台に別荘を持っているの。もともとは彼のお母さまから相続したもので、何度も売ろうとしたけど話がまとまらずに、たまに人に貸していたみたい。マイラの希望で、新婚旅行はそこでゆっくり過ごし、そのあとも寒い季節の滞在先として使うそうなの。一度、大勢で泊まったことがあって、姉はずいぶんと気に入っていたから。そういうわけで遠くに旅行に行くのではなく、グリマルディ荘でのんびりするそうよ。ぜひ遊びにきてくれと誘われたので、そうするつもり。それよりもお父さまのことが気がかりで。結婚式のあとも、暮らしが落ち着くまでしばらくついていてあげたいの。六月にはここを引き払わなければいけないから、ひとりで暮らすのにぴったりの家をサルチェスターで見つけたの――大聖堂からも遠くないところに。かなり気落ちしている様子で、しばらく一緒に暮らせると伝えたら大喜びしてたわ。とはいえ、必要なものもあるし、来週にはいったん帰宅するつもり。結婚式の前日に一緒にこちらに向かいましょう。ノートンは一泊してくれれば充分よ』

この手紙のおかげでノートンもある程度事情が呑みこめたが、もちろんあずかり知らぬ事実も多かった。手紙を一読したノートンは、どことなく全体的によそよそしさが漂っているように感じた。無関心とまではいかないが、ノートンと距離を置こうとしている印象を受けたのだ。だが、まさかあの秘密が暴かれたせいだとは夢にも思っていなかった。いっぽうダイアナが留守のあいだ、ノートンは近来の目の曇りが晴れる思いに驚かされた。毎日のように繰りかえされる不毛な喧嘩がないおかげで、かつての常識的な感覚をとりもどしたようなのだ。もっとも、目に映る世界は以前の勢いや力強さをいくらかうしなったようだった。とはいえ愛が消えたわけではなく、ダイアナの不在を淋しく感じて愛を再確認したが、そこにほんの数ヵ月前には影も形もなかった罪滅ばしの意識が混じっているのは否定できなかった。

昼間はしゃにむに仕事に集中し、夜は研究に励んだ。封すら開けずに置いてあった英国医師会誌の山に目を通し、仕事に対する使命感を新たにするとともに、やはりカードや社交の会話よりも、このように過ごす時間のほうが有意義だと感じた。こうしてひとりで充実した日々を送っていたが、やがてダイアナ愛《いと》しさが募り、離れていては真の満足はないと痛感させられた。いっぽうのダイアナは毎日のようにマイラの話し相手を務め、晴れてレディ・パースハウスとなった暁《あかつき》に待っている華やかな生活や楽しそうな計画に耳を傾けた。マイラは自分のことで頭がいっぱいだったが、それでもダイアナがいつになく口数がすくないことには気づいていた。人生や、男性に支配されるだけの女性といった話題になると、皮肉めいた冷ややかな口調になるのもかつてはなかったことだ。マイラは妹の結婚生活の一端をのぞいてしまったような気がして落ち着かなかった。ある日、ダイアナがぽろりと本音を漏らした。

「せめてミソサザイだけは幸せになってほしいわ」マイラはそれを聞いて耳を疑った。ほんの数ヵ月前はまぶしいほどに輝いていたダイアナが、自信をなくして萎縮してしまったかのようだった。なにかあったのだろうと慰めたが、その場で大騒ぎすることは控えた。だが婚約者のベンジャミン卿にだけは、ダイアナはなにか悩みがあるようだと打ち明けた。

「コマドリが？」ベンジャミン卿は驚いた様子だった。「ふざけて大げさにいっただけだろう。きみのなにげないひと言に反応したとか、ちょっと驚かせたかっただけとかじゃないのか」

「そういう感じではなくて――ううん、それほど深刻なわけはないわよね。ちょっとした夫婦喧嘩をしたまま、こちらに来てしまったのかも。ダイアナはあなたに打ち明けたりはしないでしょうから、わたしから聞いたことは黙っていてね。そうと知ったら意固地になるにちがいないわ」

「そういわれると、どことなく沈んでいたようにも思うが」

「そんなことないわ。きっとわたしが心配しすぎなのよ。あなたが誘えば、マントンにも来てくれると思うわ」

ベンジャミン卿はマイラの言葉を半信半疑で聞いていた。元気がないという話はいささか気になるが、ダイアナを生涯許すつもりはなく、同情する気にもなれなかった。あれ以来、冷静に考えればマイラのほうが妻としてあらまほしいと自分にいいきかせてきたのだ。人の忠告に耳を貸さなかった自分勝手なダイアナが、おのれの愚行のせいで悩んでいると知っても、気の毒だという気持ちも湧いてこなかった。たしかにマイラのいうとおり、ダイアナならば意地を張る可能性が高いだろう。彼女の性格は先刻承知だった。だが、このときはそれ以上考える時間がなかった。その後、ベンジャミン卿とダイアナが顔を合わせる機会があったが、ダイアナは昔と変わらずほがらかで、言葉を尽くして婚約を祝福した。

「ようやく家族になれるのね。嬉しくて待ちきれないわ」ベンジャミン卿が近況を尋ねると、ダイアナははぐらかした。

「人生は予想もつかないものね。想像を絶するほどすばらしいときもあれば、その反対のときだってあるし。それでも生きていくことに意味があるんだわ——それだけの気概がある者には」

やがてダイアナは姉の結婚式に出席し、自分のときとのちがいを痛感させられることになる。マイラの結婚式はまさに豪華絢爛《けんらん》だった。新郎側の招待客として著名人などのそうそうたるメンバーが並び、新婦の父親も宗教界の大立者《おおだてもの》だったので、サルチェスター大聖堂でおこなわれた式はのちのちまで話題になるほどだった。

ダイアナの目には、並みいる列席者のなかで自分たち夫婦が一番とるに足らない人物に見えたが、あまりそのことを引け目に感じはしなかった。このとき、ダイアナの胸中にどんな思いが兆していたのかは永遠の謎だ。式のあいだは満面の笑みでまわりとおしゃべりし、どこから見ても幸せそうだった。新郎新婦が旅立ち、招待客も姿を消すと、ダイアナは甲斐甲斐しく父親の世話を焼いた。そしてノートンにはできるだけ早く帰宅すると約束したが、そのときも不満などなにひとつない愛想のいい妻にしか見えず、重大な秘密を知ったことを夫に気取らせなかった。他人からその事実を知らされるほうがより効果的だと考えたのだ。彼女がジャーヴィス・ペラムを訪問したことは、そのうちネリーが兄ノエルに報告するだろう。そしてそれを聞いたノートンは、当然のことながらその首尾を知りたがるはずだ。未来を握っているのは自分だという事実に慰められたが、内心では夫を憎悪していた。元来ダイアナは感情の起伏が激しい質《たち》だが、それを自制し、我慢することを学びつつあった。こうして自分が受けた仕打ちへの怒りを心に抱いたまま、復讐するなり、その事実を有効利用するなりの、絶好の機会が訪れるのを待っていた。

ところがダイアナがいつまで待っても、そのことがノートンの耳に入った様子はなかった。思慮深いネリーが、こうしたデリケートな問題は沈黙を守るのが一番だと、兄ノエルにも打ち明けなかったのだ。ダイアナが夫の了解をとって訪問したのかどうかはわからなかったので、また四人で顔を合わせたときも、ひと言もそれには触れなかった。ダイアナがどんな理由で行動を起こしたにしても、ふたりの橋渡しをする試みは失敗に終わったとネリーは察していた。ジャーヴィス・ペラムもこの件に関しては口を噤んでいたが、それでも理屈ではなく感じるものがあったのだ。

第6章　ベンジャミン卿の災難

ノートンは生活をすこしでも豊かにしようと一心不乱に働き、そのおかげで徐々に裕福な患者が増えていった。いっぽうのダイアナは冷静な視線で将来を見据えていた。どのような道に進むかは未定だったが、ひとつだけ決めていることがあった。これからの人生をノートンと一緒に歩むつもりはなかったのだ。いまもまだ知りえた事実を明かしていないのは、いざというときに別れる口実に使うためだった。ダイアナは自分ひとりの将来に思いを巡らせるようになった。生まれつき美貌と知性に恵まれたと自負しているので、不安はまったく感じなかった。しばらくして進むべき道がひらめいたとき、どうしてもっと早くに思いつかなかったのかと驚いたくらいだった。

マイラの結婚式の六週間後、ダイアナはマントンにあるグリマルディ荘への招待を受けると決めた。ほんの二週間前に実家から戻ったばかりだったので、さすがのノートンも留守が多いと不満を漏らしたが、旅行が気分転換になると主張されると、最近、彼女は鬱《ふさ》ぎこむことが多いと気づいていたノートンは、それ以上反対しなかった。

ダイアナはグリマルディ荘に二週間滞在しただけで、ご機嫌の様子で帰宅した。そして姉が心配になったらしく、あれでは結婚生活がうまくいかないのではないかと何度も不安を口にした。

「わたしたちとはまったくちがう夫婦なの。姉を悪くいうつもりはないけれど、ベンジャミンに対する反応が鈍いみたい。夫と一緒になにかを楽しむということがないのよ」

「たぶんマイラは、彼に楽しんでもらうことよりも、彼になにをしてもらおうかということを考えているんじゃないか」

「そうでしょうね。でもあれじゃ、そのうちベンジャミンがうんざりするわよ」

「ぼくたちのように、お互いを理解できる夫婦はそうはいないだろう」なにも知らないノートンは断言した。ダイアナは目をきらりと光らせて夫を凝視したが、不意にくちづけした。

「これほど深く共感できる夫婦なんていないわけないわ！」

その年の夏、ノートンの勧めもあってダイアナは舞台に立つことになった。ノートンも協力しているチズルハースト診療所の資金集めのために、地元の素人劇団がシェリダンの〈悪口学校〉を六回上演することに決まったのだ。ダイアナは舞台経験があり、演技も好きだったので参加を決めたところ、演技力を見込まれてヒロインに抜擢された。

これがきっかけとなり、ダイアナに進むべき道が見えた。女優になると決めたのだ。まずまちがいなくノートンは反対するだろう。喧嘩は避けられないし、そのまま離婚となるかもしれない。しかしダイアナからすればごく当然の希望だった。実際に舞台に立ったことで、その決心に説得力が生じたと思えた。ダイアナの演技力には劇団のメンバーたちも感心し、才能に恵まれたのはたしかなのだから、あとは専門家の指導を受ければ大女優も夢ではないと応援した。友人たちは生まれながらの女優だと褒めそやし、ダイアナもそれはただのお世辞ではないという自信があった。だが、すぐには行動を起こさず、傍目《はため》にはぐずぐずと時間を稼いでいるように見えた。ダイアナにとって、演劇は最終的な目的を達成するための手段にすぎなかった。芸術に対する情熱などかけらもなかったが、舞台にあがれば必然的に人目につき、結果的に裕福でしかるべき地位の男性に結婚を申しこまれるだろうとの目論見なのだ。演技力を磨くのもすべてはその目的のためだった。また不確実な未来を選ぶ不安のために、ぐずぐずしていたわけではない。わくわくするような賭に身を投じるのは性分に合っていた。ただ、ある人物に相談してから決定したかったのだ。

秋になるとその機会が巡ってきた。秋にはノートンも二週間休みをとって、夫婦で旅行に出かけることになった。行き先を任せられたダイアナはウェールズを選び、ふたりで大過なく休暇を楽しむと、ノートンは仕事があるので自宅に戻り、ダイアナは父のもとを訪れて、引退とそれに伴う新居への引っ越しの手伝いをした。

そこでダイアナは姉マイラが妊娠したと知らされた。ベンジャミン卿夫妻はサルチェスターからほど近いブルックリーの本宅ポルゲイト館にいると聞き、ダイアナは足を延ばして訪ねてみた。ふたりに歓迎されて一週間の滞在を決めたが、ふたりとも本宅があまりお気に召していない様子だった。十月には南仏に戻り、グリマルディ荘がお気に入りのマイラは出産もそこで済ませるという話だった。

ダイアナは久しぶりに、かつては一番大事な男性だったベンジャミン卿と一緒にゆっくり時間を過ごした。ときが過ぎて友人として歓迎してくれ、その陽気な様子から現在の生活に満足していることが伝わってきた。いまも頭の大半を占めているのはテニスのようで、フォームが衰えていないどころか、向上したと自慢した。黒い瞳にはあいかわらず永遠の少年が顔をのぞかせ、もうすぐ父親になる喜びが抑えきれずにあふれでている。まだ見ぬ赤ん坊のことばかり話題にし、このことを考えるのが楽しくて仕方がない様子だった。ベンジャミン卿はひとつふたつあてこすりを口にしたが、その程度のことはダイアナも予想していたので、笑顔で受け流した。

昔自分がもっていた影響力がまだ残っているのがわかり、ダイアナはいまもベンジャミン卿が大好きなのだと実感した。人生に対峙する姿勢、現実を斜にかまえて眺めるところ、富に裏打ちされた楽観主義、すべてが好ましかった。またしばらく観察していると、子供には並々ならぬ関心があるようだが、母親になるマイラにはそうでもないことに気づいた。もちろん、行き届いた気遣いを示して、あれこれ心配しては大騒ぎしている。通り一遍のつきあいならばその優しさに感心しただろうが、ダイアナの目は誤魔化されなかった。ベンジャミン卿の気配りは産まれくる赤ん坊に集中していて、もちろん妻も大事にはしているものの、その愛情はたいして深くなかった。すべての配慮は赤ん坊に向けられていたのだ。いっぽうのマイラは初めての身体の変化に不安を隠せず、どうでもいいようなことに不満をこぼしていた。ダイアナを心配する余裕もなかったが、こまごまとした愚痴を聞いてくれることには感謝していた。ダイアナは辛抱強く耳を傾け、内心では姉をうらやみながら慰めた。ベンジャミン卿は出かけてばかりいると姉が不平を漏らしたときは、自分のほうが比べものにならないほど悲惨だと請けあった。

「医者と結婚しなくてよかったわね。ベンジャミンったらわたしが退屈するだろうと心配して、方々《ほうぼう》に連れていってくれるんだから。わたしとしては、こうしておしゃべりしているほうが楽しいんだけど。それでも、さすがにそろそろ帰らないと。ノートンから何度か帰宅を催促する手紙が届いているの。だから土曜日にはお暇《いとま》するので、それまでに元気になって。ベンジャミンは赤ちゃんの誕生を心待ちにしてるけど、細かいことには気づかない人だから、マイラがこんなに大変なのをわかっていないのね」

「ダイアナから、それとなく伝えてもらえないかしら」ため息をつきながらマイラが頼み、ダイアナは承知した。

辞去する前の晩、ダイアナは胸に秘めた計画をふたりに明かした。しかし姉は即座に反論した。

「女優になる? それはまたずいぶんと突然ね、コマドリ。ノートンはなんといっているの?」

「もう決めたの。なにをいわれるかはわかっているから」

「だが、お義父《とう》さんが賛成してくださるかどうか」ベンジャミン卿がいった。「もちろんダイアナならば、なにをしても成功するに決まっているさ——きみに才能があるのは、みんなわかっている。しかし、お義父《とう》さんはかなり驚かれるだろうな」

「大丈夫。お父さまならきっと許してくださるはず。それより、ふたりが反対じゃないのなら——」

マイラがかぶりを振った。

「わたしたちなんてどうでもいいのよ。わたしだって、口出しするつもりはまったくないわ。それよりも、よく考えたほうがいいと思うの。ノートンはなによりも大切な人でしょう。彼のためにそんなわがままは我慢しないと」

「そうとはかぎらないだろう」ベンジャミン卿は反論した。「なかなか目のつけどころがいいと感心したんだ。コマドリならまちがいなく売れっ子喜劇女優になるはずだ。夫が汗水垂らして稼ぐ年収を、たったひと月で手中にしてしまうかもしれない。夫が嫉妬深いからと、むざむざ天賦の才能を埋もれさせることもないだろう。名女優と良妻は充分両立し得ると思うね」

マイラはあくまでもノートンの味方だった。

「そんな他人事《ひとごと》のように。では、あなたにひとつ訊いてもいいかしら。わたしがおなじことをお願いしたらどうする？」

「もちろん、ベンジャミンなら許してくれるわよ」すかさずダイアナが答えた。「でも、ベンジャミンとノートンはまったくちがうから。ノートンは優しいんだけど、妻たるものはこうあるべきだって、かなりの石頭なの。ことしの六月にわたしが舞台に立ったことで懲りたらしくて、これで終わりにしてほしいとはっきりいわれちゃった。もとはといえば、あの人に頼まれたから始めたことなのに。本当に驚くほど嫉妬深いのよ」

だが、ダイアナはしばらくはおとなしくしていると約束した。翌朝、ダイアナは姉に別れの挨拶をした。ベンジャミン卿はサルチェスターまで車で送り、ぜひマントンも訪ねてほしいと、昔と変わらぬ優しい笑顔で熱心に誘った。

「ダイアナがいてくれると、マイラはご機嫌うるわしく、気持ちも落ち着くようなんだ。家内は申し分ない女性なんだが、愚かなことにこだわるようになってしまってね。いっぽうのきみはどんな失態を演じようが、愚かな真似はしたことがないな――ちょうど一年前の例外をべつにすれば」

ベンジャミン卿はぶらぶらと歩いていき、新聞や雑誌を買い求めた。その様子を眺めていたダイアナは、それを受けとって礼をいった。

「コマドリのためなら、なんでもしてあげたいよ」

「じゃあ、いまマイラは大変なときなんだから、男らしく我慢してあげてちょうだい」姉との約束を果たしたときに、列車が動きだした。

ノートンの目には、久しぶりに帰宅したダイアナはご機嫌な様子に映った。そしてその後は一見したところは平穏な日々が続いたが、ダイアナは計画の最終段階として本格的に演技の勉強を始めた。女優になるという決心をノートンに伝えたら、猛反対されるのはまずまちがいないとダイアナは承知していた。しかしその場合は反撃する決意だったし、ダイアナが手にしている武器のほうが圧倒的に強いのだ。ノートンは、家事がおろそかになり、結果として仕事にも支障をきたすことを理由に反対するだろうが、それに対しては容赦なく知りえた事実を突きつけるつもりだった。ノートンはダイアナを騙したのだ。伯父ジャーヴィス・ペラムの逆鱗《げきりん》に触れないためにはネリーと結婚するしかないし、それを断ったら遺産を相続できないと承知していながら、ダイアナには望みがあると嘘をついたのだ。そこまでやると夫との関係は修復不可能になるかもしれないが、愛想が尽きているダイアナはまったく斟酌しなかった。

九月も終わり近くになったある晩、ダイアナはついに切りだした。ノートンの反応は予想どおりだった。妻の希望に耳を傾ける気配もなく、最近のダイアナが落ち着いた様子だったことで安心しているのか、結婚して一年になるが、この充実した日々を完璧にするために、まだ重要なことが残っていると説得を始めたのだ。しかし妻のそっけない返事にノートンは驚き、やがてぎょっとした顔で立ちあがることになった。

「世間では結婚した年が一番大変だといわれているそうね。たしかにそうかもしれない。そこに教訓があるのよ。思いもつかぬことを知らされることもあるし。わたし、結婚生活に満足できないの――つまり、こうして貧しいままで、ふたりとも自由に行動できないのなら」

「ダイアナがその気になれば、いくらでも生活は変えられるさ」

「あなたは子供のことをいっているんでしょう？　わかっているわ。でもいまはふたりでなにができるかじゃなく、わたしの人生の話をしているの。わたしには才能があるのよ、ノートン。あなたは気づきたくないのかもしれないけど、みんなそういってくれる。女性だって自分で人生を切り開くべきだし、才能があるならばそれを生かす道を考えるべきだと思うの。たとえ結婚していてもね。演劇と幸せな家庭を両立している人もいるはずよ。小説を書いたり、あるいは公共福祉の分野で活躍する人だっているでしょうし。そういう人たちがうちよりも困っているわけじゃないのよ。それどころか、ずっと恵まれた暮らしをしてるかも――うちもそうなるといいと願ってるわ。とにかく、最近思いついたことじゃないの、時間をかけて、よくよく考えたうえで、女優になると決心したの」

ノートンはそれを聞いてコーヒーカップを置いた。葉巻を暖炉に投げ捨て、立ちあがる。

「女優だって？　どうして急にそんな突拍子もないことをいいだしたんだ？」

「あなたが医者になると決めたのとおなじ理由よ。わたしは演劇の分野で活躍したい。懐《ふところ》が淋しいからと自分の行動にあれこれ制限を受けるんだったら、べつの方法で自分を表現したいの。そんな悲壮な顔をして、大騒ぎしないでちょうだい。とにかく、もう決めたことだから」

だが、ノートンはまさに悲壮な顔で大騒ぎした。

妻の性格は承知していたので、のんびり過ごす夕べを台無しにするためのただのいやがらせではないとわかっていた。そういうくだらない真似は一度もしたことがない。淡々と主張する姿は決意がかたいことをうかがわせた。

ノートンは熱心に説得したり、なだめすかしたりして、なんとか思いとどまらせようとした。いろいろな女性がいるのはわかっているが、医者の妻はそこまで自由に行動できないのだと何度も繰りかえしたが、ダイアナは笑顔で受け流し、気力体力は充溢しているのに、いまの退屈な暮らしではそれを発揮する場がないと返した。さらに、お金はあるに越したことはないし、女優として成功すればその見返りもかなり大きいと続けたのだ。これにはノートンもぐうの音《ね》も出なかった。

「わたしの前には無限の未来が広がっているのよ」ダイアナは静かな声で宣言したが、暗になにかを非難しているような響きもあった。「せっかく才能に恵まれたのに、それを埋もれたままにしておくなんて馬鹿らしいわ。あなたがあくまでも反対するというなら、さらに愚かだけど。よく考えたら、時間の無駄だとわかっているのに、賢明なあなたがそんな真似をするはずはないわよね。いまは、利発な女性ならば選択肢は無数にあるのよ。わたしは映画向きかもしれないわね。もちろんノートンは知らないでしょうけど、ある程度知性を感じさせて映画に向いているとなれば、大法官に負けない収入が待ってるのよ。わたしたちは頭のかたいお年寄りじゃなく、現代に生きる若い世代なんだから、自由に行動しましょうよ」

言語道断の思いつきを諦めさせようと、言葉を尽くして説得に努めるノートンの姿を見て、ダイアナは手の内を明かして夫の口を噤《つぐ》ませる時宜を得たと判断した。直截《ちょくせつ》に言葉を投げつけるつもりはなかった。相手は予想もしていないだけに、それとなくほのめかすのが一番効果的だと本能がささやく。ダイアナは心中で楽しんでさえいた。せめてものお情けで葉巻を夫に渡す。

「ねえ、それ以外の選択肢なんてほとんどないのよ。たとえば、将来莫大な遺産がもらえるあてがあって、チズルハーストではお目にかかれないような、刺激的な人たちとおつきあいできる——それなら話はべつよ。遠慮を知らない病人たちに奴隷のようにこき使われて、ろくに休みもない毎日からいつかは解放されると、その日を夢見て待っていることだってできるわ。なにしろこのあたりの患者さんときたら、たった半ギニーで往診してもらうのがあたりまえだと思っているんだから。もちろん立派な仕事だし、ノートンがそれはもう馬車馬のように働いてくれているのはわかっているのよ。はっきりいえば、時間の余裕ができたころには、生活を楽しむような歳じゃなくなっているでしょうけど。だけどわたしたちにはなにかを選ぶ自由なんてないの。愛しあっているふたりが一緒に暮らせる幸せしか残されていないんだもの。あなたの収入以外、なにもあてにできないと——」

ダイアナの予想どおり、そこでノートンが口を挟んだ。

「そう決まったものでもないだろう。いつか金持ちになれるかもしれない。伯父が——」

ダイアナの驚いたような表情に気づいて、ノートンの言葉が途切れた。たしかにダイアナの演技力は評判どおりだった。

「金や銀の貿易をなさっている伯父さまなら、なにも期待できないわよ」

「期待できないだって？　どうしてそんなことを？」

ノートンは心臓が喉もとまでせり上がった。ダイアナはかつてないほどに優しい表情を浮かべている。ダイアナは夫の横に腰を下ろし、巻き毛をなでた。

「ねえ、ノートンは美しい大きな犠牲を払ってくれたのね。わたしへの愛ゆえの行為だとわかってる。だから、感謝してないなんて思わないでね。だけどその犠牲をなかったことにはできないの。本当に残念だけど。裕福な伯父さまが財産を遺してくださると説明したとき、肝心の条件を教えてくれなかったでしょう。それどころか、嘘をついたわよね。もちろん、愛ゆえだとわかっているけど、嘘をついてわたしの愛を手にしたわけだわ。すべてはわたしを深く思う気持ちからでしょう。だけどわたしがどう感じるかは考えてくれなかったみたい。いつかはゆとりのある暮らしができると約束したのに――その可能性は消えたと重々承知していながら、わたしは独身の伯父さまに気に入られるはずだとか、いろいろいっていたわよね。たぶん、うっかり忘れてしまっただけでしょうけど、ネリーと結婚しないかぎり絶縁するし、甥としてなにひとつ期待するなといいわたされていたことは、教えてくれなかったのね」

ダイアナはついと立ちあがり、夫の正面にまわった。徐々にノートンの顔が下を向き、両手で頭を抱えこんだ。口は噤んだままだ。

「愛のためにすべてを擲《なげう》つ覚悟だったのね。だけど、それが原因で愛もうしなうことになるとは考えなかったのかしら。すこし度を越してしまったみたい。自分の愛のほうが深いと思っていたんでしょう？　愛のために遺産を諦めたけど、わたしもおなじ判断をするとは考えてもみなかった。つまり、真実を伝えたら結婚できないだろうから、黙っていたわけよね。大抵のことには目をつぶるつもりだけど、わたしの気持ちがそんなに軽いと思われたのは、そう簡単に許す気にはなれないの。たぶん一生忘れられない。これ以上の悲劇なんて思いつかないわ」

「ネリーから聞いたのか？」ノートンは重いため息をついた。

「まさか。ネリーのことまで見くびっているわけ？　なにもわかっていないのね。こと女性に関しては、ノートンの目は節穴《ふしあな》みたい。あなた、ネリーの小指にも値しないわよ。彼女が愛する男性の秘密を漏らすわけがないじゃない！　ネリーの気持ちにはすぐに気づいたわ。そんなことをするくらいなら自分で舌を噛《か》みきるでしょうね」

「それなら、だれが」

「だれでもいいでしょう？　でもそんなに知りたいのなら、教えてあげる。伯父さま本人から聞いたの。わたしなら仲直りの使者になれると請けあっていたわりには、いつまで待っても紹介してくれないし、なんとなくノートンが伯父さまを恐れているような気がしたの。勇敢なあなたらしくもないと不思議だったから、何ヵ月か前にお訪ねしたのよ。楽しい時間をご一緒したわ。あなたのことをまったく理解なさっていないわね。こそこそと小細工を弄《ろう》する自分勝手で品性下劣な人間で、知性のかけらもないと考えておられるみたい。最低の嘘つきと呼んでらした。甥ともなんとも思っていないそうよ。あなたは結婚を決めたときから承知のことでしょうけど、わたしはかなり驚いたわ。衝撃だったといってもいいくらい」

「いつの話なんだ？」

「二月にうかがったの。かなりお加減が悪いご様子ね。とても立派なのに明るさが感じられないお屋敷で、伯父さま本人も陰鬱《いんうつ》な雰囲気だったわ。礼儀正しかったけれど、歓迎されていないのは感じられた。当然のことで、非難はできないけど。あなたには期待を裏切られた思いでしょうし、その原因を作ったのはわたしだもの。冷たい態度をとられてあたりまえだわ」

「どうしてすぐに教えてくれなかったんだ？」

「さっきから質問ばかりね。あなたになにを教えるの？　スコットランドに行った時点ですべて知っていたくせに、結婚式にいらしてくださるかもしれないなんて、よくもそんなことをいえたわね。すっかり信じてしまったけど。それ以外にも、知らされていないことがあるのかしら？　わたしのように一途《いちず》に愛するタイプは、簡単に騙されてしまうものなのね。伯父さまを訪ねたことを、そう、真実を知ったことを黙っていたら、あなたを苦しめることもなかったんでしょうけど。今夜はすこしでも暮らしが楽になるように、なにか仕事をしたいと相談するつもりだったのよ。それなのにあなたが大騒ぎするから、伯父さまの遺産は虹の麓《ふもと》に埋まっている財宝と変わらないというしかなくなって。もちろん、いまでも相続するあてがあるのなら、女優になりたいなんて考えもしなかったはずだけど。わたしも役に立ちたいの。それなら一番得意な分野に挑戦したほうがいいでしょう？」

「いまでは、ぼくを愛しているどころか、憎んでいるんだろうな」

「どうして？　貧乏暮らしも厭わないほど愛してくれる相手を、憎むわけがないじゃない。あなたの犠牲を知ってしまったからって、わたしのことを憎むつもり？　そんなことはないでしょう？　知りたくなかったこと——わたしの愛を信じられなかったあなたが、結婚するために嘘をついたことは、このまま忘れてしまうつもり。恨みつらみが入りこんでくる前に、扉をしっかり閉めておくから。二度とこの話をするのはやめましょうね。すべて忘却の彼方《かなた》へ追いやってみせるわ。それはそれとして、女優になる計画は進めるわね。賛成してくれるでしょう？　まだ反対したいなら、そもそもどうしてこうなったのかを考えてみて。じゃあ、そろそろ寝《やす》むことにするわ。あなたもあまり夜更かししないようにね。ブレイズ夫人に呼びだされるかもしれないから、眠れるときにしっかり眠っておいたほうがいいわよ」

　ダイアナは笑顔のまま寝室に引きとった。ノートンは午前二時まで眠れなかった。

　脳裏を占めているのは、ある感情だけだった。ダイアナの口調は辛辣《しんらつ》だったが、なにひとつ嘘はいっていない。しかしすべてを知られ、自分は無力だと痛感させられたことで、ノートンは妻を憎んだ。

それからの二週間は平穏に過ぎていった。ダイアナは終始ご機嫌で、その件が話題にのぼることもなく、ノートンが一度か二度切りだそうとしても、すぐダイアナに遮られた。そのころ、以前ダイアナと約束したらしく、ウォレンダー兄妹がチズルハーストを訪ねてきた。ダイアナが女優になる決意を知らせると、ふたりは批判めいたことは口にせず、身を乗りだして話に聞きいっていた。やがてダイアナがマントンを再訪する予定が近づいてきたが、悲しい知らせのために急いで出発することとなった。マイラが奇禍《きか》に遭ったのだ。

ダイアナは朝食の席で手紙を読んで大声をあげ、それを夫に見せた。

「信じられない——見て、ベンジャミンからの手紙。マイラが事故に遭ったって！　ベンジャミンはカンヌでおこなわれるテニスの試合に出場するために留守にしていたみたい。マイラはロワイヤ渓谷に車で出かけて、そこで事故を起こしたそうよ」

ノートンは食事の手を止め、手紙を読んだ。マイラは軽い運動と新鮮な空気を求めて山道のドライブに出かけ、ちょうどブレルの先にある橋で、道に飛びだしてきた子供を避けようとして事故を起こした模様だった。村の子供は命に別状はなかったが、マイラのお腹にいる赤ん坊は救えなかった。マイラ本人も左膝を骨折し、それ以外にも怪我をしているらしい。そのうえ流産したショックもあり、きわめて危険な状態のようだった。

「大変なことになったな！　すぐ駆けつけるのか？」

「もちろん、そのつもりよ。力になってあげたいの。こんな悲惨な目に遭うなんて、どんなにつらいか」

「それにしても、命が助かったのは不幸中のさいわいだった」

だが、ダイアナは夫の言葉も耳に入らない様子で、マントンに向かう経路を考えていた。

「今日中にドーヴァーに向かい、夜の連絡船でフランスに渡るわ。まだ、そんなに混んでないでしょうから、明日のパリ発の急行寝台車の座席がとれると思うの。そうすれば、明後日《あさって》の朝にはマントンに到着できるわね」

「そんなに急ぐ必要はないだろう。ダイアナにできることはあまりないんだ」

「だけどマイラは死んじゃうかもしれないのよ。ベンジャミンは危険な容態だって書いているんだから」

「そんなに大切に思っていたなんて初耳だな。きみたち姉妹はお互いに興味がないんだと思っていたよ――それどころか、ダイアナは嫌っているんだとばかり」

「こんな非常事態となれば話はべつでしょう」

午後に自宅を出たダイアナは、首尾よく急行寝台車の座席をとることができた。そのうえ、マントン在住の英国人看護師で、歳も近く明朗快活な女性とおなじコンパートメントになった。

ミリセント・リードは有名なリゾート地に勤めていて、帰国する英国人患者に同行した帰り道とのことだった。ダイアナは容姿端麗で身だしなみのいい旅の連れに喜び、ふたりはすっかり意気投合した。

マントンに到着するとダイアナはミリセント・リードと別れ、海岸から五キロほど離れた高台にあるグリマルディ荘に車で向かった。驚くほど広々とした庭のなかに、小ぢんまりとした建物がぽつんと見える。背後にはオリーブの並木道の先にくすんだ色合いの果樹園が広がり、その向こうには松と栗の森、さらにその先にはごつごつとした岩や石灰石が散らばる荒野が広がっていた。北にはル・ベルソー山がそびえ、青空のもと、昨夜の気の早い降雪のおかげで白く染まった山頂が輝いている。グリマルディ荘は高台にあり、庭のオリーブと檸檬《レモン》の木は自生するたくましい草木に圧倒されているように見えた。斜面を生かした庭には西洋ねず、楢、アレッポパインが群生し、ラベンダー、乳香樹、銀梅花、そしてローズマリーの馥郁《ふくいく》たる香りが漂う茂みもある。

薄明がゆっくりと姿を消し、さわやかな朝陽がマントンの町を照らした。オリーブの銀色がかった翡翠《ひすい》の珠《たま》や檸檬の鮮やかな緑の実が、柔らかな陽射しを受けて輝く。葡萄《ぶどう》棚はすでに収穫を終えて葉が落ち、常緑樹のなかに蔓《つる》だけを伸ばしていた。道路は不意に現れる絶景や森のあいだを縫うように進み、白や灰色の建物の赤い屋根が時折ひょいと顔をのぞかせる。すべてのものが朝陽と靄《もや》に包まれ、斜面全体がぼんやりと霞《かす》んで見えた。高く山々を仰ぎみると、乾ききったような色合いの岩石や山の頂《いただき》が青空との境目に複雑な線を描いている。そのはるか下方のマントンの町に視線を移すと、悩みに満ちた日々の営みまでは見えず、しんと静まりかえったなかに大理石製の墓石が目に痛いほど輝いていた。波打ち際の紫に光る海水に浮かんだ虹のような光景だった。

ダイアナは姉に再会した。思いもよらぬ不幸に見舞われ、夫婦ふたりとも茫然自失していたが、それぞれの受けとめ方はちがった。マイラはまだ生命の危機を脱したわけではないうえ、仮に快復したところで以前のような生活には戻れないと生きる気力をうしなっていた。流産したのは男の子だった。身も世もなく嘆き、別人のように変わってしまった我が身にも絶望していた。膝を骨折したので、関節の手術を受けないかぎり自分の足で歩くのもままならないが、どこまで自由に動けるようになるのかは未知数だった。それでも医師団が救命を最優先した甲斐あって、三日後にはマイラの容態が安定した。だが、腹筋を痛めたのと精神的なショックのため、おそらくマイラは二度と子供を望めないだろうと医師団は判断し、明言は避けたもののベンジャミン卿にその旨を告げた。妊娠の可能性は零ではなかったが、その見込みはかぎりなく低かった。実際、三人いる医師のうち二人は、容態が安定した時点でマイラにその事実を即刻告げるべきだとの意見だった。

ダイアナは大抵姉のそばについていたが、マイラは身体が快方に向かえば向かうほど気持ちが沈むようで、降って湧いた災難以外を話題にすることはほとんどなかった。いつも憂鬱そうな顔でくどくどと泣き言を繰りかえし、ダイアナが気分を引きたてようとしても、その試みはことごとく失敗に終わった。だがダイアナは、だれよりも姉の苦悩を理解しているつもりだった。マイラにとって、未来は悲嘆を長引かせるだけのものになってしまったのだ。

「ベンジャミンは男性だから」マイラは愚痴をこぼした。「彼が今回のことをどう受けとめるかはよくわかるの。わたしを愛してくれているのよ。でも、ベンジャミンは若いままなのに、わたしだけがおばあさんになってしまったのよ。彼にしてみたら、若い相手と結婚したはずが、気づいたら相手は倍の年齢に変わってしまった感じでしょうね。一緒になにかを楽しむことも二度とできないわ。歳老いて、脚も不自由で、そのうえ子供を産むこともできない妻なんて。毎日、あのまま死にたかったと思っているの。そうすればベンジャミンも自由になれたのに」

「そんなことを考えるのはやめてちょうだい」ダイアナは力強くたしなめた。「ベンジャミンが聞いたら悲しむわよ」

しかし内心では、その口調ほど確信は持てなかった。

マイラの話し相手をしていないときは、ダイアナは家のあれこれを片づけ、傷心のベンジャミン卿を慰めた。健康のためにとふたりで散歩に出ることもあった。ベンジャミン卿は、姉の健康状態をすべて承知しているダイアナの前では、本音を口にした。

「まったく、どうしていいものか途方に暮れるよ。体調がいいときでも、楽しく会話するのも難しいんだ。流産のせいだろうから、そのうちよくなると我慢しているがね。最近の口癖は知っているだろう。あのまま死にたかったとそればかりで、聞いているとやりきれない気持ちになるよ。もちろん、二度とテニスはできないが、そんなことは些細な問題だ。それでも、子供ができないのは残念だな。心から楽しみにしてたんだ。いろいろな意味でね。なによりも、ぼくとマイラの心をよりいっそう結びつけてくれるだろうと期待していた。もちろん、この試練も乗りきってみせるさ。身体が回復すれば、そのうち気持ちも落ち着くだろう。だがマイラはぼくが変わってしまったと思いこんでいて、正直それには手を焼いているんだ。スポーツマンだった彼女らしくもない」

「なにも変わっていないことを、身をもって示してあげればいいのよ」ダイアナは助言した。「ひとつ忠告してあげるわ。マイラのために生活をがらりと変えたりしちゃ駄目よ。かえって逆効果だから。テニスを続け、モンテカルロにも遊びに行って、楽しかったお土産話を姉に聞かせてあげるの。それが一番元気が出るはずだから。ベンジャミンが昔と変わらない生活を続ければ、姉だってもとの生活に戻りたいと思うはずよ」

ベンジャミン卿はうなずいた。

「なるほど。さすがダイアナだ」

「反対にあなたがはりきってあれこれ世話を焼いたり、そばでため息をついたりしたら、ますます前途を悲観するだけだと思うの。もう容態が急変する心配もないんだし、あとは時間が解決してくれるだろうから、お互いのためにも日常をとりもどすのよ。リヴィエラ・テニス委員会に出席して、ポロもして。ここなら、来年のシーズンが始まる前にできるスポーツはたくさんあるでしょう。なにも出かけてばかりいろというつもりはないけど、家にこもっているのはよくないわよ。もちろん、姉のためでもあるけど、あなたのためにもそうしたほうがいいわ」

「コマドリがいてくれて助かったよ。きみのいうとおりだ。そう心懸けるとしよう。それでもマイラは、ぼくの思いやりが足りないときみに文句をいうんだろうな」

ベンジャミン卿はダイアナの忠告どおりに行動し、事態は好転しはじめた。時間とともにマイラも徐々に明るさをとりもどしたが、妹の助言のおかげだとは知らなかった。ベンジャミン卿は方々《ほうぼう》へ旅するようになり、数日留守にすることもあれば、カンヌやニースに日帰りで行くときはダイアナが同行することもままあった。マイラの体力も回復し、脚を引きずりながら歩けるようになったが、左膝はぴくりとも動かなかった。そこで座ったまま楽しめる趣味を見つけようと、これまで興味がなかったブリッジのやり方を一所懸命に覚えた。ダイアナにはこっそり打ち明けたが、ベンジャミン卿が喜んでくれるかもしれないと思ってのことだった。

ノートンは数日休みがとれたので、ダイアナを迎えがてらマントンを訪ねた。いまのグリマルディ荘が必要としていたのは、まさにノートンのような人物だった。マイラはノートンと話をしているときに一番穏やかな表情を浮かべると、ダイアナは内心興味深く観察していた。彼のいかにも医者らしい勘所を押さえた言葉が、病人にはなによりの慰めになるようだ。

ノートンはひたすら優しく共感してくれるとマイラは感じており、事実そのとおりだった。夫や妹にはついぞ理解できない、未来への希望がすべて潰えた喪失感と不幸を、ノートンだけは理解できたのだ。ノートンの慰めはマイラの心に響いた。

「ベンジャミンには自分がうしなったものしか見えていないから」あるとき、マイラがぽつりと打ち明けた。「ノートンはこうしてわたしの失意を理解してくれるけれど、それを主人には期待できないの。もちろん、男らしく思いやりを示してくれるのよ。でもわたしへの同情よりも、自己憐憫《れんびん》の思いのほうが強いのね。それはコマドリもおなじ。精一杯わたしのためを思ってくれているわ。でも、健康そのものでなんの不満もない日々を送っている楽観主義者の妹に、わたしの未来には絶望しか待ち受けていないと理解するのは難しいでしょうね」

マイラはベランダまで歩けるようになっていて、そこの座り心地がいい枝編み細工の長椅子にゆったりと腰かけていた。フランス窓が開いているとベランダでの会話はなかの客間まで よく聞こえるが、ベランダからは客間に人がいるかどうかはわからなかった。

それはノートンとダイアナ夫妻がマントンを去る数日前のことだ。マイラは妹が外出しているものと思っていたが、ダイアナはたまたま客間に立ち寄り、この会話を耳にすることになった。いっぽうベランダのふたりはそうとは知らず、ノートンは忍耐強くマイラの悲嘆に耳を傾け、新たな希望に満ちた未来が待っていると励ました。そしてベンジャミン卿が妻への気遣いをやめ、繰り言に冷淡な反応を示したというのは、マイラの被害妄想だと辛抱強く説いた。

「いつか勘定が合うから、心配はいらないよ。人生はなにひとつ思いどおりにならないが、予期せぬところで幸運に恵まれるものなんだ。ぼくとダイアナだって実は苦労しているんだよ。初めて会ったとき、ベンジャミンはぼくのことを実際より十も歳上だと思ったらしいね。まあ、それは大げさだったにしても、いまではそのくらい老けこんだ気分だよ。未来になにが起こるかは予想できないが、その最たるものが結婚生活だね」

「妹が女優になることに反対なの?」

「それはそうさ。開業医は実際に妻の手伝いが不可欠なんだ。妻が女優になったりしたら、ぼくの仕事に影響が出るのは避けられない。それはダイアナだって承知しているはずなんだ。それなのに、まさかあんなことをいいだすとは思わなかった。そのうえ、こうして理由を説明して反対しても、断固として意見を変えないんだからね。ぼくとしては、黙るしかないだろう。諍《いさか》いをしたところでなにも解決しない。ただ、ひとつだけわかったことがある。なんだと思う?」

「妹はあなたが期待していたような妻ではなかったということかしら」

「そのとおり。つまり、ダイアナの愛はぼくが期待していたものとはちがうんだ」

「期待したとおりの愛なんて、どこにもないのよ。それはよくわかっているつもりだったんだけど」マイラはため息をついた。「ダイアナは優しいし、頭もいいわ。一番つらいときにそばにいてくれたことは一生忘れない。わたしの身体が不自由になったことで、初めて気持ちが通じあったように思うの。でも妹は本当の意味で自分以外は愛したことがないし、あの子の愛はある意味主人とそっくりだわ。どういう状況かに左右されるのよ。たぶん妹は、あなたとの暮らしにちょっと不満があるんじゃないかしら。華やかなことが好きな子だから。でも、どんなことにもすぐに飽きてしまうの」

「はっきりいってしまえば、ぼくにも飽きたんだろうな。それでも、うまくやっていく道を探るしかない。おそらく、芝居にも早晩飽きるだろう。そもそもロンドンで舞台に立つなんて、それほど簡単なものじゃないと思うんだ」

「妹は自信家だから、才能を過信しているのかもしれないわね」

「その可能性が高いと思う」

「それでも、わたしたちはうまくやっていく道を探るしかないものね」

「そう。希望はつねに忘れてはいけないよ」

そこまで会話に耳を澄ましていたダイアナは、入ってきたときと同じく音を立てずに客間をあとにした。

ダイアナはふたりの会話を耳にしたことなどおくびにも出さず、数日後にノートンと一緒に上機嫌で英国に戻った。

第7章　謎の病

大執事の希望で、マイラはその年の夏は夫とともに英国の本宅ポルゲイト館で過ごした。もともと夏には帰国し、葉が落ちた晩秋にマントンに戻る予定だったふたりにとっても、渡りに船の誘いだった。

マイラの身体もかなり回復し、それとともに気力も充実してきたようで、最近は笑みを浮かべることが増えた。ところが、あろうことか今度は妹のダイアナのほうに新たな問題が発生したのだ。だが、当初はつい見過ごしてしまいそうな些細な変化だったので、気づいたのは身近な家族くらいだった。

ダイアナが短い滞在のつもりでポルゲイト館を訪れたときのことだ。迎えたマイラたちはその顔色の悪さに眉をひそめた。とはいえ、これまで病気らしい病気をしたことのないダイアナだけに驚きはしたが、本人がただの一時的な不調だと請けあったので、それほど心配したわけではなかった。ノートンもこの時点ではあまり深刻に受けとめていなかった。しかし、ダイアナの症状がすべて曖昧で、原因を突きとめることができないのは気にかかっていたので、数日ポルゲイト館を訪ねたいとダイアナが切りだしたときには、気分が変われば体調も好転するだろうと一も二もなく賛成した。ノートンの診立《みた》てでは胃が正常に機能していないようだったが、こんなことは生まれて初めてだとダイアナ本人も明言した。そこでノートンは胃腸薬を処方し、姉のもとへと送りだした。ダイアナは発声法のレッスンを始めてもいたのだが、その話題にはあまり触れたがらなかった。しかし、始終ロンドンのマチネーに通い、演劇関係の資料を集めていたので、女優になるという決心は変わらないようだとノートンは察していた。

最近、ノートンはウォレンダー兄妹と一緒に過ごすことが増えていた。そして生来のおのれへの甘さもあるのだが、なにより抱えこんだ難問をだれかに相談したくなり、自分の不安や落胆も包み隠さず夫婦間の悩みをふたりに打ち明けた。ノエルはダイアナが伯父ジャーヴイス・ペラムを訪ね、真実を聞かされたことを初めて知った。かつては複雑な心境を抱いていたが、それも時間とともに薄れ、おそらくは結婚生活が順風満帆ではないと知らされたこともあって、ノエルの心中にはノートンに対して以前と変わらぬ友情が甦《よみがえ》っていた。いまではダイアナの人となりもある程度承知しているので、どういう反応を示したのかと興味を惹かれたようだった。

「ネリーはペラムさんからなにか聞かなかったのか?」ノエルが妹に尋ねた。

「一度も話題になさったことはないの」

「へえ。しかし、ダイアナはどうしてそんなことを思いついたんだ、ノートン?」

「なにがきっかけになったのかはわからない。ぼくに打ち明けたのもかなり時間がたってからなんだ。それまではぼくにも隠していた。ダイアナは普通の女性とはちがうんだ。それなのにすっかり理解していると思いあがっていたんだから、ぼくもおめでたいよな。妻を理解できる人間などこの世にいないだろうに。すべて承知していながら黙っていて、女優になりたいとぼくを説得するときの切り札として使うとはね。もちろん、女優になるなんてただの口実さ。最終的には離婚したいんだろう。冷淡で、打算的で、およそ人間らしい情なんて持ちあわせていないんだ。いまでは妻を敵のように感じるよ」

「それなら、べつに思い悩む必要はないじゃないか。たしかにきみとしては、憎む以外にどうしようもない。ダイアナが女優になったら、自然とお互いの気持ちが離れ、おそらくは一年か二年で離婚となるだろう。そうなれば晴れて自由の身だ。このまま成り行きに任せたらどうだ」

「なんてことをいうの、兄さん」ネリーが大きな声をあげた。「そんな恐ろしい話はやめてちょうだい。ノートンはダイアナを憎んでなんかいないし、そもそもだれかを憎むような人じゃないもの。それはダイアナだっておなじことよ——それだけはまちがいないわ。あまり世間の目を意識せず、現実的に考えてみたらどうかしら。ペラムさんが妙な勘違いをなさったのがよくなかったのよ。ペラムさんが口を出すべき問題じゃないのに、ノートンを子供扱いしてしまって。あなたはしっかりしているから、ダイアナに出逢わなかったとしても、ペラムさんのいいなりにはならなかったはずよ。兄も、わたしも、昔からそう思っていたの。それより、ダイアナはどうしてそんなに怒っているの？」

「その点に関しては、残念ながら申し開きの余地はないんだ」ノートンは答えた。「きみたちふたりには、なにひとつ隠し立てせずに正直に白状するよ。実は、ダイアナと結婚したら遺産を相続できないと伝えてなかったんだ。本当に馬鹿なことをしたものだが、肝心な点を誤魔化してしまったんだよ。いや、誤魔化したというのは正確じゃないな。嘘をついたんだ。ダイアナに会えば、伯父は気に入って態度を変えるだろうと説明したんだから」

「あなたがそう考えるのは自然なことだわ」

ノートンはかぶりを振った。

「まさか。伯父のことならだれよりもよく理解しているからね。もちろん、伯父を非難するつもりはない。誤解しようのないくらいはっきりと意思表示していたし、なにより伯父は正しかった。いまごろ気づいても遅いが、どうやら伯父はすべてを見越していたようだな。ぼくは人間として最低の行為をして、そのつけがまわってきただけなんだ。伯父はさぞかし満足していることだろう」

「そんなふうに自分を卑下《ひげ》するのはよくないわ。ペラムさんだって、あなたと仲違《なかたが》いしたくてなさったことじゃないんだから。そもそも結婚について傍《はた》から口を挟むのがおかしいんだもの。いまはダイアナと一時的にうまくいかないかもしれないけど、辛抱していればそのうち好転するはずよ。ダイアナはあなたを心から愛している、なにより大切なのはそのことだもの。あなたが黙っていたのも、ダイアナを愛するがゆえでしょう？　ダイアナは聡明な方だから、きちんと理解してくれるに決まっているわ」

だが、兄ノエルのほうが状況を正確にとらえており、けっして楽観視はできないと考え、話題を変えた。

「ところで、ダイアナの容態はどうなんだ？」

「思わしくないな。一進一退といったところだ。なにしろ、まったく原因がわからなくてね。いまは姉を訪ねてポルゲイト館に行っている。それがいい刺激となって、快方に向かってくれるといいんだが。新しい薬に変えてみたんだ」

「健康そのものという印象だったがな」

「これまではずっと病気知らずだったらしい」

「女優になることを認めてあげたらどうかしら」ネリーが提案した。「それがきっかけとなって、元気になるかもしれないわ。ダイアナは女優として成功する自信があるのに、ノートンに反対されているわけでしょう。そのストレスが身体にいいわけないもの。もう一度ゆっくり考えてみてあげて。才能に恵まれた女性は、それを生かす道に進むのが一番だと思うの。あなたにその道を阻まれて、ダイアナは身体の調子まで崩しちゃったんじゃないかしら。いったいどうしてそんなに反対するの？」

「女優になりたいなんて、ぼくから遠ざかる口実なのが見え見えだからさ。それだけじゃない。ぼくの仕事に悪影響を与えることも狙っているんだろう。開業医なのは承知のうえで結婚したんだ。それなのに、かなりの痛手を与えるとわかっていながら、女優になりたいといって譲らないんだからね」

「そんなつもりはないんじゃないかしら。もうすこし、大きな心で受けとめてあげて。女性だってご主人を助けるだけじゃなく、自分の人生に挑戦してみるべきだと思うの。そういう時代になったのよ。ダイアナのような、教育を受けた優秀な女性が増えているし。現代の女性なら、ほとんどがダイアナを応援するはずよ。それに奥さんが自由に行動するくらい、まともな患者さんなら気にもしないでしょう」

「残念なことに、まともな患者なんてめったにいないんだ」ノートンは答えた。「ここチズルハーストは保守的な土地柄だしね。特に富裕層は頭がかたいんだよ。妻が舞台で活躍していると知ったら、あの家はどこかおかしいと大騒ぎになるに決まっている。なにより、ぼくの人間性が疑われるだろうね」

「心ない方には好きにいわせておけばいいのよ」ネリーは断言した。「大切な家族に理解してもらえないのが、一番つらいと思うわ。患者さんはあなたの腕がいいから集まるわけでしょう？　それなら、病気を治してあげれば充分じゃない。奥さんの自由を認めただけで、なんの関係もない患者さんが大騒ぎするなんて、本気で心配しているの？」

「自分も苦々しく思っていると、はっきりいえばいいじゃないか」ノエルが口を挟んだ。

「今日び、夫のいいなりになる妻なんていないことは、みんなわかっているだろう」

「問題は、妻が常識知らずのことをしでかすのは、なにか理由があるんだろうと勘ぐられることなんだ。幸せに暮らしていれば、新婚早々の若い妻が家庭や夫を顧みないはずがないとね。もちろん、くだらない憶測なんだが、患者はダイアナが満足してない、そしてその責任はぼくにあると考えるだろう」

三人で相談してもこれという名案は思いつかなかったが、ノートンは兄妹に話を聞いてもらっただけで満足だった。ウォレンダー兄妹に会うといつも気持ちが落ち着くのだ。昔からノートンの弱さや気難しさを承知のうえで、兄妹は誠実な友人でいてくれた。最近はニコル・ハートと連絡をとっていないのもあって、ノートンにとっては全世界にも等しい存在だった。

日を改めて兄妹を訪ねると、重大なニュースがノートンを待っていた。とはいえ、いまとなってはかつてほどノートンの身辺に重大な影響を及ぼすわけではなかったが。伯父ジャーヴィス・ペラムの容態が悪化し、危篤に陥ったというのだ。見舞いに駆けつけたネリーの話では、医師も快復の見込みはほとんどないとさじを投げたそうだ。このときネリーは伯父本人から様々な話を聞かされたが、気楽に話題にできる内容ではないので自分の胸におさめておいた。そして本人のたっての希望で、時間が許すかぎり看護にあたることになったと説明した。ノートンは伯父の危篤を知らされても黙っていたが、いつになくむっつりと不機嫌だった。どうやらこのことが自分に及ぼす影響を考えている様子だが、その胸中は兄妹にもほとんど明かさなかった。そんな折、ダイアナの容態がいくらか好転したと連絡があったので、ノートンは迎えがてら土曜の晩から月曜までポルゲイト館を訪ねることにした。ポルゲイト館に着くとベンジャミン卿とマイラはノートンを歓迎し、ダイアナの体調が心配だと口を揃えて訴えた。

「コマドリはまったく食欲がないようだ」ベンジャミン卿はいった。「女性が食事をとらなくなるのは、軽視できない兆しだと思っている。コマドリは昔から負けず嫌いで、簡単に諦めるタイプではない。だからこそ、事態は深刻だという気がするんだ。マイラもかなり具合が悪そうだといっている。本人は絶対に認めないだろうが、楽観できる状態ではないのはまちがいない」

ノートンは挨拶もそこそこにダイアナを診察した。すると容態は好転していないが、悪化もしていないので安心した。

「新しい強壮剤を試したら、ずいぶん元気になったのよ」ダイアナは説明した。「でも、そのうちに気持ち悪くなったので、飲むのをやめたの」

「気持ち悪くなるようなものは入っていないよ」

「でも飲むのをやめたら、気持ちが悪いのもおさまったのよ。どこも悪くはないのに、なぜか元気が出ないだけかもしれないわね。そう聞けば、あなたは安心でしょうけど」

「無理する必要はないよ。たしかに顔色が悪いようだな——化粧をしていないせいもあるのかもしれないが。いいことを思いついたんだ。明日、帰り道に病院に寄って、ヘロン・グラント卿に診察してもらおう。大学病院でも指折りの名医だし、親身になってくれるはずだから、原因もはっきりするだろう」

「ありがとう、ノートン。自分でもちょっと心配になってきちゃった」ダイアナは正直に認めた。「まだ二十六歳なのに、どういうことかしら——ねえ、実はどこかに恐ろしい病気が隠れているなんてことはないわよね？」

「あるわけないさ。どこにも異状がないことは保証するよ」

「こんな半病人じゃ、舞台に立つなんて夢のまた夢ね」ダイアナは嘆いた。「成功するには、かなり無理をしないと駄目でしょうし。不思議なものね。わたしたちは健康そのものの姉妹だったのに、ふたりともこんなことになっちゃうなんて」

「マイラはすっかり元気になったようじゃないか」

「そうね——身体はよくなったわ。でも、ついこのあいだまで自由に動いていただけに、いまの暮らしに慣れるのは時間がかかるみたい。ベンジャミンのせいじゃないのよ。彼は男らしく受けとめているわ。いまも変わらずにマイラを愛しているし。たまに愚痴をこぼすのも、わたしの前でだけなの。とにかく姉はもっと夫を大事にして、おなじことに興味を持ち、いないと困る存在にならないといけないわ。あんな悲劇は忘れるくらいにね。でも、まだそこまでする余裕はないみたい。もうできないからって、テニスにもまったく興味がない様子で、なにも楽しみがないのよ。前向きに生きていくと決めたはずなのに、それを実行できてないの。あなたもそれとなく助言してあげて。わたしの言葉なんて聞こうとしないけど、信頼しているあなたならべつでしょうから」

ノートンはそれを聞いて笑った。

「マイラがぼくを信頼している？　本当にそうならば嬉しいけどね。効果があるかは疑問だが、ぼくもおなじ意見だから話はしてみるよ。できるかぎり夫の力になれるよう、努めるべきだろう」

「お願いね。マイラはもっと夫と一緒に出かけたほうがいいの。もちろん、テニスの試合にも。なのに、グリマルディ荘に戻りたいの一点張りで。十一月になったら、半年はあちらに滞在する予定だそうよ」

ノートンはうなずいた。

「いまのままでは危険だな。活動的なベンジャミンが、引きこもり同然の暮らしに耐えられるわけがない」

「姉のために一所懸命なのよ。だからこそ、わたしたちがいるあいだに、なんとか姉の気分を変えてあげたいわね」

マイラはノートンとふたりでゆっくり話ができて喜んでいた。ふたりは性格も似ているし、これまでの人生も共通項が多かった。マイラの話を聞いているうち、一種の反動の時期にあるのだとノートンは理解した。いまでは身体も回復し、同情される受け身の存在でいることに飽きたらなくなったのだ。それでも献身的に支えてくれる夫への不満を漏らせるはずはなかった。たとえ興味が持てなくても、ベンジャミン卿が関心あるものに目を向けたほうがいいと説くと、マイラは穏やかに耳を傾けた。

「実は、不幸な事故で身体が不自由になって、見える世界が一変してしまったの。人生が圧倒的な現実感をもって迫ってきたのね。でも主人は、あいかわらずスポーツと楽しいことにしか興味がないのよ。わたしとしては、もっと世のためになることに寄付をしたり、慈善活動をしてみたいの。でも、そんな話をしても、ちゃんと聞いてくれなくて」

ノートンはその光景が目に浮かぶようだった。

「きみが慈善活動に興味が湧いたのは自然な成り行きだと思う。おなじ選択をした患者もたくさん見てきたよ。病気をしたり、身体が不自由になったりすると、感受性が鋭い人は人生観が変わるようだね。だが、ベンジャミンの関心も尊重されるべきだとは思わないか？　彼の好きなものに目を向けることで、慈善活動に対する理解も深まるんじゃないかな。やはり大切なのはお互いに与えあうことだよ、マイラ。すべてのことがそうなんだ。なんだか偉そうに聞こえるかもしれないが、ぼくもようやく悟ったばかりでね。ダイアナの女優になりたいという夢に反対するのはやめたのさ。専門医の診察が終わったら、気持ちが変わらないなら応援すると伝えるつもりだ。どんな薬よりもいい効果が現れるような気がする。ダイアナが幸せになってくれれば、それだけで満足だよ。ぼくの幸せは妻の笑顔にかかっていると、ようやくわかったんだ。それはベンジャミンもおなじことだろう。きみの幸せそうな笑顔が見たいんだ。だから、無理してでも笑みを浮かべてごらん。そのうち、心から笑っている自分に気づくはずだよ」

「それは難しいわ。主人はこうなってもなにも変わらず、愛してくれているけれど……妻としての重大な役目を果たすことができず、今後も絶望的なのよ。重荷になるだけの妻なんて、心苦しくて」

「そんな馬鹿な話は聞いたことがない」ノートンはきっぱりと否定した。「子供ができないから、なんだというんだ？　残念な気持ちはわからないでもないが。子供などいないほうが人生を謳歌《おうか》できるという考え方もある——きみだって聞いたことがあるだろう？　ぼくも子供を切望していた時期があったけど、いまはちがう。いないほうがいいという意見だよ」

月曜日、ノートンは恩師ヘロン卿のもとへダイアナを連れていった。ヘロン卿は消化器官にかけては英国の第一人者で、卒業後もつきあいの続いている教え子ノートンのじきじきの依頼に、一時間かけて念入りに診察したが、体調不良の原因となるような疾患はなにも発見できなかった。ヘロン卿は処方箋を書きながら、一ヵ月以内にすっかり快復するだろうと自信たっぷりに保証した。

「まちがいなく以前のように元気になりますよ、ダイアナさん。なにしろ、どこにも悪いところはなかったのですから。なにかの疾患を見逃す可能性は考えられません。原因となる病気がなければ、体調不良が続く道理がありませんしな。とにかく、なにも見つからなかったのはたしかです。どこから見ても健康体といえるでしょう」

ノートンはそれを聞いて安心し、自宅への帰り道で計画どおりに切りだした。

「あれからよく考えてみたんだ。勇気を出して口にしたんだろうに、舞台に立ちたいという夢に反対するなんて、ぼくがまちがっていたよ。あまりにも自分勝手だと反省した。女優として活躍できるよう、がんばってごらん。もうすこしでダイアナの人生を味気ないものにしてしまうところだったな。すまなかった」

ダイアナは笑顔で聞いていた。あたりに人気《ひとけ》がなかったので、ノートンに抱きついてくちづけした。

「優しいのね、ノートン。そういってくれるなんて、本当にあなたらしいわ。自分勝手だったことなんて一度もないのに。実は、わたしも謝ろうと思っていたのよ。最近、人生について真面目に考えるようになって、女優になるのがそれほど重要とは思えなくなったの。夫婦といえども、いつ気持ちが離れてしまうかわからないものね。そうなったら悲しいから、これからはノートンのそばを離れず、あなたを最優先すると決めたわ——なにをするにもよ」

ノートンは自分の耳を疑い、まじまじと妻を眺めた。どうやら本気でいっているようだ。女優になりたいという夢を忘れるような出来事が起こったのだろう。予想外の展開に、ノートンは妻の手を握ったまましばらく言葉が出てこなかった。

「女性を理解するのは難しいな」

「あら、そんなことないわ。あなたはわたしによかれと考えてくれた。わたしもおなじことをしただけよ」

ノートンはその言葉を鵜呑みにする気になれず、どういう風の吹きまわしだとひそかに怒りさえ感じた。

〝舞台以外でも演技をする場はある〟ということだろうかとノートンは考えた。

それからひと月ほどは、特になにごともなく過ぎていった。しかし専門家に太鼓判を押してもらったにもかかわらず、ダイアナの容態が好転する兆しはなかった。いくらか体調がいいとほがらかに告げる日もあるのだが、それが長続きせずにすぐに悪化してしまうのだ。以前のように元気に行動するどころではなかった。ダイアナは暖かい南仏に望みをかけているようで、十一月にグリマルディ荘を訪ねるのを心待ちにしていた。いっぽう、ノートンには覚悟していた事態がいよいよ到来することとなった。ある日、ダイアナのたっての希望で、ウォレンダー兄妹をチズルハーストに招待した。ノートンが兄妹に悩みを打ち明けたことは暗黙の了解で話題にのぼらなかった。改めてダイアナをきちんと理解したいと考えていたネリーは、予想以上に憔悴した姿に心を痛めた。ネリーは夫婦仲がぎくしゃくしているのが体調不良の原因ではないかと推測していたのだ。ジャーヴィス・ペラムに真実を知らされたことがダイアナの愛情に大きな影響を与えたのは想像に難くないが、ネリーはそれも当然だと考えていた。その比重はともかくとして、将来は裕福な暮らしが約束されていることもノートンとの結婚を決めた一因だっただろう。ダイアナのような華やかな女性が、特に理由もなく一介の開業医との地味な生活を選ぶとは思えなかった。

その日、兄妹はダイアナが女優になる夢を諦めたと知らされた。ノエルはそれとて夫の希望に添ったわけではなく、体調が思わしくないせいだろうと勘ぐった。もっとも、性善説を信奉する妹とはちがい、ノエルは最初からどちらかというとダイアナに批判的ではあった。だが、この日の話題の中心はダイアナの決心ではなかった。ふたりは伯父が一時《いっとき》は持ちなおしたが、ふたたび危篤に陥り、もってもあとひと月の命だとの知らせを携えてやってきたのだ。

ウォレンダー兄妹がチズルハーストを訪ねてきてから一週間もたたないうちに、伯父が息を引きとったとの報が届いた。ノートンは妻の勧めで告別式に参列した。何度無駄だと説明しても、ダイアナは夫が遺産を相続する望みを捨てきれなかったようだ。だが、ノートンはなにも期待できないと覚悟していたし、事実そのとおりになった。ノートンの母親が千ポンド贈られるなど何件か少額の遺贈があった以外、伯父は莫大な財産をすべてネリー・ウォレンダーに遺していた。遺言書には甥ノートンの名も記してあった。みずからの意思ですべきことを怠り、してはならぬ行為に走ったため、すべての権利を喪失したと明記してあった。ダイアナはそれを聞いて絶句し、ますます体調が悪化した様子だった。ノートンはネリーが相続するものと覚悟を決めていたので、あらかじめなにもあてにできぬと妻に念を押しておいた。しかし最後の望みも断たれたと明らかになって、ダイアナは文字どおり打ちのめされたようだった。

遺言書は新聞に掲載され、ネリーはハムステッドの豪邸と二十万ポンドを相続したと記してあった。

「ネリーのことだ。おそらく全額どこかに寄付するんだろうな」ノートンがいうと、ダイアナは意味ありげに応じた。

「ネリーのことならよく知っているものね。昔からあなたを愛していたことだって、気づいていたんでしょう?　いっておくけど、ずいぶん前からそのことには気づいていたのよ」

その後ダイアナは遺産についてほとんど話題にせず、衝撃からも立ちなおったかに見えた。ノートンはネリーに心のこもった祝福の手紙を送り、ノエルからの手紙で、ダイアナも祝いの手紙を送ったことを知らされた。

『ネリーは途方に暮れているよ』ノエルの手紙にはそう記してあった。『あまりにも気前のいい贈り物に、喜ぶどころか恐ろしくなったようだ。おれたち兄妹はこれまで金には縁遠い暮らしだったから、価値観だって、人づきあいだって、つましくするのが身についている。正直な話、まったく期待してなかったといえば嘘になるが、まさかこれほどとは予想もしなかった。頭が痛いのはおれも変わらないが、仕事で金勘定には慣れているからまだましだ。だが、妹は降って湧いた幸運に押しつぶされそうでね。妹は金持ちになりたいと願ったこともなければ、年に一万ポンド使う暮らしを想像したこともないだろう。なにしろこれまでは、せいぜい五百か六百ポンドしかないおれの収入だけでやりくりしてきたんだ。おれが自由にしろといえば、妹は喜んで投げだすだろうな。情けない話だが、すでに一度ならず喧嘩をしているんだ。莫大な財産が原因だとしても、おれたちがいいあらそいをする日が来るとはな。もちろんその後仲直りをして、しばらく時間をおいて冷静になってからまた話しあうことにしたよ。妹の希望はあまりにも現実的ではなくてね。ノートンのことだ。どんな希望だかうすうす察しているものと思う。できればその件についてふたりでじっくり話しあいたいんだがどうだろう？　広い心でなんとか時間を作ってもらえるとありがたい。ダイアナはフランスの姉を訪ねる予定だといっていたな。そのころにでも、おれがそちらを訪ねてもいいし、ロンドンのシティで待ちあわせするのでもかまわない。きみの都合に合わせるよ』

ノートンは旧友がなにをほのめかしているのかすぐに理解したが、自分の気持ちは考えるまでもなく決まっていた。しかし、ダイアナの意見はまたちがうだろうから、ノエルの手紙は見せなかったし、その内容についても気取られないように用心した。ネリーの厚意が身に沁みたが、自分の決心が揺らぐことはなかった。

その年はダイアナが外出どころではなかったので、夏の休暇らしい遠出はしなかったが、ダイアナのたっての希望で、ノートンは泊まりがけで大執事を訪ねた。娘の体調を案じた大執事から、詳細を知らせてほしいと手紙が届いていたのだ。出迎えた大執事に、病の原因は見当もつかないとノートンは正直に伝えた。

「なんとか小康状態を保っているというところでしょうか」ノートンは説明した。「しかし不快感は続いているそうです。慢性化してきたので、長い目で見てじっくり治していくしかないでしょう。どうしたものか、ぼくとしても頭を抱えています。たまに貧血の症状が現れることがあり、予断を許さない状況です。それでいて、原因となるような疾患はなにもないんです。ヘロン卿がどこにも悪いところはないと保証してくださいました」

「南仏に行けば気分も変わり、元気になるかもしれん」大執事は願望を口にした。「わたくしも寒さが厳しいあいだはあちらを訪ねようかとも思っている。きみには申し訳ないが、コマドリをできるだけ長く滞在させてやってくれないかね。娘ふたりは南仏で育ったため、穏やかな気候に慣れているのだ」

「妻が望むかぎり、ゆっくりさせるつもりです。それですっかり元気になってくれれば、ひと安心なんですが」

「経済的な問題であれば、わたくしもいくらかなら助けられる。五十ギニーならすぐに用意できるし、百ギニーでもなんとかなる。これ以上有益な使い道もあるまい。困ったことに、このところ目が急速に悪くなっておって、そうなるとなにかと入り用なのだが。しかしダイアナのためならば——さいわい、耳はまだ達者で、鐘の音を聞くことができる。ご存じのとおり、それがわたくしにとってはとても大事なのだ」

ふたりの再会はきわめて友好的に終わった。大執事は初対面のときからノートンに好感を抱いていたし、その後も事情はなにひとつ知らないままだったので、その印象は変わっていなかった。

ノートンは帰宅し、その六週間後にダイアナはグリマルディ荘に旅立った。体調はあいかわらず万全とはいいがたく、迎えたマイラとベンジャミン卿はダイアナの変わり果てた姿に目を疑い、なにか手を打つべきだと声を揃えた。マイラはひときわ熱心で、マントンで開業している英国人医師の診察を受けさせる手筈を整えた。そのファルコナー医師は金色の髪に青い瞳の好青年で、腕前はさほどでもなかったが、つねに陽気で楽天的なところがそれを補ってあまりある魅力になっていた。肺を患《わずら》っている懸念があり、以前から南仏が好きだったのもあって、ここマントンの地で開業を決めたという話だった。仕事熱心だったら患者が行列していたかもしれないが、ファルコナー医師は自分の娯楽を優先するタイプのようだった。最近テニスを介してベンジャミン卿と知りあい、共通する趣味が多いこともあって、ふたりは急速に親しくなったのだ。

ダイアナもハロルド・ファルコナー医師を気に入り、主治医とすることに賛成した。ファルコナー医師が処方した新しい薬が効いたのか、あるいは穏やかな気候や華やかな暮らしのおかげなのか、ともかくダイアナは快方に向かいはじめた。しかしマイラは夫とふたりになると内心の懸念を口にした。

「なにがあったのかしら。妹はまるで別人のようだわ。健康が優れないだけじゃなくて、性格まで変わってしまったみたい。身体が思うようにいかないせいで、闘う気力もうしなって、流されるままになっているのかしら。生死の境をさまよったあと、わたしもそうだったから気持ちはよくわかるの。だけど、コマドリはどんなときでも元気いっぱいで前向きだったのに。女優になる夢も諦めてしまって、いまでは考えるだけでぞっとするらしいわ」

ベンジャミン卿は淡々と答えた。

「かえってそのほうがいいんじゃないか？　闘ったところでなにも変わらない。きみだってわかっているはずだ。ダイアナはノートンと一緒に人生を歩むしかないんだ。本人が選んだ道だからな。気の毒だが、あれもこれもと欲張るのをやめれば、もっと幸せに暮らせると思うよ。それはそれとして、ダイアナが望むかぎりここに滞在させてやりたいな。きみも異存はないだろう？」

マイラは夫の言葉をゆっくりと咀嚼《そしやく》した。

「もちろんよ。あなたがかまわないなら」いつものことだったが、マイラは小さなため息で言葉を締めくくった。

「ぼくだって大歓迎だよ。事故のあと、きみをなにくれとなく励ましてくれ、使用人の世話からなにからすべて面倒をみてもらったことは、昨日のことのように覚えている」

まるで姉妹の立場が逆転したようだった。ダイアナの体調は一進一退で、気分がいい日はドライブや町に出かけたがったが、思わしくない日はほとんどベッドから出ず、食事もとらなかった。だがマイラは勘違いをしていた。ダイアナは希望をうしなったわけではなかった。原因不明の病をなんとか克服して健康な身体に戻ることを諦めるどころか、それしか頭にない様子だったのだ。言葉を換えれば自分の体調以外には興味がなく、家族を気遣うこともほとんどなくなってしまった。それに気づいたベンジャミン卿はマイラにこぼした。

「病気というのは厄介なものだな。一時的にせよ、人の性格まで変えてしまうようだ。きみもそうした時期があったが、いまのコマドリもそうらしい。おそらくぼくもそうなるんだろうな」

「ファルコナー先生もまるで原因がわからないようね」マイラは妹が利己的になったことには触れなかった。「先生は名医ではないでしょうけど、それでも見当もつかなくて困っているみたい。昨日、ノートンに症状などを説明する手紙を書いていたわ。翌日のことすら予測できないそうなの。妹の体調はそのくらい振幅が激しいのね」

「最初はファルコナー先生を気に入っていたようだが、いまでは当たりちらしているな」

「気の毒で見ていられないわ。それだけ人生に愛着があるんだと思って。わたしとはちがうのよ。以前のように歩けないとわかったとき、わたしはすぐに諦めてしまったけれど。妹はなにがあろうと、命あるかぎり闘いつづけるつもりなんだわ」

「じっとしているのが耐えられないようだな。だが、いったいなにをしてやればいいのか。パリかローマから高名な医師を呼ぼうと提案しても、返事ははかばかしくない。すこしはよくなっているんだろうか。見ているかぎりではよくわからないが」

「気分がいい日はほとんどないようだわ。今後どうなるのか予測もつかないようだし。朝、目覚めたときに、ようやくその日の体調がわかるみたい。それでいて、ひどい顔色なのにお化粧をして、お気に入りの部屋着を身につけ、元気なふりをしているのよ。なんだか、見ていると怖くなるわ」

「ふりをする？　どういう意味だい、マイラ。そのうち元気になると思っているんだろう？」

マイラはかぶりを振った。

「口にするのも悲しいけれど、元気になるとはとても思えないの。お医者さまが見つけられないだけで、どこかに原因となる病気が隠れているのよ。わたしの勘違いであってほしいけど、女性の勘はあたるでしょう？　ファルコナー先生もおなじ意見のようだわ」

ベンジャミン卿はまじまじと妻を見つめ、口ひげを引っぱった。

「そんな馬鹿な！　かわいそうなコマドリ。きみがそう感じているなら、ノートンにも知らせてやったほうがいいな」

「それはもうすこし待って。前に妹に訊いたら、ノートンを呼ぶ必要はないといっていたの。あのころは気分もよくて、快方に向かうと信じていたんでしょうけど。実際、日に日に元気になったのは、傍で見ていてもよくわかったもの。それにノートンに会いたいなら、そういうはずでしょう? なにもいわないのは、なにか理由があるんだと思うの。だって、彼のことを一切口にしないじゃない。まるで会いたくないみたい」

しばらくすると、ダイアナの容態が快方に転じた。それに最初に気づいたのは本人だった。たしかに顔色もよく、本人も気力が充実している様子で、これからの希望を口にした。周囲が元気になったとなによりも実感したのは、自分のことしか頭になかったダイアナが、マイラやベンジャミン卿の行動に興味を向けるようになったことだった。ベンジャミン卿はこの調子でよくなるものと信じている様子だが、マイラはまだまだ予断を許さないという意見で、生来の楽天家ファルコナー医師も、ダイアナの容態についてだけは楽観視することがなかった。それでもダイアナは朗報を英国の家族にも知らせようと、大執事にはクリスマス後のグリマルディ荘訪問の際には以前のように元気な姿で迎えると手紙で約束し、夫にも体調が好転した旨を知らせた。ノートンはいまなら効果を発揮するにちがいないと、いい知らせへの感謝の気持ちと、そのうちグリマルディ荘を訪ねると記した手紙を添えて、自分で調剤した強壮剤を送った。いっぽうでノートンは、かねてから病床にある自分の母親の容態も気にしていた。

しかしほっとしたのもつかの間のことで、ほんの数週間で雲行きが怪しくなってきた。ダイアナの体調が悪化し、またもや苦痛を訴えはじめたのだ。その年が終わるころには、容態が悪化したのはだれの目にも明らかだった。

さすがのダイアナも不安になってきた様子で、新たな症状が出てきたから専門家に看護してもらいたいと訴えた。英国からの列車で知りあったミリセント・リードがいいと希望し、たまたまファルコナー医師の知人でもあったので、看護を頼むことになった。数日後にミリセント・リードがやってきたときには、ダイアナはすこし持ちなおしたかに見えた。ミリセント・リードも、ダイアナの容態がさながら潮の満ち引きのごとく、くるくると変化することに戸惑っている様子だった。ノートンは近日中に訪ねるとの手紙を添え、さらに薬を送った。

ようやくノートンがグリマルディ荘を訪ねると、ダイアナは気分は上々だとほがらかだったが、数ヵ月ぶりに会ったノートンの目には軽視できない病人にしか見えなかった。本人はいたって意気軒昂だが、かなり衰弱しているのはそこかしこから見てとれる。ノートンはファルコナー医師や看護師からも話を聞いたが、特に目新しい情報はなかった。ファルコナー医師が処方した薬は妥当なもので、ミリセント・リードはダイアナの気分や体調が猫の目のように変わるのが解《げ》せないと報告した。

このときは、まだ忌まわしい疑いを口にする者はいなかった。しかし運命のときは迫っており、ほかでもないダイアナがほどなくして自分の不安な胸中を打ち明けることとなる。だが、信頼して打ち明けた相手は夫ではなく、姉のマイラだった。しかし、とても正気とは思えない内容だったため、マイラは病人の妄想だと、真剣に受けとめなかった。

第8章　万策尽きる

ノートンはローマで教えを受けた医師シニョール・エルネスト・ボルドを思いだして連絡をとった。すると名医はかつての教え子の頼みに快く応じ、マントンを訪れて二時間かけてダイアナを診察したあと、さらに一時間かけてノートンとファルコナー医師からこれまでの経緯を聞いた。

エルネスト・ボルド医師の診断を聞いて、ノートンは胸をなでおろした。ヘロン・グラント卿と同様、すぐに快復に向かうはずだとの言葉に、ダイアナも勇気づけられたようだ。やはり今回も疾患は発見できず、様々な症状がどうして現れたのかはわからなかった。体調が好転し、気力が充実した時期が何度もあったのは否定できない事実なのだが、その理由は謎のままだった。ごく軽いものにしろ、なんらかの病気は患《わずら》っていたものと思われるが、念入りに検査しても、軽いものはもちろん、エルネスト・ボルド医師が予想したような重篤な病はなにひとつ見つからなかった。異状といえるのは基本的な体力の衰えくらいで、これはきちんと食事をとっていないのだから当然だった。結局、たまに持ちなおしながらではあるが、これほど長いあいだ体調不良が続いた理由は解明されなかった。

精神科医としても名高く、人間の肉体と精神には密接な関連があると理解しているエルネスト・ボルド医師は、このときすでに疑問を感じていたのかもしれない。しかしその疑いを態度なり言葉なりで示すことはなかったし、ノートンにもそこまで恩師の心中を見通す力はなかった。ダイアナの診察が終わると、エルネスト・ボルド医師は時間をかけてミリセント・リードと面談した。明朗快活、頭の回転が速くて看護師としての経験も豊富なミリセント・リードは、てきぱきと医師の質問に答えた。初期の病状についてはまったく知らないにもかかわらず、医師の質問の意図をすぐに理解し、ダイアナの普段の生活をきわめて正確に説明した。いわく、ダイアナは調子がいい日は家族とおなじ食卓につき、のんびりとコーヒーや紅茶を楽しむこともある。また、近くの村カステラーまでドライブするのも大好きだ。というのも、その村の老婆の淹れるコーヒーがことのほかお気に入りだったからだ。あるいは自室に閉じこもり、台所で調理した食事を部屋まで運ばせることもあった。それを届けるのはミリセント・リードかマイラ、ベンジャミン卿と決まっていた。このように質問されるままにグリマルディ荘での暮らしを説明するうちに、ミリセント・リードはマイラとベンジヤミン卿には好感を抱いており、それほど数はいない使用人も正直で気立てのいい者ばかりと感じていたが、気難しいダイアナ本人は苦手だと打ち明けていた。

「実はあたしのことを嫌っているんじゃないかと思うこともあります」ミリセント・リードはいった。「それにお薬を飲むのを躊躇《ためら》っている気配もあって。もちろん、あたしにはなにもいいませんけど。具体的な理由があってのことかどうかはわかりませんが、口にするのも恐ろしい疑いを抱いているような印象を受けました」

エルネスト・ボルド医師は一週間ほどマントンに滞在することになった。ちょうど忙しくない時期だったのもあるが、ノートンと押し問答になりながらも、結局ベンジャミン卿が押しきる形で受けいれさせた高額の謝礼の影響も少なからずあっただろう。エルネスト・ボルド医師は特にだれとは名指ししなかったが、あらゆることに注意を怠らないようにとミリセント・リード看護師に指示した。そしてグリマルディ荘には滞在しなかったものの、薬を処方して毎日往診した。

ノートンはつきっきりで妻の看病にあたったが、ダイアナは鬱《ふさ》ぎがちで口数もすくなかった。仕事は順調かと尋ね、友人の消息、特にウォレンダー兄妹について知りたがった。ノートンは訊かれるままに会ったことは認めたが、ネリーは莫大な遺産をどうするつもりかと尋ねられると、その話題にはだれも触れなかったと嘘をついた。本当は話題にのぼらなかったどころか、遺産の半分を贈与したいとネリーから申し入れがあったのだが、ノートンはその場で気持ちだけありがたく受けとっておくと答え、兄妹双方に二度とそのようなことは口にしないでほしいと頼んだのだ。そのため、その後は顔を合わせてもその件は話題にのぼらず、兄妹だけで相談することにしたようだった。

この時期、ノートンはいつになくひどく動揺した様子で、もしかしたらダイアナはこのまま天に召されるのではないかと口にするようになった。エルネスト・ボルド医師にその懸念をぶつけたこともあったが、新しい治療の効果が目に見えてくると不安もやわらいだようだった。容態好転の兆しに、周囲の胸に新たな祈りが芽生え、花開こうとしていた。ダイアナ本人も新たな希望の光にすがりついている様子だった。これまでもけっして諦めたわけではなかったが、ふとしたときに弱音を漏らすこともあったのだ。いまや容態が快方に転じたのはだれの目にも明らかで、ダイアナはうるさいほどに喜びをいいたて、周囲もそれほど元気になったことに感謝した。快復は時間の問題だとエルネスト・ボルド医師は帰国し、その一週間後にミリセント・リードも看護師の必要はなくなったと去っていった。ダイアナはベッドから起きあがるようになり、日に日に体力も回復した。やがて姉夫婦と四人でカステラーの老婆を訪ね、お気に入りのコーヒーを飲みたいといいだした。

マリティーム・アルプ山地の麓《ふもと》の村は、燦々《さんさん》と朝陽が降りそそぐ雲ひとつない美しい朝を迎えた。だがダイアナにとって美しい一日とはならなかった。目を覚ますとまた身体が重く、朝食も喉を通らなかったのだ。とたんに憂鬱《ゆううつ》な気分に襲われたようで、エルネスト・ボルド医師の薬を規定量以上飲むといいだし、渡そうとしないノートンといいあらそいになった。それでもいったん決めたことだと、午後は四人で外出するといいはるので、以前マイラのために用意した小さな車椅子で出かけることになった。車椅子をロバに牽かせ、ダイアナはくねくねとした狭い道をカステラーへと向かった。隣をベンジャミン卿が歩き、マイラとノートンはその後ろをゆっくりとついていった。

「かわいそうで見てられないわ」マイラはささやいた。「すこしよくなったと思ったら、またこんなことになって。新しいお薬は劇的に効果があるけど、すぐに効かなくなってしまうのね。おなじことの繰りかえしみたい」

「そうだな。薬は一時的に症状を抑えるだけに終わることも多いんだ。だからぼくも薬にばかり頼るつもりはない。それよりもマントンに来れば、気分も変わっていい効果があると期待したんだが」

ふたりはダイアナの容態について話していたが、ノートンはいい機会だと気にかかっていた問題をマイラに相談した。

「今朝、母から手紙が届いたんだ。気丈な質《たち》なので、ダイアナを置いて見舞いにきてくれとはひと言も書いてないが、どうやらかなり具合が悪いようでね。できれば駆けつけたいんだが、この状態ではどうしたものか、迷っているんだよ」

「お見舞いにうかがうべきよ」マイラはきっぱりと答えた。「ここにいても、〝コマドリ〟がよくなるように祈るしかできないんだもの。もちろん、妹はあなたがいてくれたほうが心強いでしょうけど、わたしたちでもかわりは務まるわ」

「たしかに、ぼくにできることはなにもないからな。それにしても、ダイアナは別人のように変わってしまった。いや、身体ではなく気持ちが、という意味だよ。もうぼくにはなんの興味もないようだ。その事実から目を背《そむ》けていても仕方ない。きみだって、それが真実だとわかっているはずだ。それが自然の成り行きだったのかどうかはわからないが、ぼくたちの愛はかなり前にどこかに消え去ってしまった。そのショックでふたりとも一気に老けこんでしまった気分だし、妻の病気だってそのせいにちがいないんだ。それでもここに来る前はなんとかうまくやっていた。ところが最近——特に今朝になってまた具合が悪いとわかってからは、どう表現すればいいのかわからないが、なにか尋常ではない敵意のようなものを感じるんだよ。なにかをいわれたわけじゃないが、ふと気づくと、ぎょっとするほど冷たい目でぼくを見ていることがある。すぐにいつもの優しい顔に戻るんだが」

「病気のときは、どういうわけか妙な考えが浮かんでしまうものなの。わたしもそうだったから、よくわかるわ——恥ずかしくてあなたにも打ち明けられないくらい。すべて病気のせいだから、気にしないのが一番よ。妹はあのとおり、人生を諦めていないもの。なんとしても元気になってみせるという執念に近いものを感じるわ」

やがて話題はマイラのことに移った。

「これほど歩けるようになって、本当によかった。それにしても、ベンジャミンが優しくて寛大なことに感謝しているよ。妻のことでは、まさになにからなにまで世話になった。そこまで甘えるわけにはいかないと断ったんだが、好きにやらせてくれの一点張りで。この恩をどう返せばいいのかと思うと、途方に暮れるな」

「そんなこと、気にする必要はないわ。わたしからもお願いしたんだし、主人はできるだけのことをしてあげたいのよ。妹のことが大好きだから、心配で仕方ないのね。そういえばずいぶん前に悩みを相談したとき、人生はいつか勘定が合うから心配いらないといってくれたこと、覚えているかしら。本当にあなたのいうとおりだったわ。なんとかやっていけそうな気がしてきたの。春になったら北アフリカに行こうと誘われたので、思いきって行ってみようと思って。コマドリが元気になったらの話だけど、こんな状態がいつまでも続くわけはないし。もちろん、妹には好きなだけ滞在してもらってかまわないのよ」

「こんな状態が長く続かないことだけはまちがいないだろう。妻の容態は、好転するにしろ、悪化するにしろ、とにかく変化が急なんだ。こんな自然の理に反する厄介な病気が延々と続くわけがない。早晩、なにか変化が起きるだろう」

ル・ベルソー山の麓、葡萄《ぶどう》園とオリーブ畑が段々に並ぶ斜面のなかにあるカステラーの村に到着した。小さな集落の真ん中にある広場には大きな楡の木が立っていて、どちらを向いても風雨にさらされた化粧漆喰塗りの家が並ぶ。色とりどりの壁、緑や青の鎧戸、黒っぽい門、柔らかな色合いの屋根と、美しい水彩画を眺めているようだった。広場に面した村役場は紫の影のなかに沈み、小さな窓はこちらをじっと見下ろしている。雲間から燦々と輝く太陽が顔を出し、窓にはためくカーテンを深紅や黄色に染めた。どちらの方向に進んでも薄暗い道に続いている。一同は村全体をぐるりと囲むアーチ道を進んだ。暗がりのなかにぼんやりと、太古から変わらぬ銀の輝きを放つオリーブの木が並んでいた。

直角に近い角を曲がると、タイル敷きだった道が丸石敷きに変わった。ふと見ると、このあたりの壁はところどころ漆喰が剝がれ落ち、割れ目や穴にはヒカゲミズが青々と茂っていた。薄暗い小路は深閑としていて、甘いような、どこか邪悪さを思わせる香りがかすかに漂っている。そのまま突き当たりまで進むと、ぱっと視界が開けた。眩《まばゆ》いばかりの陽光に照らされ、気づくとざわめきに包まれていた。泉が涼やかな音を立てて石造りの水盤に流れ落ちている。見上げるとまたアーチ道が始まっていて、地面に長い影を落としていた。家々の向こうには広大なル・ベルソー山がそびえ、灰色や白い斑点の散った岩が点在する斜面が見える。はるか下の美しい海とおなじ色合いの、抜けるような青空がどこまでも広がっていた。

泉までコーヒーの美味《おい》しそうな香りが漂ってきた。見るとある家のドア脇に老婆が腰かけ、豆を焙煎している。訪ねると連絡しておいたからだろう。ロール・ヴィロンが直火の上で金属製の丸いコーヒー煎りを揺すっていた。ロールは年齢六十五、日に焼けた顔に意志の強さを感じさせる口もと、くすんだ黒い目、しわだらけの額の老婆で、灰色の髪に真っ白の帽子をかぶっていた。肩には端切《はぎ》れで作った、遠くの山並みを紫色の濃淡で表したようなショールをはおっている。まるで、はるか彼方《かなた》の森の大地や山裾の霧をそのまま身にまとっているように見えた。

ロールに笑顔で迎えられ、それぞれ泉のまわりに腰かけてコーヒーと茶菓子を賞味した。半時間ほどそこで過ごして帰路についたが、ロール自慢のコーヒーでもダイアナの気分は晴れなかったようで、別れ際にロールにフランス語で不吉な予感をささやいた。それを耳にしたマイラはあとでたしなめたほうがいいと感じた。

そのために帰り道マイラは車椅子の横を歩くことにし、男性ふたりがパイプをやるために谷間で足を止めたときに切りだした。

「ねえ、コマドリ。二度と会えないかもしれないなんて、ロールにいうのはどうかしら。かわいそうに、泣きだしてしまったじゃない。あんなによくしてくれた方に」

「どうして?」ダイアナは冷淡とも聞こえる声で答えた。「だって、事実だもの。わたしの命は風前の灯《ともしび》だし、長生きしたいとも思わない。事故の直後のミソサザイみたいな心境よ——まあ、状況は全然ちがうけど。ミソサザイは生きる理由があったでしょう? だからもう一度努力してみようと思えたのよね。そう、それだけの価値がある人生なのよ。それに脚を引きずるようになっただけだもの。それに比べてわたしは……まさに地獄よ! 生きているのが苦痛でしかないの。いますぐ消えてしまいたい」

「どうしてそんなことをいうの？」

ロバを牽いている少年は英語を解さなかったので、ダイアナは恐ろしい告白を始めた。

「ようやくふたりきりになれたから、マイラにだけは打ち明けておきたいの。ねえ、どうしてわたしがこんなになってしまったんだと思う？　いくらあなたでも想像もつかないでしょうね。でも、わたしにはわかっているの。ああ、もうひとり事情を知る人がいるわね。とにかく、生きる希望なんてどこにもないのよ。いままで、元気になりたいふりをしていただけ。いろいろなお医者さまの診察を受けたり、お薬を試したり。みんな、騙されていたでしょう？　でも、もうそれも疲れちゃった。楽になりたいの。それで喜ぶ人もいることだし。もしかしたら、まだ元気になる可能性も残っているのかもしれないけど。でも、もういいの。あのころのあなたの何千倍も絶望しているのよ。骨折なんてたいした問題じゃないわ。心を折られることに比べたら――」

「ねえ、ダイアナ。なんの話をしているのかわからないわ」

「静かな死が一歩一歩近づいてきているの。待ち遠しいくらいよ。ふと気づくと、容赦ない悪魔が全身のいたるところに潜んでいるのがわかるわ。がんばれば、ぎりぎり踏みとどまっていることもできるでしょう。でもそんな気力なんて残っていない。どうしてだかわかる？　その理由はいろいろあるけど、愛ではないの。これまで、自分自身とあなた以外、本当の意味で愛したことはないし。わたしはね、心の底から憎しみながら死んでいくつもりよ。そしてこの世への置き土産として憎悪を残していくわ。それがわたしの復讐！　これでわかってくれた？」

マイラは力なくかぶりを振るので精一杯だった。

「どうしてそんな恐ろしいことをいいだしたのか、ますますわからないわ」

「顔を近づけて」いわれたとおり、マイラは屈みこんだ。ダイアナは両手でマイラの耳を引きよせ、ようやく聞きとれるような声でささやいた。

「ノートンが毒を盛っているの！」

予想もしなかった言葉を聞かされた驚きで、マイラの心臓は凍りつきそうになった。のちにマイラはベンジャミン卿に、一瞬でも本気にしていたら気をうしなっていたにちがいないが、想像するのも馬鹿馬鹿しいという思いが自分を支えてくれたと述懐した。ダイアナがまちがっているという理由なら、マイラはすぐさまいくらでも挙げられた。どう考えてもそんなことはありえないのはもちろん、そもそも不可能だと数多くの事実が語っていた。

マイラは自分の意見を正直に伝えた。

「ダイアナ、どうしてそんな怖いことをいうの？　ねえ、ゆっくり落ち着いて考えてごらんなさいな。ノートンがそんなことをするはずがないわ。それに万が一やろうと思ったところで、物理的にできないでしょう？　だからおかしなことを考えるのはやめてちょうだい」

「そういうだろうと思っていたわ。でも、証拠だってあるのよ。尻尾をつかんでやったの。

あなたにいったところで、どうせ信じてくれないでしょうけど、まちがいないのよ。だからこそ、これまで打ち明けられなかったんだけど。最初はわたしだってまさかと思ったし、勘違いだと自分にいいきかせたわ。でも残念だけど、疑う余地はないの。それが真実なのよ。いまは自分が死んだあとのことを考えてるわ。わたしは自分の意思で死を選んだと覚えていてほしいの。もう生きていても仕方ないんだもの。わたしの愛を――すべてをノートンに捧げ、たくさんのことを許したのに、あの人は情け容赦なく愛を踏みにじって、そのうえ冷酷にもわたしを殺そうとしているわ。それも、わたしさえ黙っていればだれも気づかないような巧妙な手口で。どうしてそんなやり方をするのかもわかっているのよ。あの人は臆病者だから、頭を殴って殺すなんて度胸はないわけ。あの優しい態度ときれいな顔の仮面の下には、鬼のような残忍な素顔が隠されていたのね。そうはいっても、昔ほど魅力的じゃなくなっているけど。

とにかく、周囲に気づかれないように、じわじわと殺す作戦なのよ。猫が鼠をいたぶっているのと変わらないわ。妻に毒を盛っておいて、そのあともなにくわぬ顔で暮らしていくつもりなのよ。ノートンならそのくらい平気でできるでしょうね。それに、あの人がそんなことをする理由も知っているの。死ぬ直前、わたしは気づいていたといってやるつもり。どうせすぐに死んじゃうんだから、あの人は痛くもかゆくもないでしょうけど。それでもいわないとわたしの気が済まないの――それだけじゃない、なんとかして復讐してやるわ！」

「ダイアナ、落ち着いてちょうだい。あなたの勘違いに決まっているわよ！」マイラは悲鳴に近い声をあげた。「どうしてそんな恐ろしいことを思いついたのかしら。ねえ、ゆっくり一緒に考えてみましょう。まず第一に、ノートンがあなたの死を望む理由がないでしょう？ああ、わたしにいつもどんな話をしているかを知らないものね。あれを聞かせてあげたいわ。あなたをあれほど大切に思っている人が、死を望むはずがないじゃないの。心からあなたのことを愛しているのはまちがいないわよ。それに、たとえ愛が消えてしまったところで、どうして縛り首になる危険を冒してまで、そんな血も涙もない真似をするの？　まったく理解できないわ」

「ノートンにはそうするだけの理由があるのよ。あなたはなにも知らないだけ」ダイアナはいくらか穏やかな口調になって続けた。「わたしたちが口にしていない隠れた事情があるの。わたしと出逢う前、あの人がどのような状況に置かれていたか、聞いたことがないでしょう？」

ダイアナはノートンの伯父ジャーヴィス・ペラムとネリー・ウォレンダーについて、かいつまんで説明した。

「ノートンが嘘をついていたとわかっても、目をつぶってあげたのに、あの人はわたしを恨んでいるわけ。さっき、あなたは理由がないといったわね。それどころか、大きな理由があるのよ。その女性はノートンを愛していて、伯父さまの莫大な財産をひとりで相続したの。

だから、ノートンはわたしの死を望んでいるのよ。わたしが死んだあと、ふたりがどうするかを見ていてごらんなさいな」

「まさか、そんなこと。とんでもない勘違いをしているのよ。根拠もない思いつきにとらわれるのはよくないわ。そんな物騒なことを考えていたら身体にいいわけがない。体調が優れないのもそのせいじゃないかしら。最初に具合が悪くなったのは――」

「わざわざ指摘してくれなくても、覚えている。自宅よ。あの人は知恵がまわるの。人知れずだれかを殺すのに、薬以上に便利な手はある？　具体的なことはわからないけど、そこに興味はないの。とにかくわたしを殺そうとしているのはまちがいないし、そろそろ成功しそうだわ」

ふたりはグリマルディ荘が見えるまでその話を続けた。マイラは説得の甲斐あって、ダイアナの妄想はいくらかおさまったのではないかと思いはじめていた。

いっぽう男性ふたりのあいだでも、やはりダイアナの容態が話題の中心だった。ふたりは一段高くなった地面に並んで腰を下ろした。あたりの檸檬《レモン》の木にはすでに花が開き、優美な金色の珠《たま》が黄昏《たそがれ》のなかにぼんやりと浮かんでいる。夕陽を浴びて青みを帯びて見える白い鳩が、オリーブの木のあいだを飛び交っていた。手前の濃いワイン色の小川では水車がゆっくりとまわり、その横には蜂蜜色のオリーブの種がうずたかく積まれて野ざらしになっていた。

「この美しい景色も、悲しい想い出としてしか残らないんだろうな」ノートンはつぶやいた。

「つまり――察してくれるだろう？　いよいよ一縷《いちる》の望みも潰えるときが近そうだ。ベンジヤミン、奇跡を期待する気持ちすら起こらないよ」

「ファルコナー先生は最初から、ダイアナが以前のように元気になることはないという意見だった。腕利きの名医ではないが、その点だけは確信があるようだったな」

「ああ、そうなんだろう。なにをおいても快復させたいと切望する、唯一無二の患者を助けられないとはな。敗北感に打ちのめされているよ」ノートンは悄然とした声で答えた。「神のみぞ知る病気なのかもしれないな。ぼくでは――いや、人間ごときが太刀打ちできるものではなかったんだ。通常ならば、なんらかの方向性くらいは見つかるものだ。治療はできないにしても、原因くらいは特定できる。ところが、妻は坂を転がり落ちるように悪性貧血を悪化させたが、その原因となる疾患は発見できなかった。病状がころころと変化する理由もわからないんだ。だいたいの見当すらつけられなかった。情けないかぎりだよ。明日また悪化したところで、何度も試したような変わりばえのしない薬を飲ませるしかないんだ。ぼくが馬鹿な考えにすぐ飛びつく男だったら、妻は毒を盛られていると疑っただろうな」

「毒だって？　まさか！　だれがそんなことをするというんだ」

「もちろん、そんなことをするやつなんているわけないさ。そもそも、妻の死で利益を得る人間などいないんだ。いくらかでも価値のある財産といえば、結婚祝いにきみが贈ってくれた宝石くらいだし、あれはマイラに遺すだろう。いや、なにも本気で毒を盛られていると思っているわけじゃないさ。しかし、やけに変化する容態と、原因が発見できないことを考えあわせると、可能性はそのくらいしか残っていない。まったく、頭がおかしくなりそうだよ」

「ダイアナは助からないと思っているのか？」

「ああ。なにか奇跡に近いことが、それもいますぐに起きないかぎりな。いつまでも抵抗できるはずはない。いまはまだ体力が残っているし、心臓も普通ならば心配いらない。しかしなにかが――人体に有害ななにかがダイアナの身体を蝕《むしば》んでいるんだ。もしかしたら歯に原因があるのかもしれないと、ここに来る前にロンドン一の歯医者に診せたんだが、なにも問題はなかった。それどころか、これほど文句なしに健康な歯は目にしたことがないそうだ」

「顔色が悪いのを隠すため、いまも化粧をしているよな。あれはやめたほうがいいんじゃないか？　化粧品が原因とか？」

「その可能性はない。なんの害もないものばかりだ」

ふたりは菫《すみれ》色の帳《とばり》に包まれる森を眺めていたが、やがて立ちあがってロバを追いかけた。ダイアナが不機嫌な顔で寒さが応えるとこぼし、ノートンが自分のノーフォーク・ジャケットを着せかけた。その晩、ノートンが新しい薬を試してみようと提案すると、ダイアナは気乗りがしない顔で言葉すくなだったが、試してみることは同意した。夜も更け、ノートンは妻と続きの部屋に引きとった。マイラは夫とふたりきりになると、ダイアナから聞いた話を打ち明けた。

ベンジャミン卿は文字どおり絶句していた。だがマイラ同様、病人の妄想にすぎないという意見のようで、真実である可能性はないと断言した。独身になってべつの女性と結婚するための犯行だとダイアナは思いこんでいると説明しても、とうてい信じられないと応じた。

「ありえないよ」とベンジャミン卿。「そんなことは不可能だ。それにぼくたちふたりとも、ノートンがどういう人物かを知っているじゃないか。たしかに意志が弱い傾向にあるし、いまの話が真実なら、嘘をついてダイアナと結婚したことになる。まあ、そうせざるを得なかった気持ちはわからなくもないがね。だが、気が小さくて慎重なタイプだから、犯罪に手を染めることはまず考えられない。自由になりたいと願っているにしても、そんな危険は冒さないだろう。べつの女性と結婚したいというだけなら、その女性さえ愛するノートンのために覚悟を決めれば、はるかに容易で安全な方策がいくらでもある。離婚さえすれば済む話だ。ちがう女性と結婚したい程度の理由で、そんな言語道断の行為には走らないさ」

「だけど、妹は薬になにか入れているのを見たそうなの。夜、たまたま鏡に映る姿が目に入ったんですって」

「信じがたいな。具合が悪くておかしな悪夢を見て、それを現実と混同しているんじゃないか？　かわいそうに……」

ふたりはしばらく話しあい、ダイアナの疑惑にはなんの根拠もないとの結論に達した。ベンジャミン卿は今日ノートンと交わした会話を思いだし、それをマイラに話して聞かせた。

「しかし想像を絶する話だな。考えていると頭がおかしくなりそうだ。ダイアナは毒を盛られているときみに訴えたが、どういうわけかノートンもおなじ言葉を使っていたよ。毒のせいだと疑いたくなるとね。物理的に不可能だと承知していながら、その可能性が頭に浮かんだようだ。ほかの患者で似たような症例にぶつかったとしたら、物理的にありえないかどうかを知る術《すべ》はない。でもダイアナの場合、その点ははっきりしている。ダイアナの挙げた理由が正しいにしても、さっきもいったとおり、そんな必要はどこにもないんだ。ノートンが毒殺などするはずがない」

翌日、ダイアナの容態がさらに悪化するのではないかとの周囲の心配をよそに、当人は夜もぐっすり眠れたし、今朝はずっと気分がいいと元気に答えた。その朝、ノートンの母親の看護師から、かなり深刻な病状を知らせる手紙が届いた。ダイアナはそれを知ると、即座に帰国を勧めた。

「お義母《かあ》さまが危篤なら、いますぐに駆けつけてあげて。大事なひとり息子のノートンがそばにいるだけで、どんなにか心が慰められるか。ここではできることもないんだし、どうぞお見舞いにいってあげてちょうだい」

ノートンは迷っていたが、最終的には帰国を決めた。

「すぐに戻ってくるよ。残念ながら母はもう長くないだろうが、最期だけは看取ってやりたい。毎日、電報で具合を知らせてくれるね。住所は知っているだろう?」

ノートンは旅行鞄に着替えを詰め、一番早くパリに着く列車に乗った。ノートンの出発とときをおなじくして、ダイアナの容態がまた徐々に悪化していった。それを知ったノートンはカプセル入りの新しい薬を送ったが、この薬も効果があったようだ。マイラは内心、ダイアナがおとなしくその薬を口にしたことに驚いていた。けれどダイアナは薬をうっかり飲み忘れることが多いので、時間になるとマイラが薬を渡すのが習慣のようになっていた。めざましいまでの新薬の効果を目にするにつけ、この勢いで常軌を逸した疑いも払拭してほしいと、マイラは夫に願望を漏らした。

ベンジャミン卿もただ傍観していたわけではなく、ダイアナが望んだときにはよく一時間ほど話し相手を務めた。マイラも同席していたあるとき、ダイアナはベンジャミン卿に手紙を渡し、万が一のときにはこの手紙を思いだしてほしいと訴えた。ダイアナの容態は悪化に転じたものの、とりあえず小康状態を保っていた。ノートンがいなくなってちょうど一週間たっていた。

「よくよく考えたうえで書いた手紙よ」ダイアナは説明した。「嘘はひと言も書いてないわ。あなたがこの手紙を思いだしたとき、わたしはもうお墓のなかのはず。ベンジャミンなら、わたしの希望を尊重してくれると信じているからお願いするの。かならずこの手紙をお父さまに渡してね。マイラに打ち明けた話はもう聞いているでしょうけど、勘違いであってほしいと心から祈っているの。でも、それが真実だったら、この世にはなんの未練もないわ。もちろん、できればそんな理由で人生を終わりにしたくはないけど……元気になったら、わたしの思い違いだったわけだから、罪滅ぼしのつもりでノートンのもとに戻るつもり。だけどこのまま死んでしまったら、妄想ではなかったと証明されるわけよね。そのときはこの手紙をお父さまに渡してちょうだい」

「どんな内容なんだ?」ベンジャミン卿は受けとった手紙をポケットにしまった。

「真実よ。ベンジャミンとマイラが察してるとおりだと思う。体調不良の原因はノートンだと確信しているのに、ふたりは物理的に不可能だととりあってくれないわよね。つまり、わたしよりもノートンを信頼しているんでしょう? そのとおりだったらどれだけいいか。でも、そのうちわたしが正しかったと気づくはずよ。とにかく、近いうちにわたしが息を引きとったら、なにがあろうとその手紙をお父さまに渡すと誓ってちょうだい、ベンジャミン」

「わかった。神かけて誓うよ。安心してくれ」

長く続いた謎の病もついに終わりを迎えるときが来た。その後に起きた出来事は詳しく記しておく必要があるだろう。それは町中が陽気に浮かれ騒ぐ謝肉祭当日のことだった。謝肉祭が好きなダイアナが外出を望んだので、知人に挨拶しながら雰囲気を味わえるよう、車で町をまわる予定になっていた。ダイアナはその程度ならば身体の負担にはならないと判断したのだ。ところが当日の朝になってみると、とても気晴らしを楽しめる体調ではなかった。ダイアナは不承不承留守番することに同意し、マイラが笑顔で一緒に残ると申し出た。朝食を終えてしばらくすると、屋敷は静寂に包まれた。謝肉祭当日は、使用人も祭りを満喫できるよう夜まで休暇を与える習慣なのだ。近隣の屋敷の例に漏れず、グリマルディ荘も例年どおり正午から夜まで厳重に戸締まりされた。屋敷に残ったのは姉妹ふたりだけだった。ベンジャミン卿は三人で昼食をとったあと車でマントンの町に出かけ、車を駐車場に預けて運転手にも午後六時まで暇をやった。ほどなくしてベンジャミン卿は派手な飾りや騒音に耐えられなくなったが、この人混みで運転手を捜すのは無理だと判断し、車に置き手紙を残してひとり屋敷に向かった。一時間ほどかけてグリマルディ荘に戻ると、庭にマイラがひとり立っていた。ベンジャミン卿の姿を見つけたマイラが必死の形相で手招きするので、急ぎ足でマイラに近づいた。

第9章　ベンジャミン卿、誓いを破る

ベンジャミン卿は足早に屋敷内に入ったが、五分とたたずに外に出てきた。見るからに狼狽した表情でそのままマントンの町に引き返し、東部ガラヴァン地区に向かった。やがてたどりついたのはハロルド・ファルコナー医師のアパートメントだった。門には名前と学位を記した真鍮《しんちゅう》の表札がかかっていた。玄関ドアの上には、蔓薔薇《つるばら》が巻きついた桐の大木が葉の

落ちた枝を伸ばしており、ラッパ形をした藤色の花が咲いている。ファルコナー医師は謝肉祭に出かけていて留守だったが、フランス人の家政婦はそろそろ帰宅する頃合いだと請けあった。その言葉どおり、ファルコナー医師は暗くなる前に帰宅した。そのころすでに海岸沿いでは、お祭りらしい色とりどりの灯光が揺れていた。

ファルコナー医師は八時間以上馬鹿騒ぎをしていたという話で、かなり酒をすごしているのもあって、立っているのもやっとの様子だった。オレンジ、黄色、黒の人目を惹く派手な衣装にやはり黄色のぴったりした帽子を頭に載せ、身元がわからぬようにおどけた仮面をかぶっている。仮面は不可欠だった。町中で飲めや歌えの大騒ぎを繰りひろげる群衆に交じり、遊びほうけている姿を患者に目撃されたら、信用を落として患者の数が減るのはまちがいないからだ。

人目を避けるようにして徒歩で帰宅したファルコナー医師は、ベンジャミン卿を待たせたことを詫び、仮面を外して濃いウィスキーソーダを飲んだ。すぐに神妙な顔に変わって訃報に耳を傾けていたが、驚いた様子はなかった。

「ダイアナ――ペラム夫人が亡くなった」ベンジャミン卿は切りだした。「できるだけ早く屋敷に来てくれないか。しかし、ファルコナー先生の予想どおりの結果となってしまったな。ノートン・ペラムも覚悟はしていたようだ。最近のダイアナは、体調が悪くないどころか、驚くほど元気になった様子で、今日も家内と一緒に車で見物してまわる予定だったんだ。ところが今朝になったらつらそうなので、家内が説得しておとなしく留守番することになった。

三人で昼食を一緒にとったあとで、祭り見物でもしようかとひとりで車で出かけたんだが、どうもそんな気分にならないので、すぐに諦めて歩いて帰った。運転手にはその旨、手紙を残しておいてね。屋敷の近くまで来ると、庭に家内が立っているのが見えた。真っ青な顔で手招きするから慌てて駆けよったら、悲しい知らせを聞かされたんだ。ぼくが出かけたあと、家内は台所でコーヒーを淹れたらしい。使用人は全員謝肉祭に出払っていたからな。昼食は鶏の冷製だったが、ダイアナは食欲もあり、グラス一杯の白ワインと一緒にきちんと食べた。ところがコーヒーを飲んだら、なんだか寒気がするといったそうだ。それでもしっかりしたもので、薬を飲むために自室に引きとった。ノートンが特別に処方し、送ってきた薬だ。実際に薬を飲んだかどうかはわからないが、どうやら気分が悪くて横になったようだ。というのは、半時間ほど待っても戻ってこないので、家内が心配になって様子を見に行ったんだ。ドアをノックしても返事がないのでそっとのぞくと、横になっていたのでてっきり眠っているものと思い、すこし休んだほうがいいだろうとそのままドアを閉めたそうだ。

しばらくしてからお茶を運んだとき、ようやく、息をしていないのに気がついた。何度たしかめてもまちがいないので、だれかいないかと庭に飛びだしたが、あいにく謝肉祭当日とあって見渡すかぎり人気《ひとけ》がなく、屋敷には電話もない。ぼくはあんなものに縛られる生活などまっぴらだと思っているからな。途方に暮れた家内がもう一度庭に出たところに、ちょうどぼくが帰宅したんだそうだ。それが午後五時前後だった。しかしぼくとてなにができるわけもなく、まっすぐここに向かっただけだ。それをいうなら、ファルコナー先生にもできることはないだろうが」

ファルコナー医師は姿勢を正し、お悔やみの常套句を述べた。

「このたびはご愁傷さまでした。しかし、いささかも驚きはしなかったな。ただひとつ、ペラム夫人が最後まで運命と闘う気力をうしなわなかったことには、驚いたがね。ペラムとは、夫人の悪性貧血は徐々に悪化し、いつか死にいたるだろうと意見が一致していたんだ。ご希望ならすぐに屋敷を訪ねるが、明日でもたいして変わらないだろう」

「できれば今夜だとありがたい――形式だけにしろ、きちんとやってやりたいんだ。ところで、検屍はしたほうがいいんだろうか？」

「その必要はないだろう。希望するなら手配もできるが」

ベンジャミン卿は思案顔で黙りこみ、なにか内密の事情を打ち明けそうなそぶりを見せたが、考えなおしたようだ。

「そんなことをしたら、いらぬ疑いを招くだけだな」

「まさか。どんな疑いも差し挟む余地はないぞ」

「家内に相談してみるよ。ノートンは検屍など望まないだろうし。着替えをして、一緒に来てくれるか」

「悪いが、もう一歩も歩けないよ」ファルコナー医師が弱音を吐いた。「へとへとなんだ。何時間も文字どおりの馬鹿騒ぎをしていてね。いや、町の連中に交じって謝肉祭の雰囲気を味わうのが大好きでさ」

「この季節ならではの香りも楽しみなんだろうな。それでは着替えをして、必要ならば腹ごしらえをしていてくれるか？　なんとかして運転手を見つけ、戻ってくる」

一時間後、ファルコナー医師はベンジャミン卿とグリマルディ荘に向かい、ものいわぬ死者と対面した。死化粧を施した顔は、死そのものがにやりと微笑んでいるような不気味さを感じさせた。マイラが必要な身繕いを終え、足もとに蠟燭を二本立てていた。開け放した窓からまたたく星が見え、風に乗って遠くの群衆のざわめきが聞こえる。細いひと筋の光が闇を裂き、ビロードのような夜空に花火が咲いた。

ベッド横に跪《ひざまず》いていたマイラが立ちあがり、ファルコナー医師と握手すると、ふたりを残して姿を消した。かねてから患者のダイアナよりもマイラに好感を抱いていた医師は、悲嘆に暮れる痛ましい姿を目にして眉をひそめた。

「奥さんには気つけが必要なんじゃないか？　さぞかしショックを受けているにちがいない。そのうえ、すべてひとりの肩にかかってくるんだから」

気つけはファルコナー医師お気に入りの万能薬だった。好きなだけウィスキーを飲むのが、なにより元気を出す薬だと信じているのだ。

ファルコナー医師は短時間で辞去したが、死者が出た場合の煩雑な諸手続きを代行すると約束した。そのおかげでベンジャミン卿に残された仕事は、親類に知らせ、墓地を決めるだけとなった。

大執事は翌日マントンに向けて出立《しゅったつ》する予定だったので、マイラの判断で敢えて知らせなかった。

「お父さまのためにはそれが一番いいと思うの。せめて面と向かってお伝えしたいわ」

翌朝、ベンジャミン卿とマイラは手分けして、各方面に電報を送った。しかし動揺していたうえにあまり時間がなかったせいか、考えられないようなミスを犯したことがあとで明らかになる。ともかくそうした諸々の準備も終わり、春の花々に囲まれて二日過ごした亡骸《なきがら》が地に帰るときが来た。大執事はその朝マントンに到着したばかりだったが、式に出席するだけでなく、本人のたっての希望でみずから式を執りおこなうことになった。墓地付属礼拝堂での葬儀には大勢の知人が参列し、そのなかにはファルコナー医師やミリセント・リード看護師の姿も交じっていたが、埋葬まで残ったのは数えるほどだった。マイラがミリセント・リードの姿に気づき、式のあとでベンジャミン卿が会葬の礼を述べた。ダイアナは紺碧の大《おお》海原《うなばら》を見下ろす、若草萌ゆる高台の墓地に葬られた。

しかしノートンからはなんの連絡もないままだった。午後になるとさすがに大執事がどうしたのかと尋ねたが、ベンジャミン卿とマイラは返事に窮した。

大執事が宿泊するホテルに向かったあとになって、ようやく事情が判明した。夫婦で会話を交わすうち、ベンジャミン卿は不注意でとんでもない失敗をしてしまったことに気づいたのだ。

最初、ベンジャミン卿は若くして運命の犠牲になったダイアナの想い出をしみじみと語っていた。それに耳を傾けていたマイラが、託された手紙はどうするのかと尋ねた。ふたりは真剣に話しあったが、ベンジャミン卿は時機をうかがうべきだと主張した。

「いま、警察署長を悩ませたところで得るところはないはずだ」ベンジャミン卿は意見を述べた。「ぼくたちふたりは手紙の内容を承知している。かわいそうなコマドリは夫に毒殺されたと訴え、仇を討ってくれと父親に頼んでいるのだろう。しかしそれはただの妄想だと──死の床にある病人の幻覚だとわかっている。それならば、手紙をどうしようとあれこれ思い悩むのは馬鹿げていると思わないか。ぼくたちとちがって、お義父《とう》さんはダイアナの憎き病についてそれほどご存じない。一進一退を繰りかえすのを目《ま》のあたりにして、自分の無力さを痛感させられたわけではないんだ。いまさらそんな手紙を渡したところで、お義父《とう》さんの心痛を無駄に増やすだけだろう。手紙を読めばお義父《とう》さんは当然ノートンに釈明を求めるだろうし、ノートンは自分の名誉のために墓を暴いて調べたいと主張するだろうから、どうあっても大騒ぎになるのは避けられない。そんな事態は想像するだけでぞっとするし、ノートンの無実が証明されて終わることはわかっているんだ」

「でも、かならずと誓っていたのに」

ベンジャミン卿はうなずいた。

「だが、むやみやたらと約束を守ればいいというものでもないだろう。周囲にいらぬ気苦労を強いるだけなんだ。ダイアナの疑いが真実である可能性がいくらかでもあるならば、どんな騒ぎになろうと徹底的に調べてやるが、かわいそうなダイアナの妄想だとわかっていては……。ノートンは最初から最後までダイアナが元気になることだけを願っていた。たしかにダイアナは夫を憎んでいたし、ノートンもそれは承知していた。最後には彼も妻を愛するふりをやめてしまったほどだ。だがそれと妻を殺すことのあいだには天と地ほどのちがいがある。とりあえず、しばらくはなにもしないでおこう。かならずと誓ったが、すぐに渡すとは明言していないんだ。帰国して、様子を見てからでもかまわないだろう」

マイラは考えこんでいた。

「あなたに意見をするつもりはないし、すべてそのとおりだと思うわ。ノートンはいい人だし、ある意味気の毒だと思っているくらいよ。それでも、万が一ということもあるかもしれないと……ダイアナの勘違いではない可能性は絶対にないのかしら。半年近くたって、ノートンが例の女性と婚約したらどうすればいいの？」

「ネリー・ウォレンダーと？」

「ええ。そうなったら、ダイアナの意見もあながち妄想とはいいきれないかもしれないわ」

ベンジャミン卿は思案顔で妻を見つめた。

「一理あるな。しかし婚約したところで、ノートンが命を奪った証明になるわけではないがね。とにかく、しばらくは様子を見よう。これ以上、お義父《とう》さんを苦しめるのは忍びないよ」

ノートンの名が出ると、自然とどうして葬儀に現れなかったのかが改めて話題になった。

「きみが送った電報は、どんなに遅くとも正午には届いているはずだよな」

「あら、わたしじゃなくて、ベンジャミンが送ったんでしょう？　わたしが電報を送ったのは、お父さまとダイアナの容態を心配してくださっていた親類だけよ。ノートンはあなたに任せたもの」

「いや、きみが送るといっていたよ。内心、きみのほうが大変だと思ったんだ。ぼくはほんの数人、約束をキャンセルしたい相手や出場を辞退するボーリュー大会の関係者に送っただけだ」

ふたりは茫然と顔を見合わせた。

「じゃあ、ノートンはまだ知らないわけか！」

遅まきながらベンジャミン卿はその晩に電報を送り、まさかの行きちがいで連絡が遅れた理由を詳しく説明した。翌朝、故ダイアナ宛にノートンの手紙が届いた。その二日後、訃報を知ったノートンからの手紙も届いたが、悲しみに沈む言葉がつづられているだけで、連絡が遅れたことに対する怒りや苛立《いらだ》ちは感じられなかった。

「葬儀に参列できなかったことを、残念に思ってはいないようね」マイラは驚いたような声を出した。「でも、責める気にはなれないわ。もしかしたら、連絡が遅れてちょうどよかったのかもしれない」

「きみは以前からノートンに優しかったものな」

「ええ。それはお父さまもおなじだわ。そうでしょう、お父さま？」

ノートンの控えめな手紙を読んでいた大執事がうなずいた。

「どんなときでも礼儀正しく、気持ちのいい青年だと思っている。今回、はからずも不注意で知らせが遅れたが、並の人間ならば激昂しても当然だろう。しかしそのようなことはひと言も書かれていない。むろん怒ったところで悲嘆が軽くなるわけではない、それを承知しているのだろう。ダイアナについては覚悟していたようで、教養あるキリスト教徒らしい諦念と品格を感じさせる手紙だ」

事実、そのとおりだった。ダイアナの命は時間の問題だと覚悟していたノートンは、先立たれた心痛に黙って耐え、連絡が遅れたのも事故だったのだと受けとめた。手紙にはそうした心情を書きしるさなかったので、マイラにはつらい葬儀に参列しなくて済んでほっとしているという印象を与えたのだろう。

ベンジャミン卿宛の手紙にはこう記してあった。

ベンジャミン
母の埋葬を見届け、重い足でチズルハーストに帰りついたらきみからの電報が待っていた。悲しみに沈んでいるが、驚きはしなかった。マントンを離れるときに、これが妻との永《なが》の別れになるような予感がしたんだ。ダイアナは科学の力が及ばぬ奇病で、本人の奮闘も空しく、謎に包まれたまま亡くなった。いま、わかっているのは命が尽きたという事実だけで、そんな奇病にかかり、ついには屈してしまった理由が解明される見込みはない。連絡が遅れた件は、これ以上謝罪するにはあたらないよ。日常に起こり得る手違いにすぎないから、気にしないでくれ。ただ、ぼくが務めるべき役目を代行してくれた方々に申し訳ないと思うだけだ。
大執事ならばこの試練も乗り越えてくださると信じているが、ダイアナが体調を崩してからは、一緒にゆっくり過ごす時間がほとんどなかっただろうと、その点だけは残念だ。すべてが終わったいまとなっては、マントンを再訪するのも気が進まないが、そういうわけにもいかないので、明細と請求書をこちらに送ってもらえるだろうか。二週間くらいのうちに訪れ、すべてきちんと片をつけるつもりだ。
最後まで辛抱強くダイアナを励まし、看病してくれたマイラには、感謝の言葉が見つからない。きみたち夫婦にはなにからなにまで世話になり、ダイアナ本人にかわって礼をいうよ。この恩は一生忘れない。

マントンで会えなかったら、ダイアナの遺言書の件でまた連絡する。遺言書は弁護士の手もとにあるので詳しい内容まではわからないものの、宝石類をマイラに遺贈することだけは聞いている。結婚祝いにきみから贈られた宝石はかなり高価なものだから、相続税も大変な額になるかもしれないな。とにかく、詳細がはっきりしたら連絡する。

大執事はマントンに滞在なさっているのだろう。墓碑銘は大執事がダイアナにふさわしいものを選んでくだされば、これ以上の喜びはありませんと伝えてくれるとありがたい。

ベンジャミンとマイラに感謝の気持ちをこめて

ノートン・ペラム

この手紙が届いて十日もしないうち、ベンジャミン卿はグリマルディ荘を貸す広告を出し、マントンをあとにした。かねてからのマイラの希望どおり、北アフリカのアルジェとビスクラに向かったのだ。その一週間ほどあと、ノートンはマントンを再訪し、大執事が春まで滞在する予定の聖ジョージ・ホテルに泊まった。

第10章　大執事宛の手紙

ダイアナが亡くなった当初、ノートンは内心ひそかに胸をなでおろしていたが、時間がたつにつれ、またちがう思いが湧きあがってきた。最初は、これでダイアナは謎めいた病に苦しまなくて済むという喜びしか感じなかった。だが妻の人生に思いを馳せるうち、人生の終わり近くになって自分と出逢った意味を考えるようになったのだ。ノートンに出逢うまで、ダイアナは希望に満ちた眩《まばゆ》いばかりの道を歩んでいたのに、それからほんの数年で人生の幕は下りてしまった。ノートンが初めて愛し、最後には憎むようになった女性はもうこの世にいないのだ。ダイアナの人生がこうした結末を迎えたのは、ノートンの存在と無関係とは思えなかった。

そうではなく、もともとダイアナは謎の病で若くして世を去る運命にあったのだと、自分にいいきかせることもあった。だが、それは詭弁《きべん》にすぎず、本来ならもっと長生きできたはずのダイアナが早世したのは、やはり自分に原因があるのだとの思いが頭を離れなかった。ひとりの男としても、医者としても、それは確信に近く、ノートンは深い自責の念に駆られた。自分の殻にこもるように仕事に没頭するようになった彼を、周囲は妻を亡くしたせいで鬱《ふさ》ぎこんでいるのだろうと考えた。その目は暗い悲しみをたたえ、以前のように患者を励ます輝きは見られなくなった。

ノートンには心を許せる友人が数えるほどしかいなかったが、そのうちのひとりニコル・ハートが訪ねてきて、一週間滞在して話し相手を務めてくれた。この探偵はダイアナと面識がなく、ここ二年ほどはノートンともほとんど顔を合わせていなかったので、最近の出来事はあまり話題にのぼらなかった。それでもニコルは、ノートンが妻の死に相反する思いを抱いていていることに気づいた。妻がこれ以上苦しむ心配はないという安堵の思いと、妻を亡くした悲哀とが共存している様子なのだ。しかし、そこにある謎が隠されていることまでは看破できず、できるかぎり友の気晴らしになるよう努めるのみだった。

ニコルは夏の休暇をアルプスで一緒に過ごそうと誘ったが、ノートンは仕事をしているのが一番落ち着くので、当分はそれに専念すると断った。ニコルが帰宅すると、ノートンは自分でも整理のつかない心境を長々と説明しなくても済むと、ほっとひと息つく思いだった。信頼する友人相手であろうと、複雑に絡みあった思いを言葉で説明するのは至難の業だった。しかし、さいわいなことに、ノートンはそれを理解してくれる人間が身近にふたりいた。そのうえ、少なくともひとりは矛盾する思いもそのまま受けとめてくれた。いまやノートンは全身から鬱屈《うっくつ》した空気を漂わせており、妻の死について必要以上に責められたくないと願いながら、自分さえいなければ、いまでもダイアナは元気で幸せに暮らしていたとの悔恨の情に打ちひしがれていた。

すべての事情を承知しているノエルとネリー兄妹には一番心情を打ち明けやすく、特にネリー相手だと、矛盾する思いもそのまま口にできた。ノートンの周囲で、自責の念を否定することもなければ、それを無理にやわらげようともしなかったのは、変わらぬ友情を示してくれるネリーだけだった。何度繰りかえしたかわからぬ話でも、ネリーは黙って真剣に耳を傾け、自分の意見を口にすることはほとんどなかった。そうして寄り添ってくれるネリーの優しさが、なによりもノートンの心を慰め、落ち着かせてくれた。兄のノエルもまたおなじように接してくれた。

自分のことだけで精一杯だったノートンは、兄妹と一緒だと穏やかな時間が過ごせると気づき、できるかぎりふたりを訪ね、訪ねてきたときは歓待した。好意に甘えるばかりで、うんざりさせているという自覚はなかった。自分の悩みしか目に入らず、過去の苦い記憶から抜けだせずにもがいていたノートンは、ご多分に漏れず自己中心的になっていたのだ。何ヵ月ものあいだ、ノートンの目に映る世界は歪《ゆが》んでおり、感覚も正常にはほど遠かった。自分が男やもめになった意味にも無頓着だった。彼にとって重大事だとだれの目にも一目瞭然で、おそらく兄妹にとってはなおさらであろう、自由を手にしたという自覚はなかった。ダイアナの亡霊はいまもノートンの傍《かたわ》らに寄り添い、目に見える肉体をうしなった以外は生前と変わらぬ影響力を保っていたので、世間の目に映る自分は、再婚もできる前途有望な青年だと理解できていなかった。独身に戻ったという意識はなかったのだ。

華やかな美貌に恵まれ、愛と憎しみに生き、最期まで諦めずに病と闘ったダイアナ。まれに見る個性の持ち主だった妻はいまや永遠の命を授かり、つねにノートンのそばにいた。そしてふたりの愛が絶頂にあった想い出を語るときも、その後のノートンの裏切りを忘れることはなく、そのさもしい腹黒さを目前に突きつけては、ノートンの愛など足もとにも及ばぬ気高《けだか》い愛を踏みにじったと責めるのだ。ノートンは反論できなかった。だいたいが人としての出来に雲泥の差があるのだ。

ダイアナが夫を疎《うと》んだのは自然の流れだが、ノートンには妻を憎むことは許されない。その点もダイアナの言い分はもっともだった。そもそも彼が妻を憎むようになった原因は自分の裏切りなのだから、被害者であるダイアナを恨む気持ちは自分の不誠実さの表れにすぎないのだ。

苦い悔悟の念に苛《さいな》まれているノートンは、勢い利己的におのれの心情を滔々《とうとう》と友人に打ち明けるようになった。ネリーの懐《ふところ》はどこまでも深かったが、現実的なノエルはやがて相手をするのが耐えられなくなり、どう見ても平衡を欠いたノートンを避けるようになった。冷静な思考をとりもどし、周囲の世界をあるがままの姿でとらえられるようにならないかぎり、友人として助力できることはないと判断したのだ。

多忙をきわめるノエルだが、妹ネリーについては我がこと以上に気にかけていた。遺産を相続したとき、ネリーは兄妹ふたりのものだと主張し、妹の気質を熟知しているノエルも、そう考えるのがネリーの幸せだと理解していた。そこで勤めを辞めて株式仲買の会社を起こしたところ、事業は順調で、みるみるうちに顧客が増えていった。しばらくノートンと距離を置いたのは、ノエルなりの目論見があってのことだった。彼はこう考えていたのだ。ネリーはいまも変わらずにノートンを愛しているので、時宜を見てふたりが結婚するのが一番だろう。だがデリケートな問題だから自然に任せるしかないし、ノートンの心にその未来が浮かぶには、おそらくかなりの時間が必要となるにちがいない。そして、そうなれば、さすがにノートンも自分の事情ばかり語るのをやめるだろう。ひょっとしたらノートンはすでにその可能性を思い浮かべながらも、すぐにありえないと打ち消しているのかもしれない、と。

あれ以来、ふたりのあいだで遺産の件を話題にすることはなかったが、ノートンはなにかの折に、仕事は予想以上に順調だと漏らしたことがあった。

「やり甲斐のある好きな仕事があるならば、それに集中するのが一番だな」

ネリーの提案で、ノエルが夏の休暇をオランダで一緒に過ごそうと誘った。しかしノートンは、気持ちはありがたいが、いまはのんびり遊ぶ気分になれないし、忙しくしているほうが落ち着くと断った。

「あれこれ考えないようにするには、いまは仕事と研究に励むしかないだろう。少なくとも、ぼくにとってはそれが一番だ。ずいぶんとさぼっていたから、早く追いつかないとな」

ノートンは次第に過去よりも現在を話題にすることが増えたが、未来を口にすることはなかった。それでも周囲に目を向け、兄妹の近況なども尋ねるようになってきた。急激に変化したふたりの生活が話題になることが多かったが、ノートンのほうから根掘り葉掘り尋ねることはなかった。

しばらくは自然に任せると決めていたネリーも、ノートンが相手の話に耳を傾ける雰囲気になってきたのを感じとると、最近興味があることや、新しく始めたことをぽつぽつと話すようになった。

「時間がたっぷりあるって、なんだか落ち着かないものね。気の毒なダイアナが亡くなっても、ノートンはそんなふうに感じることはなかったでしょうけど。ペラムさんが亡くなったあと、わたしはぽっかりと時間が空いてしまった気がしたわ。だけど、そのうちにペラムさんから大変な責任を受け継いだことに気づいたの」

ネリーはけっして財産という言葉は使わず、いつも〝責任〟と表現した。事実、ネリーはそう考えていたのだ。そしてジャーヴィス・ペラムの遺産をどのような慈善活動に寄付しているかを、すこしずつ説明するようになった。

「おかげで毎日が充実しているの。本当はもっと増やしたいくらいなんだけど、知ってのとおり兄さんは慎重で、計画的に物事を進める人だから。でも、それが正解だとわかっているから、揉めたりはしないわ。白状すると、最初は意見が分かれることもあったのよ。いままではそんなこともないし、今度は引っ越ししようかと相談しているところなの」

ノートンは興味深く耳を傾けていたが、最後のひと言に身を乗りだし、チズルハーストはどうかと誘った。

「近所に来てくれたら嬉しいな。きみは田舎が好きだから絶対に気に入るよ。ノエルだってそうだ。それにここから会社に通うのも、ハムステッドから通うのもたいして変わらないだろう」

ネリーはハムステッドを離れるつもりはないと返事した。

「それなら、ノエルを誘ってみよう」ノートンはそう応じたが、ネリーは兄が断るだろうと考えていた。だが案に相違して、ノエルは現在暮らしている界隈に深い思い入れはなく、ケント州はバイクで走りまわるのにぴったりの野原が数多くあるのが魅力的だと答えた。ノエルはそういう理由を挙げたが、実は心中ひそかにべつのことを考えていた。何ヵ月たってもノートンとネリーの結婚が決まりそうにないのを見かねたのだった。ふたりの仲はいくらか距離が縮まったかと思うと、以前よりもよそよそしくなることを繰りかえしていた。それを見ているうち、このまま待っていてもふたりの仲は進展しそうにないと、ノエルは三人の未来のために柄にもないお節介を焼くことを決心したのだ。

オランダから帰国したときにはノエルの心はそう決まっていたので、それとなくほのめかす機会を探っていた。すると、ほかでもないノートンが絶好の機会を提供した。三人で食事をしたとき、食後に三十分ほどふたりきりになると、引っ越しするならチズルハーストにしないかと再度ノートンが誘ったのだ。

「共有地《コモン》にお勧めの家があるんだ。売りに出されたばかりでね。一週間の第一先買権を手に入れたから、きみたちの帰国を待っていたんだよ。敷地は一万二千平米以上あるから広々しているし、屋敷もふたりには大きすぎるくらいだ。とはいえ、きみもいい相手に巡り逢ったら、そのうち結婚するだろう――もしかしたら、その相手はチズルハーストにいるのかもしれないぞ」

「わかった。その家を妹に見てもらうよ。まだどこにするかは決めていないが、チズルハーストが暮らしやすい町なのはよくわかっている。しかし、結婚の予定など影も形もないけどな。まあ、屋敷の大きさはともかく、結婚というなら、きみだって独り者じゃないか。それに株式仲買人よりも、医者のほうが身をかためる必要があるんじゃないか」

いつになく直截《ちょくせつ》な口調に驚いたようにノートンが黙りこんだので、今日のところは充分目的を果たしたと判断し、ノエルは話題を変えた。そしてこれで終わりにせず、またべつの機会にも似たような種を蒔いた。こうして、それまでそのようなことは思い浮かべもしなかったノートンの心に、再婚の可能性という芽が植えつけられた。当然、ノエルがある意図を持ってやっているとは夢にも思っていなかった。その小さな芽は時間をかけてすこしずつ大きくなり、そこへノエルがまた生長を促す言葉をかけた。とはいえダイアナが亡くなって一年もたっておらず、目に見える形で大きな変化は起こらなかった。

しかし人間的に強くはないノートンは、いつまでも悲しみに沈んでいることができなかった。非の打ちどころのない容姿の印象が強いが、これまでの人生を振り返ってみると、精神的な弱さだけは隠しようもなく滲《にじ》みでている。それでも厳しい試練を経て、大人の身の処し方をはじめとして多くのことを学んだ。こうして人間的に成長したおかげで、ようやく長く苦しい時期が終わりを告げようとしていた。時間が傷を癒してくれたのだ。ノートンは心身ともに立ちなおり、過去は過去として、前向きに未来を見つめるようになった。

ウォレンダー兄妹がチズルハーストに越してきて、未来がゆっくりと形になりはじめた。まだはっきりとは見えないものの、新しい幸せの予感が雲間から顔を出そうとしていた。ノエルの目には、その変化はさらに顕著だった。ふたりが時間をかけて信頼関係を築いていく様子を見守りながら、ノエルがひそかに胸をなでおろしていたころ、思わぬ場所で黒々とした影が集まり、次第に不吉な様相を呈しはじめた。しかし、生者と死者の思惑が衝突するのはまだ先の話だった。

ノートンの自己評価はいまや最低まで落ちていた。おのれの弱さから愚行に走った自分が許される日は来ないと信じていたし、ネリーがいまも思いを寄せてくれているかもまったく自信がなかった。なによりも自分自身を信頼する気になれず、自分の気持ちに素直に行動しようと決心しては、果たしてあのようなすばらしい女性に結婚を申しこむ権利はあるのかと自問することの繰りかえしだった。しかしノートンが逡巡しているあいだに、運命は彼に襲いかかろうと驚愕の未来を用意していた。そしてノートンが心を決めるのを待ちかまえていたように、愛を育《はぐく》んできたふたりの大切な日、冷酷無情にすべてを破壊し尽くすことになる。

春は風のように過ぎていった。自責の念に苛まれるつらい一年を乗り越えたノートンは、以前とはほぼ別人といっても過言ではなく、気づくと過去は美しい想い出に変わっていた。ネリーとダイアナを比較したことはなかった。亡き妻の想い出はかけがえのない宝物であり、ダイアナの愛が憎しみに変わってしまったのは、ひとえに自分の愚かな行為のせいだと自覚していた。そして意思が強くて勇敢なネリーを特別な存在だと意識してからは、それ以外の未来は考えられなくなった。

その思いは日に日に強くなるばかりだったが、まだ過去を引きずってもいたし、ネリーならばもっとふさわしい相手がいるだろうと気が引けるのもあって、行動を起こすにはいたらなかった。いっぽう、毒を秘めた亡きダイアナの手紙はこのまま闇に消えるかと思われたが、このあと長い沈黙を破って表に出てくることとなった。人知の及ばぬ小さな偶然が重なり、まさに運命の女神の計らいかと思われた。

ベンジャミン卿夫妻はあれから一年以上旅を続けていた。ダイアナが帰らぬ人となった年の夏は、マイラがいたくお気に召したこともあり、北アフリカのアトラス山脈の高地で過ごし、冬はシチリア島に移ってベンジャミン卿はスポーツに興じた。翌年の春になると卿の外せぬ用事もあり、また大執事からマイラに会いたいと手紙が届いたのもあって、夫妻は英国に戻った。

英国にさほど魅力を感じなくなっていたベンジャミン卿夫妻は、ポルゲイト館を長期契約で貸していたので、今回の帰国中はブルックリーの調度つきの屋敷を借りることにした。そしてこの帰国中に、とうとうノートンとダイアナの思惑が真っ向から衝突するときを迎えることとなった。

ノートンはようやく行動を起こす決心がついたが、最後にそれを後押ししたのはノエルの言葉だった。ノエルがそれを口にした瞬間、いわば運命の歯車が動きだしたのだ。ノエルは以前からノートンの気持ちに気づいていて、障害となっているのはひとえにネリーの財産だろうと睨んでいた。事実、ネリーが以前のように慎ましい暮らしをしていたなら、ノートンは躊躇《ちゅうちょ》せずに結婚を申しこんでいただろうし、ノートンの欠点もすべて承知しているネリーは、断るなり承諾するなり、思うままに返事をしていたことだろう。ノエルは妹の立場が変化したことも、その重みももちろん理解していたが、それを理由に結婚を諦めるのは見当外れだと考えていた。そこで単刀直入に、ネリーの資産の出処を考えればそれを重荷に感じるのはまちがいで、ものの道理からいっても、常識からいっても、ふたりの結婚はまさに天の配剤だと説いたのだ。このようにノートンの良識に訴えたあとで、ネリーは遺産を相続したことで心が咎《とが》めているのだが、結婚すればその心労から解放されると正直に打ち明けもした。

やがて、こうしたノエルの苦労が報われるときが来た。ノートンがネリーにプロポーズをしたのだ。兄が気長に種を蒔いていたことなど露ほども知らぬネリーは、純粋に驚いていた。

その六週間後、大執事の小さな家で大執事とベンジャミン卿夫妻の三人は非常に重要な話をすることになった。まずは舞台となった大執事の家と彼の習慣について説明しよう。大執事の家の書斎と応接間は折りたたみ戸で仕切られていたが、大執事は見苦しいと戸を外し、かわりにカーテンをかけてあった。また大執事は昼食のあと、夕方のお茶の時間まで読書するのが毎日の習慣だった。眼科医が許可したのがこの時間だけだったのだ。拡大鏡を使うか、眼鏡をかけるかはその日の気分で使い分け、そのあとは一時間ほど午睡をとることが多かった。

七月下旬のある晩、マイラとベンジャミン卿はお茶の時間に合わせて大執事を訪問した。英国での用事はあとひと月ほどで終わる予定だったので、マイラはその後マントンに向かうつもりだった。各地を旅行しているあいだも、何度もグリマルディ荘を懐かしく思いかえしていたのだ。一日でも早くグリマルディ荘に戻りたいマイラが先に発ち、ベンジャミン卿は久しぶりの帰国とあって様々な招待を断りきれなかったので、十月の終わりに妻のあとを追うことになった。

ふたりはいつものように呼び鈴を鳴らさずに、大きな声で話を続けながら応接間に入っていった。マイラの説得に、ベンジャミン卿は頑として首を縦に振らなかった。

「あなたらしくもないわ、ベンジャミン。預かった手紙は、今度こそお父さまにお渡しするべきだと思うの。理由を挙げたらきりがないけれど、なにより大切なことがあるでしょう？　万一のときには渡してほしいとダイアナ本人から頼まれて、かならず渡すと誓ったんだもの。亡くなってもう一年以上になるのに、まだ約束を果たしていないなんて」

「それにはちゃんとした理由があるんだ。いまさら古傷をえぐるような真似をしてなんになる？　手紙の内容は瀕死の病人の妄想だとわかっているじゃないか。ダイアナはノートンに毒を盛られていると思いこんでいたから、それを訴える手紙にちがいないんだ。そんな根拠もない疑惑をお義父《とう》さんの耳に入れたところで、ショックを与えるだけで、いいことはひとつもないさ」

「それを判断するのはわたしたちではないでしょう。もちろん、妹の疑いはまちがいなく幻想だし、お父さまだってすぐにそうだとおわかりになると思うの。それなのに、どうしてそこまでお父さまに手紙をお渡しするのを躊躇《ためら》うの？」

「お義父《とう》さんのことならよく知ってるからだよ。たしかにお歳を召したし、目は悪くなったが、昔と変わらず頭脳明晰で、正義を尊ぶ気性も健在だ。お義父《とう》さんならば、そのまま目をつぶるような真似はせず、徹底的に調査なさるだろう。ぼくたちはもちろん、親戚一同が大変な醜聞に巻きこまれるのは必至だよ。調査したところで自然死だったと判明するだけだろうが、こういう話はどこからか漏れるもので、新聞が大騒ぎするだろう。火のないところに煙は立たぬなどとつまらぬ詮索をされ、だれもがいやな思いをする。もちろん、ノートンだって同様だ。何度でも繰りかえすが、この問題に関しては――」

そのとき、隣室と隔てるカーテンが勢いよく開き、大執事が現れた。ベンジャミン卿は驚いた顔で口を噤《つぐ》んだが、大執事は聞き捨てならぬとばかりにまくしたてた。

「どういうことかね？　まさか隣にわたくしがいるとは思わなかったのだろう。たまたま、わたくし宛の手紙を渡すべきだというマイラの声がはっきり聞こえたので、その続きがいやでも耳に入ってしまった。ダイアナがわたくし宛の手紙をきみに託したのはもっともだが、天に召されて一年半もたつのに、まだ手もとに持っているとはどういうことかね」

「お父さま、どうぞお座りになって」マイラが両手を大執事の肩にかけ、座らせた。「いまの話だけを聞くと、ベンジャミンにご立腹になるでしょうけど、きちんと考えてのことなの。かわいそうな妹だけではなく、生きている者のことも考えないといけないでしょう？　だからあのときは、しばらく妹の手紙を渡さずにいることにわたしも賛成したの。でも、いまではわたしとベンジャミンの意見は分かれてしまったし、なによりもお父さまに知られてしまったのだから、どうするかはお父さまが決めてください」

「これ以上心痛を増やしたくないとお考えでしたら、この手で破り捨てますからご安心を」ベンジャミン卿が口を開いた。「これだけは断言しておきます。かわいそうなダイアナは、病気のせいである種の妄想にとらわれていました。だからこそお渡しするのをこれまで控え、いまもまだ躊躇しています。あの手紙を目にしたところで、その必要もないのに悲しみを新たにし、せっかく癒えてきた傷口に塩を塗るだけです」

大執事はまじまじと義理の息子を見つめた。

「本気でいっているのかね？　そんな人間だとは思いもしなかった。天に召された娘が父に残した手紙を、悲哀を増すだけだからと握りつぶすつもりか！　最近の若者には驚かされる。心痛というなら、そうした手紙を隠されるつらさこそ耐えがたい。さあ、わたくしの手紙はどこにあるのかね？」

「書類と一緒に部屋にあります。つねに身近なところに置いていましたから、いますぐに持ってこられます。それにしても、よかれと思っての行為にあまりのお言葉ですね」

「きみは神の御許に召された者との誓いを破ったのだ」大執事は驚くほどの激しさで続けた。「これほどの衝撃を受けたのは生まれて初めてといっても過言ではない。その理由がなんであろうと、これ以上自分の務めを果たさずにいることは、神がお許しにならない。いますぐ手紙を渡したまえ。今回の無責任なおこないは、どれほど非難しても足りないくらいだが、それでも速やかに務めを果たすことだ。きみは厳粛なる誓いの意味をまったく理解できていない」

ベンジャミン卿は無言で立ちあがり、帽子と杖を手に部屋を出ていった。夫が戻ってくるまでの二十分ほどのあいだ、マイラは父の怒りをいくらかでもやわらげようと努めた。しかし大執事はベンジャミン卿に裏切られたショックで、言葉をうしなっている様子だった。大執事にしてみれば、ベンジャミン卿が挙げた理由など言い訳にすらなっていなかった。

「神が定めたもうた規律も、人としての掟も理解できないのか」大執事は何度もおなじ言葉を繰りかえした。「そのうえ、天に召された者との約束も果たさないとは！」

マイラは大執事がすぐに直面する難題に話を戻した。

「ベンジャミンのことは措いておきましょう。今回のことはあの人にもいい勉強になったはずよ。お父さまがわたしたちの会話に気づいてくださったのは、神さまの思し召《おぼめ》しだったのかもしれないわね。でもいまはベンジャミンを責めるよりも、もっと重要な問題を考えないと。たぶん手紙は目を疑うような内容だと思うけれど、それを書いたとき、ダイアナが病気のせいで精神的におかしかったのを忘れないで。亡くなるひと月ほど前のことなの。ノートンに毒を盛られていると妹から打ち明けられたわ。ノートンをよくご存じのお父さまなら、いわれのない非難だとおわかりよね。だけど妹はその妄想にとらわれていて、そのことはあの人にも相談していたの。そのあとでベンジャミンが手紙を託され、内容の見当がつくだけに——」

「事情はわかった」平静をとりもどした大執事が遮った。「ベンジャミンなりによかれと思っての行為だということは理解した。わたくしを悲しませまいと、神の御許に召された者との誓いを果たさなかったのであれば、いまこそ寛容の精神で許そうと思っている。ベンジャミンのことだ。つねに苦悩と罪悪感に苛まれていたのは想像に難くない。そして問題の手紙がどんな内容だろうと、ダイアナがわたくし宛に残したものだ。まずは予断なしに読んでみたい。マイラが心配しているような内容であれば、わたくしがやるべきことははっきりしている。もちろんそれを願ったであろうダイアナのためだが、ノートン・ペラムのためでもあるのだ。いま、彼に対して含むものはまったくない。しかし、病のせいで精神的に不安定だったとはいえ、死の床にあった娘が悪辣《あくらつ》な犯罪の犠牲になったと訴えているのだ。そのまま捨て置けるものではないだろう」

そこへベンジャミン卿が戻ってきて、手紙を大執事に差しだした。見覚えのある文字で大執事の名が記され、青の封蠟で封をしてある。大執事は封筒を顔に近づけて懐かしい字体をしげしげと眺めてから、封を開けた。拡大鏡を使ってまずは自分が読み、続いてふたりにも読んで聞かせた。短い文章には乱れがなく、ダイアナの精神にはなんの問題もなかったことをうかがわせた。

グリマルディ荘にて

大切なお父さま

わたしに残された時間はわずかのようです。もちろん、これからも充実した日々を送る望みは捨てていませんが、お父さまがこの手紙を読んでいるということは、わたしはすでに旅立っているはずです。だけどこれだけはお知らせしておきたいのです。わたしは謎の病が原因で死ぬわけではありません。夫ノートン・ペラムに命を奪われたのです。数えきれないほどの小さな出来事を考えあわせた結果、まちがいないと確信しました。具体的な方法はわかりませんが、夫にすこしずつ毒を飲まされたのです。体調がいいときはもう一度元気になりたいと希望を抱きますが、具合が悪くなるといつしか諦めの気持ちに負けそうになります。これが真実ならば、生きていても仕方ありません。そこまで疎まれていると想像するだけで身体が震え、そんな悲惨な人生であれば終わりにしても悔いはないと思えます。わたしは誠心誠意ノートンを愛したけれど、彼は嘘をついてわたしと結婚し、その後も欺《あざむ》いてばかりでした。わたしの死を望んでいるのはまちがいありません。その暁《あかつき》には、ちがう女性と結婚するつもりなのです。そうとわかっていながら、こうして手紙を書いているあいだも、勘違いであってほしいと願っています。そのうち元気になり、自分の思いこみを恥じいりながら、自分の手でこの手紙を燃やす日を迎えたいと神にお祈りしています。でもこの手紙がお父さまのもとに届いたのなら、それは夢に終わりました。生涯わたしを愛し、敬い、守ると誓った夫に毒殺されたのです。あとはお父さまに託します。いま、とても落ち着いた気持ちでこの手紙を書いています。それでも自分の命よりも大切だと愛した相手に、なにひとつ落ち度もないのに命を奪われるのは、あまりにもむごい仕打ちだと残念でなりません。でも、わたしがこの世を去ったことは嘆かないでください。いまは心の平穏を得て、幸せに過ごしているはずです。

健康をお祈りして――ダイアナ

大執事は声に出して読んだ手紙をマイラに渡し、腰を下ろして両手で顔を覆った。マイラとベンジャミン卿は手紙をのぞきこんだが、まさに予想どおりの内容だった。しばらくして大執事が口を開いた。

「神は言語道断の試練を与えなさる。どうやらふたりとおなじ意見のようだった。わたくしもふたりとおなじ意見に傾いている。どうやらダイアナは剣呑《けんのん》なる幻想を抱いていたようだ。その点はまちがいないだろう。なにしろ夫であろうと、あるいはほかのだれであろうと、冷酷無惨な罪を犯したと疑う理由がないのだ」

「お父さまもおなじ意見で安心したわ」マイラがつぶやいた。「ベンジャミンが躊躇ったのもわかるでしょう？　それでもわたしは渡すべきだと思っていたので、ようやく約束を果たせてほっとしたわ。この手紙についてはベンジャミンと意見が分かれていたから」

「ふたりの意見のちがいなどという些細な問題を気にしとる場合かね。わたくしの果たすべき務めを考えていないのか。残忍な犯罪を訴えているが、それが妄想であることに疑問の余地はない。とはいえ、この手紙を書いたとき、ダイアナは病に苦しんでいたものの意識は明瞭で、真実と信じるままに言葉を記したようだ。死の床にある者が、復讐や策略をたくらむはずもあるまい。ダイアナは毒を盛られていると確信していた。そのあまりにも無惨な疑念こそが、生きる希望を奪ってしまったのだろう。ダイアナは最期までその恐怖をわたくしに隠していたが、マイラには打ち明けていたのだな。しかし死を覚悟したとき、ようやく保護者たるわたくしに訴えたわけか。自分が天に召されたあとで事情が明らかになるように。わたくしの務めはひとつしかなかろう。即刻、顧問弁護士に連絡する。さいわい一キロも離れていないところに暮らしているから、すぐに来てくれるはずだ。事情を説明し、手続きを進めるとしよう」

「なんの手続きを進めるんですか?」ベンジャミン卿は不安そうに尋ねた。

「詳しくは弁護士が教えてくれるだろう。この問題はきちんと法に則《のっと》って解決すればいい。毒物が発見されるかどうかはわからないが。ふたりに教えてもらったダイアナの最期の様子は、いまも鮮明に覚えている。夫が送ってきた薬を飲んだ直後だったな。ふたりと一緒に昼食をとり、薬を飲むために部屋に向かった。しばらくしてマイラが様子をうかがったら、亡くなっていたという話だった。おそらく墓を開けるのは避けられないだろう」

ベンジャミン卿は反対意見を口にした。

「ダイアナの妄想だったと確信しておられるなら、騒ぎを起こす必要はないでしょう」

「夫はまだ生きているというだけで理由は充分ではないかね。この件はすぐにノートンにも知らせるつもりだが、どのみち弁護士のマートンさんが連絡するだろう。この手紙の内容を知らされたら、ノートン自身が検屍を要求するのは確実だ」

「わたしたち全員がダイアナの思いこみだと承知しているのに、どうしてノートンまで巻きこむの？」マイラが尋ねたが、大執事はそこで話を打ちきった。

「この話題は終わりにして、お茶にしようではないか。手紙はわたくしが保管しておこう。火急の相談があるので、できれば夕食後に訪ねてほしいとマートンさんに連絡しておく。まずまちがいなく来てくれるはずだ」

「ノートンはどうしているのかしら。最近、連絡はあった？」隣室で大執事のお茶を注いでいたマイラが尋ねた。

「昨日手紙が届いたので、今夜その話をしようと思っていたのだ。ただの偶然だろうが、再婚すると知らせてきた。ダイアナが亡くなって一年半になるので、ダイアナとも知りあいだった女性と結婚を決めたと。その女性ならばダイアナも賛成してくれるはずだと書いてあった。賛成するかどうかはわからんが、疑う理由もあるまい」

「ネリー・ウォレンダーという方かしら」とマイラ。

「名前は書いていなかった。婚約を発表する許可を求めているにしろ、前妻の家族に敬意を表しているにしろ、一年半もたっているのだから充分だろう。近頃の若者にしては驚くほど礼儀正しく、気遣いが行き届いているな。服喪期間も終わっているし、再婚に反対する理由はないので、自由に未来を決めてほしいと返事を書いた」

「その点はダイアナの予想どおりになったな」ベンジャミン卿がつぶやいた。

「ノートンのような男性なら、再婚するのは当然よ」とマイラ。

大執事はできるだけ早く弁護士と面談しようと心を決めた。その旨を連絡すると、午後九時に訪問すると返事が届いた。

「ふたりはしばらくかかわらないほうがいいだろう。父であるわたくしひとりで話を進め、親類にも極力知らせないでおく。警察の許可が下りても、秘密にしておくに越したことはなかろう。形式として調査するだけだから、なにも心配はいらない。毒物など発見されるはずもないが、あの不憫《ふびん》な手紙を読んでは調査せざるを得ないと思う。ダイアナのためはもちろん、ノートンのためでもあるのだ。どのみちなにも発見されないとわかっているのだから、彼には知らせないほうがいい。ともかく、ふたりは普通に過ごしていなさい。当局からいまごろになって行動を起こした理由を問われるだろうが、穏やかならぬ手紙をわたくしに渡すのを躊躇したと説明すればよい。それ以外ふたりに面倒はかからないはずだ」

その晩、大執事が経験豊富な事務弁護士であるウォルター・ウィルソン・マートンに相談したところ、専門家らしい配慮の行き届いた答えが返ってきた。弁護士はこの手紙に興味を惹かれたようで、大執事の意見にうなずきながらも、ちがう可能性も考慮に入れた意見を述べた。

「どの観点から考えても、極秘に進めるべきだと思います。おっしゃるとおり、ノートン・ペラム氏には連絡しないほうがいいでしょう。それは難しいことではありません。内密の調査をお勧めする理由はふたつあります。ひとつは、再婚を控えたノートン・ペラム氏のためです。このような手紙があることを知れば、はかりしれないショックを受けるのはまちがいありません。そして、もうひとつは我々のためです。万が一の可能性も考えておかねばなりません。こと人間に関するかぎり、絶対確実なことなど存在しませんから。ノートン・ペラム氏が実際に妻に毒を盛っていた――つまりお嬢さんが正しかったと判明する可能性もあります。その場合、警察は逮捕するまで捜査を進めていることを悟られたくないでしょう。いま連絡しますと、正義の裁きから逃れる機会を与えることになりかねません。つまりノートン・ペラム氏が無罪の場合は彼のために、有罪の場合は我々のために、極秘に進めるのが最善と思われます。あとはわたしにお任せください。迅速かつ目立たぬようにことを運びます。説得すれば警察も内密に進めてくれるでしょう。我々同様、警察もお気の毒なお嬢さんの訴えを目にすれば、調査の必要性を感じるのはまちがいありません」

第11章　結婚の日

運命を司《つかさど》る女神テュケーを擬人化すると、そのときどきで女神を冷酷だとか、慈悲深いなどと表現することになる。しかし運命のいたずらはとうてい人知の及ぶところではなく、人の悪意や善意とは無関係なのだ。そして事件の重要性が明らかになると、人はこれまでの経験と知識を駆使して運命に抗《あらが》おうとするが、できることといえば幸運か非運かを見極める程度で、人の意思や策略が原因で起こったと見える思惑の衝突もまた、おおいなる意思が働いていたと受けいれるしかないのかもしれない。

ノートンの人生はゆっくりといい方向に動きだしていた。ようやく気鬱《きうつ》から抜けだすと、まさに状況が一変した印象だったが、ノートン自身はそんな幸せを享受する資格はないと感じていた。いまさらネリーと結婚する可能性など、思い浮かべることさえなかった。もっともノートンにかぎらず、ネリーへの好意を堂々と口にできる男性はいなかったが。ノエルのもつ影響力は、妹ネリーに対しては並々ならぬものがあるが、ノートンへはさほどでもなかった。だがノートンの隠された本心を見抜き、その性格も考慮したうえで、行動を起こさせるべく作戦を練った。百戦錬磨の外交官でもこれほど首尾よくことを運ぶことはできなかっただろう。

ノエルはもってまわったことが苦手なので、唯一残った問題さえ解決すればいいと考え、単刀直入な方法をとった。ネリーがいまもノートンを深く愛していることも、かつて一方的にノートンに裏切られたが、ネリーの愛情は揺らぎもしなかったことも、ノエルは承知していた。残るはノートンの気持ちをはっきりさせるだけだった。ノートンがネリーを手放しで褒めるのをノエルは数えきれないほど耳にしていた。しかし、ノートンは愛という言葉だけは使わなかった。とはいえ、かなりの好意を寄せているのはたしかで、自分にとって女性といえるのはネリーひとりだ、理想の女性だ、ネリーの友情は自分に残された最高の宝物だと、尊敬の念をもって語るのがつねだった。しかしじれたノエルが愛しているのかとずばり核心に触れると、ノートンは曖昧に言葉を濁すのだ。

「ぼくくらいネリーを理解している男なら、だれだって愛さずにはいられないだろう」ノートンは答えた。「いまさら言葉にするまでもないことだがな。だが以前ならばともかく、いまのぼくは彼女にふさわしい相手ではない。ネリーだって昔はいざ知らず、いまはほとほと愛想が尽きているはずだ。それでもこんなぼくのことを許してくれたし、ぼくとの友情は大切だといつもいってくれる。それだけで満足だよ。なにしろ、いまでは立場がちがいすぎるからな。それをいうなら、彼女にふさわしい男などこの世に存在しないがね」

ノエルはいましかないと判断し、ノートンが予想もしていない事実を告げた。

「こんなことを勝手に教えたと知られたら、妹は一生許してはくれないだろうな。そもそもおれに気持ちを悟られているなんて夢にも思っていないはずなんだ。それはともかく、きみへの思いはまったく変わっていないんだよ。それどころか、きみがつらい試練に見舞われたことで、いっそう愛は深まったようだ。ダイアナが亡くなって一年になるのだから、そろそろ口にしてもいいだろう。きみが結婚を申しこんだら、妹が大喜びするのだけはわかってやってくれ。いま、妹を愛しているといってくれれば、おれとしてもこれ以上嬉しいことはないよ」

ノートンは事態を把握するのにいくらか時間がかかったが、理解すると行動を起こすのは早かった。三ヵ月もしないうちにネリーに結婚を申しこみ、ふたりは婚約した。こうしてノートンには明るい未来が開けたかに見えた。しかし、過去から生じた悪夢はまたたく間に形をなし、不吉な様相を帯びはじめた。大執事に端を発する調査の手は、地平線の彼方《かなた》の嵐のようにそのまま姿を消すのか、それともノートンの前に広がる雲ひとつないように見える空に暗雲となって立ちこめることになるのか、いまはまだどちらとも判然としなかった。

ネリー・ウォレンダーはずっと愛しつづけた相手と人生を歩むことが決まり、静かに幸せを嚙《か》みしめていた。ノートンの過ちもその後の悲しい別離もそばで見守ったことで、ネリーの愛情はいっそう純粋になり、ノートンをより深く愛するようになれば、おのずと過去についても理解できるようになると自分にいいきかせていた。試練をくぐり抜けたことでノートンは変わったが、ネリーの瞳にはますます魅力的になったと映った。ノートンが苦悩する姿を最初から見守っていたネリーは、ノートンがすぐさまおのれの愚行の報いを受けたこともよく知っている。こうしてまたネリーを振り向いてくれたノートンは、おのれの弱さを自覚し、謙虚さも身につけたことで、頼り甲斐のある青年へと変貌していた。兄が陰で奮闘しなければ、ノートンはいまも沈黙を守ったままだったとネリーは知らなかった。ようやくネリーを愛し、抑えきれない思いを口にしたのだと信じていたのだ。ふたりは九月初めに結婚することになった。

ノートンは当然の礼儀として大執事に婚約を知らせたが、はからずも大執事はその直後に亡きダイアナの目を疑うような告発を記した手紙を読むこととなった。だがこの時点では、何者かの明確な意思が働いていると指摘できる者はいなかった。婚約の知らせと亡きダイアナの手紙がときをおなじくして大執事のもとに届いたのは、ただの偶然かもしれない。だが、ノートンはすぐに再婚するとダイアナが予言していたため、強い印象を残したのも事実だった。とはいえ、このときまでそれを隠していたのは気まぐれな運命の女神であり、運命の女神はだれの味方でもなければ、敵でもない。まだ未来は当人の才気次第で変わり得ると見えたが、実は水面下で刻一刻と破滅のときは近づきつつあった。しかしノートンは暗い影が迫っていることも知らず、もう一度青春に戻ったような気分で再婚の準備を進めていた。

ノートンとネリーが新婚旅行の相談を始めると、ノエルは我慢できずに会話に参加した。

「最初はふたりきりで楽しみたいだろうから、ひと月くらいは邪魔をしないつもりだったんだ。だが徒歩でアイルランドをまわる予定なら、おれも行くよ。なにもない田舎道をバイクで走ったことがないので、一度挑戦してみたいと思っていたんだ。たまにどこかで落ちあおう。必見の名所を教えてくれよ」

「兄さんのお相手を見つけてあげないとね。かわいらしくて気立てのいいアイルランドのお嫁さん」ネリーがいった。

「ネリーがいなくなったら、孤独が身に染みるだろうな」とノートン。「いまはまさかと思うかもしれないがね。朝食の席についてもネリーがいないなど、想像もできないだろう。そのうち、さしものノエルもだれかにいてほしいと願うようになるかもな」

ノエルはそれを聞いて笑った。

「まさか。おれは昔からひとりでいるのが性に合っているんだ。それより新婚旅行で妹が手に負えなくなったら、連絡してくれよ。なんとかおとなしくさせてやるから」

ふたりはごく内輪だけで結婚式を挙げることに決めた。九月のある日、午前八時半にチズルハーストの聖ミカエル教会に友人たちも集合し、ノエルはネリーをノートンに託した。花嫁の付添はネリーの友人、新郎の付添はニコル・ハートが務め、式は二十分で終わった。

そして、ついに運命が牙をむいた。まるで虎視眈々と狙っていたかのように、忘れ去られたような女神テュケーとは思えない劇的な演出だった。女神テュケーはこれ以上ない残酷なときを選んで、無慈悲な手をつと伸ばしたのだ。たとえ新郎が悪党だったとしても、永遠の愛を誓ったばかりの新婦にとっては、その直後に引き離されるなどあまりにひどい仕打ちだった。かろうじて新婦には一縷《いちる》の望みが残されていたものの、それでもノートンにとっては最悪のタイミングであり、まさに不倶戴天《ふぐたいてん》の敵の仕業といえるだろう。もっとも、ノートンに敵が存在するのであればの話だが。婚姻登録書に署名を済ませたふたりが友人を従えて教会を出たところ、私服姿の見知らぬ男性四人と制服警官数人に迎えられた。教会の正面にはタクシーが、すこし離れた場所には警察の車が止まっていた。

　ノートンとは顔見知りの警部が前に進みでた。

「おはようございます、先生」警部は穏やかに挨拶した。「申し訳ありませんが、お静かに同行願います。先生のことは存じあげていますから、すぐにただの誤解だと判明するものと思っております。ご自宅にうかがったところ、こちらだと教えられたんですが、まさか結婚式とは思いませんでした。こちらはアームストロング警部です。先生について耳を疑う知らせを聞かされたんですが、わたしから説明することになったので、要点だけかいつまんでご説明します。

　先生の前の奥さんがマントンで病床にあったとき、父親宛の手紙をベンジャミン卿に託したそうです。自分にもしものことがあったら、この手紙を父親に渡してほしいと。その後奥さんは亡くなり、六週間前にコートライト大執事のもとに手紙が届けられました。一年半もかかった理由はおいおい説明されるでしょう。手紙の写しはもちろんさしあげますが、先生が奥さんを殺そうとしていると告発する内容でした。自分が死んだら、それは先生に毒を盛られたせいだ、先生の目的はちがう女性と結婚することだと。だれでもそうでしょうが、コートライト大執事は病が原因の妄想だと本気にしませんでしたが、万が一を考えて確認することになりました。

自然死だと判明すれば、なにも公表しない予定だったそうです。そうすれば先生に手紙の存在を知らせずに済みますから。しかし遺体を発掘し、フランス政府の著名な検屍官が検査をおこなったところ、致死量の砒素《ひそ》が発見されました。奥さんが病気になった原因は明らかです。死因は致死量の砒素でした。検屍官は、先生が処方して送ったカプセルのなかに、ひとつだけ砒素入りカプセルが混じっていたとの意見だそうです。こんな説明でよろしいですか、警部」

私服のひとりがうなずいた。

「ええ、充分です。ノートン・ペラム、妻を殺害した容疑で逮捕します。あなたの発言は――以下の告知はご存じでしょうな」

突然の逮捕に、その場にいた全員は文字どおり言葉をうしなった。まさに青天の霹靂《へきれき》だった。いきなり幸せな時間を奪い去られ、ふたりの未来や希望に対して大声で宣戦布告されたのだ。最初は呆気にとられていた誠実な三人も、事態を理解するにつれ恐怖を覚えはじめた。最初に口を開いたのはネリーだった。

「まさか、まったくのでたらめよ。だれかが陥れたに決まっているわ。本当にダイアナが書いた手紙かどうかもわからないし。そうだわ、ダイアナを殺した犯人の仕業じゃないかしら」

ノートンはあたりを見まわした。茫然自失のていで、その顔は蒼白だった。

「ぼくが無実であることは、なにも説明しなくともわかってくれるものと思う。ダイアナを診察してて、ぼく自身も何度か毒物以外に原因は考えられないと思ったこともあるが、そんなことをする人物などひとりも思い浮かばなかった。ダイアナの死因が砒素だとしても、ぼくが送ったカプセルとは無関係だ。それだけは断言できる。しかしこうなると、おそらく病の原因もおなじだろう。結局、原因はひとつだったんだ」

ノートンは警官に顔を向けた。

「ニコル・ハート氏とすこし話をさせてもらえないだろうか」ノートンの希望は却下されたが、ニコルはある理由から異議を唱えなかった。全身全霊を傾けるに足る事件だと、闘志を燃やしていたのだ。ノートンが連れ去られると、友の無実を確信しているニコルは重い沈黙を破り、ノエルとネリーを励ました。

「なにも心配はいらない。まさかこんなことになるとは想像もしなかったし、花嫁にはかける言葉もない。だが、信じてほしい、いま直面している事態から悪くなりようはないんだと。道理や正義がこの世から消滅したのでないかぎり、これからはよい方向に向かうのだけはまちがいない。おれを信頼してくれるのなら嬉しいが、べつのだれかにこの事件を任せたいのなら、それでもかまわない。その邪魔はしないが、おれはおれで独自にこの事件の調査をするつもりだ。なんとしても事件を解決して、ノートンは無実だと証明してみせる。ありきたりなことしかいえないが、いま約束できるのはこれだけだ」

「もちろん、全面的に信頼しているとも」ノエルはきっぱりと答えた。「それにきみ同様に、ノートンは冷酷な犯罪に無関係だと確信している。悪魔が乗り移ったのでないかぎり、その可能性を考えることさえ馬鹿馬鹿しいよ。それよりも今後の相談をしようか。ノートンは予備審問を経て裁判になるだろうから、弁護士と一緒に面会に行ってやってくれ。もちろん、予備審問でのノートンの発言で、事件が丸ごと引っ繰りかえる可能性もあるがね。おれなどたいして役には立たないが、ノートンがすぐに自由の身になるのはまちがいないさ、ネリー。おそらく裁判にはならないだろう。だれが見たって濡れ衣なのは明白だ」

兄ノエルの本心からの言葉を聞き、夫が逮捕されたショックからみる間に立ちなおったネリーを目にして、ニコルは内心舌を巻いた。自分の衝撃は表に出さず、とにかくノートンの身を心配し、夫を誤解している関係者一同に心から憤慨している。

「ノートンがどういう人かわかってくれていたら、こんなことには……」ネリーはつぶやいた。

男ふたりは現実的だった。ニコルは早くも大まかにではあるが、今後の計画を立てていた。「ノートンは逮捕される可能性など考えたこともなかったにちがいない」兄妹と三人だけになると、ニコルがいった。「まさに不意打ちを食らったわけだ。ダイアナが病死だった場合には手紙の存在をノートンに知らせたくないと、秘密にしていたというのは嘘じゃないだろう。だが、犯罪だと立証されたらすぐに逮捕しようと、待ちかまえていたのも事実だ。当然の措置だから仕方ないが、おれたちもおなじ戦術が必要となる。ノートンが裁判を受けると決まったら、きみの弁護士を紹介してくれ――いや、今日でもかまわない。いますぐ調査を開始するつもりだが、まずは捜査状況を把握する必要があるな」

　ネリーは夢のなかを漂っているような気分だった。時間を遡《さかのぼ》り、もう一度昨日をやり直しているような不思議な感覚にとらわれたのだ。ノートンと結婚したばかりなのに、いつの間にか過去へ迷いこみ、ひとりで歩かなければいけなくなってしまったかのようだった。だが、正体もわからぬ何者かの謀略で思いもかけぬ不幸に見舞われたが、その前に結婚できたのが救いだった。ふたりの行く手にどんな困難が待ち受けていようと、おなじ姓を名乗る妻として一緒に闘うことができるのが嬉しかった。ノートンも心強く思っているのはまちがいない。ふたりのあいだには疑念や不安が入りこむ余地はないことを感じているだろう。ネリーはまだショックを引きずっていたが、いつまでも途方に暮れているつもりはなかった。そもそも、大騒ぎするほどの出来事ではないのだ。突如、幸せの手前にぽっかりと大きな穴が出現したが、それを乗り越える方法を考えることに意識を集中させた。よりによって今日だったことを嘆いたところで仕方ないのだ。ネリーは運命の女神に屈することなく、逆にあざ笑ってやることを決心した。

　永遠に続くかと思われた長い一日、ネリーは夜になってもまだノエルと相談していた。ネリーが敵と口にするたび、ノエルは妹の言葉遣いをたしなめた。ノートンに敵がいるとは思えなかったのだ。敵がいたのはダイアナで、理由は不明ながらその敵に殺されたにちがいないが、ノートンは罪をなすりつけるのにうってつけだと選ばれたにすぎないとノエルは考えていた。

「例の手紙はほどなく偽物だと判明するだろう」とノエル。「そうなれば、ノートンにかけられた容疑は晴れるはずだ。それにしても、恐るべき事件だな。ダイアナの病には想像もしなかった原因があったわけか――じわじわと命を削っていくとは、残酷きわまりない。とにかく、ごく身近な者が犯人であることはまちがいないし、その犯人のせいでおれたちはこんな目に遭わされたんだ。おれたちといったのは、おれもきみたち夫婦と一蓮托生だと思っているからだよ。真犯人はうまく立ちまわったつもりだろうが、これから反撃してやろうじゃないか。こちらの動きを悟られないうちに、ニコル・ハートをやつらの懐《ふところ》深くに送りこむんだ。彼ならば真実を探りだしてくれるはずだ。真犯人も反撃されることくらいは覚悟しているだろうが、なにをするかまでは予想できないだろう。すべてニコルに任せるつもりだが、できればおれもなにか力になりたいものだ」

それはノエルの本心の言葉だった。そしてまさか自分も大活躍することになるとは、この時点では予想だにしていなかった。

第12章　反撃大作戦

　ニコル・ハートがこれほど真剣に事件に挑むのは初めてのことだった。その理由はふたつあった。ひとつには、事件そのものがきわめて挑戦し甲斐のある難事件だということ。そしてもうひとつは、親友の人生がかかっているということだった。最悪の場合、ノートンは殺人罪で有罪となる可能性もあるのだ。本人はまだそこまで考えていないだろうが、これほど不利な証拠が揃っていては、その危険性はきわめて高いといえた。陪審というものは、曖昧な状況証拠だけでも有罪だと判断することが多い。そのうえ、いまニコルの手もとにある情報では、起訴内容に反論するのは不可能だった。ノートンの人柄に関する証言をいくつ並べたところで、明々白々の事実に太刀打ちできるはずはない。しかも、妻を毒殺した容疑で逮捕されたノートンには、根強い偏見もつきまとうだろう。心理学的にも、人は毒殺者を忌み嫌うものだった。残酷さにおいては変わらなくとも、どういうわけかわかりやすく暴力を振るう乱暴者のほうが受けいれやすいのだ。

　ニコルの武器といえるのは、ノートンは無実だという確信だけだった。理屈ではなく、そう感じるのだ。その点にすこしでも疑念を抱いていたら、即座にノートンを見限っていただろうが、その確信が揺らぐことはなかった。いま挙げた不利な状況がなくとも難しい事件だったが、頭脳と体力、そして天性のひらめきといった持てる力のすべてを注ぎこむと心に誓った。ニコルはひらめきに助けられたことが一度ならずあり、腕利きの名探偵との評価を得るようになったのもそのおかげだった。

ニコルは予備審問に出席した。そのような犯罪がおこなわれた事実はないとの弁護士の強硬な抗弁は即座に却下され、ノートンは正式に起訴されることが決まった。そのうえ、重罪を理由に保釈も許可されなかった。

ノエルが紹介したネーサン・コーエンという事務弁護士は、歳は若いが経験豊富で信頼できる人物だった。ニコルは彼を連れてノートンに面会に行き、事件について一時間ほど協議した。ネーサン・コーエンは通常どおり、自分が弁論趣意書を用意し、法廷では著名な刑事弁護士アルジャーノン・ハンター卿に弁護を任せることを提案した。また卿に弁護を依頼するのはネリーの希望でもあった。ニコルにはかねてから温めていたべつの計画があり、この日ふたりにその内容を明かした。最初はネーサン・コーエンが通常の裁判の流れについて説明し、つぎにニコルが口を開いた。このあとノートンは特に自覚もなく、かなり有力な手がかりをニコルに与えた——少なくともニコルは有力な手がかりだと感じることになった。事件の詳細を頭のなかに叩きこんであるニコルは、わかりやすく事実を整理してふたりに説明した。

「ふたりとも、しっかり聞いていてくれ。ある青年の身に突然降りかかった災難について、要点をまとめてみよう。いまの時点ではっきりしている事実はふたつしかない。ノートンは無実であり、奥さんが殺された事件には無関係であること。そして、ノートンには犯人の心当たりはまったくないこと。その点に関してはおれも同様だ。事件の関係者をひとりも知らないからな。しかし、だれが犯人かはわからないものの、判明しているすべての事実は頭のなかに整理してある。被害者が毒殺されたことに疑いの余地はなく、当局はノートンが犯人だと確信して殺人容疑で起訴した。

そう確信した理由は明白で、状況証拠しかないとはいえ、その判断はきわめて妥当に見える。ノートンには動機がある。薬品に関する知識も豊富だ。手段もあった。そして、死体から検出された致死量の砒素という重要な証拠もある。当局の主張はこうだ。被害者の薬のなかに砒素入りのカプセルが紛《ひそ》れこんでいて、被害者はその致死量以上の砒素が含まれたカプセルを飲んで即死した。医者ならばカプセルの入手は容易だし、問題の薬はロンドンで処方し、自分の目で確認して被害者に送ったものだとノートン自身が認めている。つまり、そのうちのひとつを抜きとって中身を砒素に詰め替えるのは造作もないし、用意しておいた砒素入りのカプセルとすり替えるならさらに手間はかからないだろうと。なにしろ診察室にはあらゆる大きさのカプセルが揃っているからな——もちろん、それはノートンにかぎった話ではないがね。さらに不利な証拠として、病気の初期と末期はノートンが被害者を診察し、薬や食事を指示していた事実がある。

　さて、ノートンは身に覚えなどないのだから、我々の手で真犯人を捜しださなければならない。ノートン以外に、毒殺する機会があったと思われる人物はほんの数人だ。これからひとりずつ検証していこう。この場にいる三人が知らない、それどころか関係者のだれにも知られていない人物が犯人である可能性も排除できないが、いまわかっている事実から始めるしかないだろう。

　第一に、ダイアナ自身が犯人である可能性が考えられる。女性の心の動きはとうていはかりしれるものではないので、本人を除外するわけにはいかない。では、このように長期間苦しむような死を敢えて選ぶのは、どういう理由が考えられるだろうか。答えはひとつしかない。それは父親に宛てた手紙からも読みとることができるがね。以前ノートンは、ダイアナに憎まれていたようだと漏らしていたな。伯父ジャーヴィス・ペラムの遺産を巡っていろいろあり、それ以来根深い敵意を感じたと。ダイアナはノートンを憎悪するあまり、死んで制裁を加えようとしたのかもしれない。自殺をしたあとで、ノートンを殺人犯に仕立てあげることができれば、墓のなかから究極の復讐を果たしたといえるだろう。現実離れしていると一笑に付すにはあたらない。

　中国では、迫害を受けるか、少なくとも本人はそうだと感じているが反撃の手段を持たない場合、似たような方法で復讐を果たすそうだ。〝仇敵《きゅうてき》を巻きこんでの自滅〟と呼ばれているらしい。男なり女なりが仇敵の屋敷を訪ね、そこで自殺する――大抵は亡霊の狙いどおりの結果となるようだ。そうした自死事件は徹底的に調査されるので、死者の主張が認められることが多く、念願かなって復讐を果たすことになるんだな。

ダイアナがノートンの名を汚し、再起不能にしたいと考えたとしたら、これ以上効果的な方法はないだろう。だが、その可能性は低いと見ている。現実に起こったとはとうてい思えないからだ。しかもこの仮説を前提に調査を進めると、それ以外の容疑者を排除してしまうことになるし、こんな説を法廷で口にしたところで五分とたたずに論破されてしまうだろう。ダイアナが本当にノートンを恨んでいたとしても、恨みを晴らすために自殺したと仮定するよりも、ノートンが妻を殺したと考えるほうがはるかに理にかなっている。また、ダイアナ本人が手紙を書いたことは明らかで、気の毒だがおそらく、手紙の内容が真実だと信じていたのではないかと思っている。

ダイアナ犯人説はひとまず保留にして、ほかの関係者を考察してみよう。手持ちの情報が皆無なので、動機についてはあとまわしだ。ベンジャミン・パースハウス卿、レディ・パースハウス、ファルコナー医師。蓋然性が高い順に名を挙げてみた。犯人は命に別状がない量の毒物を何度も飲ませて衰弱させ、最終的には流感などの感染症で病死したと見せかける計画だったと思われる。ところが実際には頭を撃ちぬいたも同然の方法をとった。どういうわけか時間をかけてじわじわと体力を奪う計画を諦め、突然ノートンのカプセルに致死量の砒素を入れて飲ませたんだ。おそらく当局もおなじ意見だろうが、この致死量の砒素こそが事件の鍵を握っていると睨んでいる。そしてカプセルに毒を仕込んだ人物がわかれば、事件の全貌はおのずと明らかになるだろう。

それとはべつに、被害者の死亡時にノートンが遠く離れた地にいたことも軽視できないはずだ。いうまでもなく毒殺事件ではアリバイなど意味がないし、ノートンは潔白だと確信しているが、ダイアナが砒素入りカプセルを飲んだときにきみが英国にいたことは、きわめて重要な意味を持つような気がする。いまはまだ、どうしてそう感じるのかも定かではないが、じっくりと時間をかけて考察してみるつもりだ。容疑者を絞る役に立つだろう。

さて、ベンジャミン卿、レディ・パースハウス、ファルコナー医師の話に戻ろう。三人の共謀、ふたりが共犯で残るひとりは無関係、単独犯、すべての可能性が考えられる。これからこの三人について調査をするつもりだ。三人はごく近くで暮らしている——ベンジャミン卿夫妻はグリマルディ荘、ファルコナー医師の自宅はそこからほんの二、三キロのところだ。だが彼らではなく、まずはコートライト大執事から始めようと思っている。実は明日会う約束をとりつけてあるんだ。探偵ニコル・ハートではなく、大執事の得意分野の素人愛好家としてね。そう、鳴鐘術だ。大執事は昼食に招待してくれたよ。当然、今回の事件で頭のなかはいっぱいだろうから、それとなく会話をそちらに誘導するのは造作ないだろう。実は慌てて鳴鐘術の本を読んでいるところだが、本物の目を誤魔化せるはずもないので、あくまで素人愛好家で通そうと思う。

来週にはマントンを訪ねる予定だ。やはり探偵だということは伏せたままで。コーエンさん、これは大事なことだから肝に銘じてほしい。おれが事件について調査していることは、関係者には一切知られたくないんだ。もちろん、裁判の準備をしていることは予想しているだろうが、反撃を狙っている、つまり真犯人を捜しだそうとしていることは絶対に知られたくない。三人のうち、事件に無関係な者は――ひょっとしたら、三人ともそうかもしれないが――ノートンの犯行だと頭から信じているはずだ。もちろん刑事弁護士として名高いアルジャーノン卿に弁護を依頼したことは、早晩あちらの知るところとなるだろう。だが、事件関係者も、当局も、ノートンの無実を確信している我々が、手遅れになる前に全力を尽くして真犯人を見つけるつもりだとは想像すらしていない。もちろん、真犯人だって同様だ。ノートン、正直にいうと、形勢はかなり不利だと思っている。きみに隠したところで仕方ないだろう。だが、わずかでも勝算があるとしたら、真犯人に調査を気取られないことが必要不可欠なんだ。だからこの三人以外には口外無用と願いたい」

ニコルが話を締めくくると、ネーサン・コーエンが口を開いた。

「そのとおりだと思います。アルジャーノン卿は弁護を引きうけてくれ、ノートン・ペラムさんが無実を主張していることも承知しています。まだ時間はたっぷりありますが、残念ながら真犯人にたどりつけなかった場合、我々は口を挟まず、法廷戦略についてはアルジャーノン卿にお任せするのが一番でしょう。敏腕で知られたアルジャーノン卿ならば、相手の弱い点を見逃すはずはありません。闘病生活を送っていた被害者は夫と別居していた期間が長いこと、亡くなる直前にノートン・ペラムさんが処方した薬のおかげで目に見えて元気になったこと、カプセルのなかに砒素が入っていたというのはただの推測にすぎないことなどを指摘するはずです。とはいえ、新事実が判明して裁判そのものがなくなってしまうなら、それに越したことはありません」

「まさにそれを狙っているんだ」ニコルは答え、ノートンに顔を向けた。

「なあ、きみの正直な意見を聞かせてほしい。ベンジャミン卿夫妻のどちらかが、ダイアナを亡き者にしたいと願っていた節《ふし》はなかったか？　ファルコナー医師はひとまず置いておこう。直接の利害関係はないはずだからな。もちろん、間接的となると話はべつだ。金に目が眩《くら》んだ等々の可能性はあるが、そのあたりは本人に会ってみないと判断できないので保留とする。だが、ベンジャミン卿夫妻は事情がちがう。ノートンよりも長いつきあいなんだ。きみが耳にしているかはともかく、ダイアナがどちらかと仲違《なかたが》いしたことがあるなり、なにか重大な利害関係があるなりで、しこりが残っている可能性はおおいにあるだろう。三人のだれかが、それらしい話を漏らしたことはないか？」

険しい顔つきで耳を傾けていたノートンは、しばらく考えたあとで口を開いた。

「なにも思いあたることはないな。そもそも、それほど仲がいい姉妹じゃなかったんだ。連れだって出かけるとか、夢や秘密を打ち明けあうとか、そういった関係ではなかった。考え方も共通するところはなかったしね。ぼくと知りあったときはすでに、それぞれちがう将来の夢を思い描いていた。きみの耳に入れるほど重要な情報ではないが、ぼくと出逢う前はある意味でライバル同士だったといえるだろう。だが、それもぼくの登場であっさりと片がついたし、ふたりともその結果に満足していたから、特に姉妹関係に悪影響があったとは思えない。むしろ、以前より仲がよくなったくらいだ」

「ノートン・ペラムさんが解決した問題とは、具体的にはなんだったんでしょうか?」ネーサン・コーエンが尋ねた。

「実は、知りあったころはふたりともベンジャミンに好意を抱いていたんだ。彼らと一緒に食事をした折、ベンジャミンが姉妹のどちらに思いを寄せているのかわからないと、大執事から相談されたこともある。彼はふたりともと親しく、マイラとはテニス仲間であり、ダイアナともよく一緒に過ごしていたようだ。大執事としては、どちらがベンジャミンと結婚するのでもかまわないとのお考えだった。その後すぐに、もっと詳しい事情がわかった。未来の妻が教えてくれたんだ。姉妹ふたりともベンジャミンに魅かれていたと。ただ、マイラは本気で愛していた――ダイアナはそのことを見抜いていた――けれど、ダイアナは自分の気持ちがはっきりしないと感じていたらしい。

ところがぼくと出逢ってたちまち恋に落ち、本物の愛を知った。そしてベンジャミンに対して抱いていたのは、愛とも呼べない幼い感情だと気づいたそうだ。すべて本人の口から聞いたことだ。ぼくと出逢わなければ、ベンジャミンと結婚していたにちがいない。彼を好きだったし、彼との結婚で約束されている準男爵夫人という地位も、贅沢で自由気ままな生活も魅力的だったろう。だが、ぼくにひと目ぼれしたので、そうした華やかなすべてを擲《なげう》ってしまったわけだ。ダイアナはぼくしか目に入らず――」

「ちょっと待ってくれ」ニコルが遮った。「ダイアナがベンジャミン卿と結婚していただって？　どうしてそんな自信たっぷりに断言できるんだ。ベンジャミン卿が結婚を申しこんだわけじゃないだろう？　いくらなんでも、まさかそれはあるまい」

「それが、申しこんだんだよ。もちろん、だれも知らないことだし、この話は墓場まで持っていくつもりだった――当事者のふたりだけの秘密であるべきだからな。だが、たまたまダイアナから聞いていたし、いまはほかでもないぼくの人生がかかっているので、こうして打ち明けたんだ。ベンジャミンは結婚を申しこみ、ダイアナは数日で返事をすると約束した。そして返事のかわりに、ぼくと結婚すると告げたんだ。ベンジャミンはまさか断られるとは夢想だにしなかったはずだ」

ニコルはまじまじとノートンを眺めた。

「そんな大事な話を、ずっと黙っていたのか」

「当然だろう。それに、もしかしたら事件に関係あるのかもしれないが、いまさら問題になるだろうかという気がするな。ベンジャミンがダイアナをずっと恨んでいた——つまり、動機と呼べるものを見つけたと思っているんだろう?」

「推理するのはおれに任せてくれないか」とニコル。「それだけじゃない。ベンジャミン卿のことにかぎらず、知っていることはすべて話してくれ。それで、ダイアナに断られたあと、ベンジャミン卿はどのくらいたってから姉マイラにプロポーズをしたんだ?」

「数ヵ月だったかな」

それを聞いてニコルは立ちあがった。

「ひとりでじっくり考えてみたい。今日は思っていたよりも収穫があったよ。期待以上といっていい。ノートン、南仏に向かう前に、もう一度面会に来るつもりだ。それが必要になる気がする。なにかあったら、コーエンさんに面会を求めればいい。気をしっかり持って、とにかく悲観しないことだ。しつこいようだが、おれが調査をしていることは、なにがあろうと他言してはいけない。知っているのはこの三人とウォレンダー兄妹だけ。とりわけ警察当局には、助力が必要になるまでは秘密にしておきたいんだ」

その帰り道、ニコル・ハートの頭のなかは入手したばかりの情報で占められていた。ノートンが考えているよりも、はるかに重要な手がかりだという予感がする。とはいえ、ベンジャミン卿が真犯人だと疑っているわけではなかった。実は、当初からこの件で利益を得る人物だと目をつけていたのは夫人のマイラだったので、改めて夫人に焦点を絞って考察したのだ。ノートンがもたらした情報のおかげで、待ち望んでいたものが、ぼんやりとではあるが浮かびあがってきた。これを叩き台として肉付けしていけばいい。ベンジャミン卿は、プロポーズを断られたくらいで、うじうじといつまでも相手を恨むような人物とは思えなかった。それよりも、かつての熱い想いが甦《よみがえ》った可能性のほうが高いのではないだろうか。そして脚が不自由になり、二度と子供を望めない身体となった夫人が、夫の気持ちが妹に向いていると知ったらどう感じるだろうか。ダイアナが旧知のベンジャミン卿に結婚生活の悩みを相談していても不思議はない。それどころか、過去の自分の決断を嘆き、ベンジャミン卿の気持ちがふたたび自分に向くように仕向けたかもしれない。それに気づいたマイラは――

ニコル・ハートはこれでまちがいないと確信した。何度検討を重ねても、土台が揺らぐことはなかった。マイラは嫉妬に苛《さいな》まれ、妹を毒殺したのだ。判明している事実とひとつひとつ突きあわせる。ダイアナが死んだのはマイラとふたりきりのときで、ベンジャミン卿は謝肉祭から帰宅して訃報を知らされたという話だった。矛盾はない。ニコルにはもはや英国でできることはなく、南仏に出発するのを待つばかりだと思われた。

ところが、ようやく築いた土台はすぐにもろくも崩れおちることとなった。はからずもノートン・ペラムがそこにいたる道筋を指し示してくれたが、大執事を訪ねることで、ニコル自身がその道を閉ざしてしまったのだ。翌日、大執事からもたらされた情報でマイラへの疑念は氷解し、一転ベンジャミン卿へ嫌疑の目を向けることとなる。

ニコルはサルチェスターの大執事を訪ねるにあたって、名前だけは〝ローレンス〟という偽名を使うことにしたが、それ以外は特に変装の必要はないと判断した。以前、ウェストポートで大執事が事故に遭った際に車へ運ぶ手伝いをして、一度顔を合わせているのだが、あのときは怪我のせいで大執事は目を閉じていたため、顔を覚えられている心配はなかった。大執事は気さくにニコルを迎え、にこやかに鳴鐘術の話を始めたが、やはりどこか上の空の様子だった。訪ねる口実に使ったのだから、しばらくその話題に耳を傾けるのは仕方ないとしても、ニコルはできるだけ早く会話を本来の目的に転じようと決めた。

「貴重なお話ばかりですが、人間に尽きせぬ興味がある者としては、鋳鐘師の歴史に心惹かれます、大執事」

「さもありなん。だがわたくしにとっては、鐘の銘に勝るものはないのだ。個人の存在意義よりもさらに気高《けだか》い、創造主と我らとのつながりが表されているのだから。詩人のクラブはこう詠んでいる。

高き塔は世に聞こゆる鐘を抱き
堂々たる鐘は荘厳なる音を響かせる
鐘、それぞれの銘やいかに

鐘、それぞれ奉納されたなりや、というひと言もつけ加えたいところだ。銘には《我らがために祈りたまえ》といった祈禱文《きとうぶん》とともに、大天使ガブリエル、大天使ミカエル、幾多の聖人、そして聖人に並び立たずとも高潔の士の御名も記されている。歴史のあるものならば、鐘自体にまつわる話もまた並大抵ではないだろう。また、銘はレオ詩体と呼ばれることもある。修道士が始めた六歩格の詩で、美しく、神への愛に満ちており、どことなくユーモアを感じさせる。レオ詩体は十二世紀初頭に生まれたそうだ。ラテン語をご存じならば、ある行をとりあげて意見を交換しようじゃないかね」

ニコルはラテン語の知識はなかった。鋳鐘師の歴史については、その話題になったら会話の主導権を握ろうとにわか勉強をしてきたが、ラテン語で書かれた鐘の銘については、知識もなければ興味もなかった。そこで正直にそう認めると、大執事はすぐに鋳鐘師に話題を戻した。その幅広い知識と品格を感じさせる話術に、ニコルは深く感じいった。折よく、話題が鐘塔で起きた風変わりな犯罪に移ったので、ニコルはこの機会を逃さず、ごく自然に故ダイアナへと話の流れを変えた。

「鋳鐘師は実に興味深いテーマですが、そのつぎに興味を惹かれるのは犯罪学なんです。もちろん好ましくない興味を抱いているわけではなく、人間の悪の側面も理解したいと思ってのことです。いわゆる犯罪は人間の邪悪さの表れと見られがちですが、弱さが原因で起こるほうが多いことはご存じでしょうか。わたしの意見では、あらゆる反社会的行為は病理学で分析できます。大執事、失礼を承知で申しあげますが、今回のことではさぞかしご心痛のことでしょう。お嬢さんの事件はその痛ましさで世間の関心を集めていますが、心ある方はみなさん大執事に同情を寄せています。この事件は、病苦が原因で起こる犯罪を解明する手がかりを与えてくれるように思います」

大執事がどういう反応を示すかと、ニコルは固唾《かたず》を呑んで待った。事件の話をいやがることも覚悟していたが、睨んでいたとおり、大執事は話題に乗ってきた。

「なるほど、そういう考え方もあるわけか。人はあまりにも衝撃的な体験をすると、つい饒《じょう》舌《ぜつ》になるようで、わたくしも例外ではないようだ。それでは、今回の信じがたい事件は病んだ心が原因で起こったと考えてみよう。しかし、病んでいたのはわたくしの娘ではない。いまになれば、娘だけが自分の運命に気づいていたのだとわかる。ただ、雄々しい覚悟だったとはいえ、言語道断の勘違いをしたまま旅立ってしまったことは残念でならない。夫に殺されそうになっても、なんとか切り抜けて生きる道を模索してほしかった。いま、勘違いという言葉を使ったのは、逃れる道が残されているのに黙って死に赴けば、それは自殺と変わらないのだ。もっとも、毅然とした態度であったことは認めよう」

「まさに毅然という言葉がふさわしいですね。古代ローマのご婦人を思わせるお嬢さんです。そのような辱《はずかし》めに甘んじて生きながらえる方ではなかったのでしょう。その勇気に感嘆すればするほど、それゆえに犠牲になった事実が残念でなりません。このような結果になったのも、高潔な人物はそれゆえに試練に見舞われることが多いからでしょう。しかし知性や教養がある者ならば、かならずやお嬢さんの覚悟に心打たれるはずです。夫のノートン・ペラムが犯人のように思えますが、それでもただの誤解にすぎなかったと明らかになるよう、願ってやみません」

大執事はまさにうってつけの相談相手が現れたと思ったようで、目下の悩みを包み隠さず打ち明けた。ニコルは人間と犯罪学に造詣《ぞうけい》が深いばかりか、事件についても精通していると知ると、大執事はさらに詳しい事情を説明し、ニコルの意見や疑問にも熱心に耳を傾けた。

「なによりも不思議なのは、いまごろになって事件が発覚した理由です」ニコルは疑問を口にした。「そこに真相につながるヒントが隠されているかもしれません。お嬢さんが亡くなったのは一年半前ですし、ベンジャミン卿に大執事宛の手紙を託したのはさらにその前です。これほど時間がたってから手紙を受けとったことを、なんとも思われなかったのですか？」

「ローレンスさん、当然わたくしは無責任だとベンジャミンを叱責したが、彼にしてみればよかれと思ってのことだったのだ。あの手紙を目にしたら、わたくしがショックを受けると心配したようで」

「では、手紙を受けとるのがこれほど遅れたのはベンジャミン卿のせいなんですか？ てっきりベンジャミン卿は渡すつもりだったのに、夫人が大執事を慮《おもんぱか》って反対したのかと思っていました」

「いやいや、実はその逆だったのだ。ミソサザイ――幼いころのあだ名だが――娘のマイラは、ダイアナが亡くなった直後から、わたくしに手紙を渡したいと思っていたそうだ。だからそれ以来夫の説得に努めており、いつかは成功しただろう。わたくしを案じての配慮だったので、マイラとしては強く出られなかったが、ずっと気にしていたようだ」

ニコルは内心の動揺を気取られぬよう、うなずいた。仮説が根本から揺らいでいる。手紙を渡すのを躊躇《ちゅうちょ》していたのがベンジャミン卿だったとは予想外だった。マイラが犯人だとしたら、それを助けこそすれ、反対するわけがない。

「立ちいったことをうかがいますが、ベンジャミン卿ご夫妻の仲はどうなんでしょう？」

「夫婦仲は円満のようだ。だれに聞いても、ベンジャミンは立派な青年だとうらやましがられる。気立てのいい好人物だが、いささか気骨に欠けるきらいはあってな。才能には恵まれているのに、なにごとかを成し遂げたいという野心が欠けているのだ。なまじ資産があるのがわざわいしているようで、おのれが果たすべき義務がわかっていない。スポーツにばかり熱心で、慈善活動にはあまり興味がないようなのだ。手紙の件にしても、よかれと思っての行為だったのだろうが、マイラが根気強く説得しなければわたくしの手もとには届かず、背筋が凍るような真実が明るみに出ることはなかったのではないかと思っている。醜聞や無用の騒ぎを避けたいと、彼が手紙を握りつぶした可能性もある。その場合、最後の審判のその日まで、ダイアナの身に起こったことは闇に葬られたままになっていただろう」

ニコルは大きくうなずいた。

「犯罪がおこなわれたと明らかになったことだけはよかったのでしょう。本当につらい経験をなさいましたね。ご高齢にもかかわらず、厳しい試練に冷静に対処なさっていると感服しています。失礼を承知でうかがいますが、ノートン・ペラムが犯人だとお思いですか？」

「ローレンスさん、そのことについては考えないと決めたのだ。わたくしの知るかぎりでは、ノートン・ペラムはこのような冷酷非情な犯罪に手を染める人物ではない。とはいえ、人間の観察眼などたかが知れているのも承知している。彼は潔白を主張しているそうだが、ダイアナが毒殺されたのも事実だ。ノートンが手を下したのではないのなら、だれがそんなことをしたというのだろう」

「おっしゃるとおりです。では、ノートン・ペラムもやはり事件の被害者だと、いや、正確にいうならば真犯人の被害者であると仮定してみましょう。このような攻撃を仕掛ける人物にお心当たりはありませんか――お嬢さんに対してではなく、ノートン・ペラムにです。だれかが彼を恨んでいるとの噂を耳にしたことはありませんか？　被害者は周囲の評判も申し分ない好人物でしたが、ある人物に罪を着せるためだけに殺されたという事件がありました。そのような例もあるので、お嬢さんにはなにひとつ含むところはないものの、憎いノートン・ペラムを窮地に陥れることが目的だった可能性も考えられます」

「想像を絶する話だ」大執事はつぶやいた。「考えるだに恐ろしい。しかし、わたくしでは役に立てそうもない。ダイアナが亡くなる直前に一緒にいたのはベンジャミン夫妻だ。ふたりともダイアナを大切にしていたし、ノートンに対してそのような悪魔のごとき企《くわだ》てをたくらむとも思えない。それどころか、ノートンにも好意を抱いていたはずだ。ノートンを恨んでいる人物がいると耳にしたこともない。人に恨まれることなどなさそうな、人柄のいい好青年なのだ。わたくしも世話になったのでよく知っているが、腕のいい名医でもある。マイラとは特に気が合うようで、娘自身の口からそう聞いたことがあるし、ベンジャミンにしても悪感情を抱いていると感じたことはない。残るはダイアナの主治医だったファルコナー先生だが、ノートンとはマントンで会ったのが初めてだったはずだ」

ふたりはそのあともしばらく意見を交換した。ニコルがそろそろ辞去する頃合いだと考えていると、大執事が尋ねた。

「わたくしの率直な意見をいえば、やはりどう考えてもノートン以外に実行できる者はいないと思う。犯罪について詳しいローレンスさんの忌憚ないご意見をうかがいたい。ほかの者にも犯行は可能だろうか？」

ニコルはどう答えたものかとしばらく考えた。

「いまはまだ意見がまとまっていません。ですが、こうして大執事のお話をうかがう前から、ノートン・ペラムは無実ではないかと考えていました」

「ローレンスさんならば真実を探りだせるものと信じている」

ニコルはそれから二十分ほど鐘の話につきあったあとで辞去し、そのままロンドン行きの列車に飛びのった。

ニコルは新たに得たもの、うしなったものを整理した。ひとつきわめて重要な情報が明らかになった。大執事の知るかぎりでは、ベンジャミン卿夫妻はどちらもノートンとは友好的な関係で、被害者に深い愛情を抱いていたようだ。しかし、大執事の意見には首肯するわけにはいかない。考えれば考えるほど、ベンジャミン卿夫妻が事件の鍵を握っているのはまちがいないと確信するようになった。なにしろ、ふたり以外は事件にかかわることが不可能なのだ。実行したのはそれ以外の者だとしても、ふたりの協力は不可欠だろう。だがファルコナー医師については、実際に顔を合わせるまでは判断を保留とした。

ノートンの予備審問が終わり、そのまま勾留されることが決定したあと、ベンジャミン卿はマントンに戻った。いよいよニコルが南仏に向かうときが来た。

第13章　グリマルディ荘

ニコルは英国を離れる前に、ノートンの弁護士ネーサン・コーエンと面会し、大執事を訪ねたら仮説が揺らいでしまったことを打ち明けた。

「光明が見えた気がしたんだ。これが動機にちがいないと調査を始めたが、大執事の話を聞いたら根本からぐらついてしまった。正直な話、その線を追っても時間の無駄だろう。だから頭を真っ白にして南仏へ向かうことにした。あちらで会いたい人物は四人いる。ベンジャミン・パースハウス卿夫妻にはもうすこし詳しい話を聞きたいし、ファルコナー医師がどういう人物なのかも観察したい。そうそう、ノートンに確認してほしいことがある。ファルコナー医師がダイアナの主治医となる前から、彼と知りあいだったのかを聞いておいてくれ。おれはなんとかベンジャミン卿夫妻と親しくなって、グリマルディ荘に自由に出入りできるようになるつもりだ」

「調査の方向性がまったく見当違いである可能性もあります」ネーサン・コーエンが指摘した。「事件の原因は、思いもよらぬところに隠れているのかもしれません。ベンジャミン卿をじっくり調べるべきだという気がします。なにしろ動機があるわけですから。手紙を隠しもっていたことが、どうしても頭から離れないんです。もしこんな卑劣な犯罪を仕組んだとしたら、もとは真っ当な人間でも異様な怪物へと変身していることでしょう。しかしそれでも、どれほど恨んでいたとしても、家柄もいい教養ある人物が、そのような人非人に身を落とすような真似をするとも思えません」

「大執事の話では、気立てのいいのんきな御仁らしい。裕福な貴族としての義務には見向きもせず、スポーツにばかり血道をあげているようだ。たしかにテニス選手としては一流だな。

いくらなんでも、犯罪者としても一流ということはないだろうが。事件には無関係かもしれない。試合を観戦したこともあるし、実際に会ったこともある。ベンジャミン卿を追ったところであまり期待はできなさそうだな」

「夫人はどうです?」

「最初は夫人が怪しいかと思っていたんだが、その線も薄そうだ。いまではふたりとも潔白かもしれないという意見に傾いている。夫人は手紙を大執事に渡すべきだと終始一貫主張していたらしい。もしベンジャミン卿が犯人だったら、ダイアナの死後、すぐに手紙を処分したはずだ。いっぽう夫人が毒殺犯なら、やはりなにをおいても手紙を処分させたにちがいない。なんらかの理由でノートンを陥れたいと思っていないかぎりは。しかし、おれが聞いたかぎりではノートンは夫人に好意を抱いているし、大執事もふたりは気が合う友人だったといっていた。とにかく、二週間以内に成果を報告するよ。なにも探りだせなければ、あとはアルジャーノン・ハンター卿に託すしかないだろう。だが、マントンに行けば道が開けるような気がするんだ。きみがいうように異様な事態だから、ほかに選択肢はないがね」

ネーサン・コーエンがつけ加えることはなく、ふたりの協議は終わりとなった。ニコルはかねてから南仏でどのような人物に変装するかを考えていたが、ベンジャミン卿に気に入られるよう、療養のために南仏に滞在しているスポーツマンに扮すると決めた。マントンに到着したらファルコナー医師に近づき、ベンジャミン卿夫妻に紹介してもらう心づもりだった。

だがファルコナー医師の前に、会っておきたい人物がいた。ダイアナの看護師を務めていたミリセント・リードだ。たまたまニコルの妹の友人で、その人となりを聞いていたのだ。マントンに到着した翌日、ニコルはミリセント・リードに秘密を打ち明けた。まず〝アーサー・タルボット〟という偽名で〈英国ホテル〉にチェックインすると、その晩のうちにミリセント・リードを訪ねて本人であることを確認した。そして翌日、仕事中のミリセント・リードと会い、本名と南仏を訪れた真の目的を明かしたのだ。ミリセント・リードは快く、知っていることをすべて教えてくれた。

人目に立たない小さな店でお茶を飲みながら、ミリセント・リードは半時間ほどニコルの様々な質問に答えた。ニコルは金縁の鼻眼鏡をかけた程度で外見はあれこれ小細工せず、ゆっくりと歩いたり、中年男らしい落ち着いた声で話すことで、実際よりも老けて見せていた。しかし、すぐにそこまで骨の折れる変装をする必要はないと気づき、その後は高価な流行の服を身につけ、自由気ままに行動するために使用人を連れていない金持ちのふりをするだけにした。

ミリセント・リードはニコルと顔を合わせるのは初めてだったが、かねてからその冒険譚を耳にして興味を抱いていた。だからニコルがひそかに調査を始めると聞いて感激し、開口一番、ノートン・ペラムは冷酷に殺人を犯すような人物ではないと信じていると伝えた。

「ダイアナの専任看護師を務めているあいだ、家族について印象に残っていることはないだろうか。かなり時間がたっているし、仕事で忙しくて患者以外のことはあまり覚えていないかもしれない。でも家族全員を目にしていたわけだから、なにか覚えていることがあれば教えてほしいんだ。それ以外にも、いくつか訊きたいことがあるんだが」ニコルはいった。

「ええ、なんでもお答えします。事件が明らかになると当然マントン中が大騒ぎになりました。ペラム夫人を看護していたあたしは質問攻めに遭って、いいかげんうんざりしていたところです。面白半分で話題にすることではないと思いますし。だからノートン・ペラムさんはそんなことをする人ではない、という以外はなにも答えないことにしています。その点を疑ったことは一度もありません。あたしが看護していたのはペラム夫人の容態がかなり悪くなってからですが、原因がはっきりしないのはたしかに疑問でした。最初、マントンに向かう列車で偶然知りあったときは、とても感じがいい人だと思ったのをよく覚えています。グリマルディ荘を訪ねてほしいと誘われたんですが、残念ながらその機会はありませんでした。その後、急に看護を頼みたいと連絡があったんです。あたしのことを思いだして、ちょうどいいと考えたのでしょう。ところが再会したら、想像していた以上に具合が悪そうな様子で驚きました。そしてペラム夫人についてもいやというほど知ることになりました」

「いまも感じがいい人だと思っている?」

「残念ながらその印象は変わりました。お互いの考えに共通するところがほとんどないとわかったので。ペラム夫人はとにかく楽しいことが好きで、器量自慢でもありました。具合が悪いのに、服や見た目にこだわるのでびっくりしたものです。あたしがおしゃれにそれほど興味がないせいかもしれませんけど。ペラム夫人はそれは美しい方でしたから、自然なことだったんでしょう。病人らしく見えないように、美しく装っていました。病気になったことに腹を立てていて、その怒りを周囲にぶつけているようにも見えました。自分以外の人はどうでもいいという感じで。もちろん、人は病苦を経験して初めて、健康だからこそすべてを享受できたことに気づくものなので、無理もないことですが。それに読書や芸術など楽しく時間を過ごせるものに興味を示すことはほとんどなく、気分がいい日はくだらないことで体力を消耗していました。

レディ・パースハウスと車でロワイヤ渓谷のかなり上まで出かけたことがありました。山奥のサン・ダルマッツォに暮らしている昔の乳母を訪ねたとかで。それで身体が冷えたのか、また体調が悪化してしまったんです。そうなると意固地になり、周囲にやつあたりしていました。正直いいますと、ペラム夫人が快方へ向かったので暇乞《いとまご》いしたときは、ほっとしました」

「それ以来、会っていないのか?」

「ええ、どうしているかも知りませんでした。それが亡くなる一週間前に、ばったりレディ・パースハウスにお会いしたんです。そのときに様子をうかがうと、あいかわらず一進一退だったけど、最近驚くほど元気になったので、このまま快復に向かうと期待しているというお話でした。その一週間後、いきなり亡くなったという知らせを聞いたんです」

「不審に感じなかった?」

「ええ、まったく。ペラム夫人が元気になる日は来ないだろうと思っていたので、これで楽になれただろうと考えたくらいです。ファルコナー先生もおなじ意見だったんじゃないでしょうか。葬儀にうかがったら、ベンジャミン卿からお礼をいわれました」

「ベンジャミン卿の印象はどうだった?」

「親切で、一緒にいて楽しい方です。それに辛抱強いですし。看護していたころ、よく半時間ほどペラム夫人の話し相手をなさっていました。ペラム夫人はひどい態度で、笑顔すら見せないこともあったんですが、ベンジャミン卿は気の毒に思っているようで、いつも言葉を尽くして励ましていました。いまなにをしているかとか、マントンに集まっている顔触れだとか、テニスの試合の結果などを話題にしていたようです」

「怪しげだと思った人物はいなかったか?」

「なにか怪しいと感じたことは一度もありません。たしかに毒物が原因じゃないかと疑いたくなる症状でしたが、だれかが毒を盛っているとは頭をかすめもしませんでした。そんなことを疑う理由もありませんでしたし。もちろん、家族とはたまに顔を合わせる程度でしたが、だれかが病気になると家族は病人のもとに集まります。患者も家族も看護師とふたりになると、気を許してぽろりと胸中を明かすものなんです。それなので、看護師はみなさんのちょっとした本音を耳にする機会が多いんですけど――」

「それでも、よからぬことがおこなわれていると漏らす者はいなかったと？」

「そうなんです。ペラム夫人はご主人を疑っていたようで、それをレディ・パースハウスに打ち明けたような気配は感じました。でも、あたしにそのようなことをほのめかしたことはありません」

「レディ・パースハウスは？」

「みなさんに倣って呼んでみますが、お気の毒なミソサザイさんがなにかを疑っている様子はありませんでした。病人の妄想だと、本気にしなかったんじゃないでしょうか。あたしがおなじことを聞かされたとしても、まちがいなくそう思ったはずです。家族のだれかがあんな恐ろしいことをするなんて、想像もできません」

「レディ・パースハウスの印象はどうだった？」

「あたしはペラム夫人よりも好きでした。鷹揚な方で。ご存じでしょうが、事故で大怪我をして、これから一生不自由な身体で生きていかなければならないんです。何度かご自分の悩みを漏らしたことがあり、ご主人と喜びを共有できない悲しさを口にしていました。本当に感じのいい女性で、辛抱強くペラム夫人の看病をなさっていましたね」

「ベンジャミン卿夫妻の夫婦仲はどうなんだろう」

「あたしの目には、とても仲睦まじいおふたりに見えました。ベンジャミン卿は心から奥さまを愛しているご様子で。奥さまのくじけない勇気や忍耐心を褒めたあとで、ペラム夫人もすこしは姉を見倣ってほしいとこぼしたことがあります。また、ここだけの話だがと前置きして、子供ができない身体になったのだけは残念でならないといっていました。財産の話になったときは、どれだけあったところで解決できない問題はあると」

「ペテン師じみた顔を見せることはなかったか？　相手の気を惹くために、口からでまかせをいうような」

「まさか。そんな方じゃありません。少なくとも、そう感じたことは一度もありませんでした。ペラム夫人に託された手紙を一年半も隠していたんですから、ちょっと変わった方だったんでしょうけど。でも、それはちゃんとした理由があってのことですし」

「むしろ、度量の大きい人だった？」

「そうはいいませんが――ごく普通だと思います。とにかくスポーツが大好きという印象しかありません」

「ベンジャミン卿はノートンのことをどう思っていたんだろう？」

「それはわかりませんけれど、あたしの前では親しい雰囲気でした。考えてみればまったく正反対のタイプです。ベンジャミン卿は気の毒だと思っていたようですが、いつだったかペラム夫人と結婚したのがまちがいだったといったことがあります。そのまま昔話を始めそうになったので、あたしは慌てて遮りました。想い出話を聞いても仕方がないので」

ニコルは微笑んだ。

「ノートンのことは好きだったのかな」

「それはもう。本当にお気の毒で、悩んでいる姿は痛ましいほどでした。まさに運命に打ちのめされたとしか」

「ダイアナはノートンをどう思っていたんだろう？」

「おふたりが一緒のところはほとんど見たことがありませんが、ペラム夫人は嫌っていて、驚くほど冷たい態度でした。殺されると思いこんでいたなら、無理もないですけど。実は、どうしても納得いかないことがあるんです。ご主人に毒を盛られていると知って、生きていく希望をうしない、好きにさせておいた――つまり毒と承知のうえで薬を飲んでいたわけですよね。そんなこと、とても信じられません。ペラム夫人は人生を大切に思っていました。生きることがすべてだったはずです。そんなペラム夫人が、よりによって愛の冷めた相手からじわじわと殺されようとしているのに、黙ってなすがままになっているなんて。ご主人に殺されるなんて本気で思っていなかったんじゃないでしょうか」

ニコルは身を乗りだした。

「でも、それではペラム夫人の死がますます不可解になってしまいますね」ミリセント・リードは続けた。

「それをいうなら、なにもかもが不可解なんだ。亡くなる直前、ダイアナは体調がいい日が続いていた。また、ノートンが送ったカプセルを毎日飲んでいたかどうかも、おおいに疑問が残る」

「ペラム夫人が殺されると信じていたかも、やはり疑問です。本当にそう考えていたとしたら、ご主人が送ってきたものなど口に入れるはずがありません」

「グリマルディ荘に出入りしていて、毒のカプセルとすり換えることができる人物はいないだろうか？」

「それは考えられません。使用人はペラム夫人を敬遠してましたが、人柄のいい若夫婦で、そんなことをしたところで得るものはなにひとつありません」

「フランス人の娘もいたとか」

「ええ、いとこ同士だそうです」

ふたりは一時間ほど話をして別れた。ニコルはミリセント・リードに好感を抱いた。愛想がよくて頭の回転が速く、ニコルの目的を理解して快く協力してくれたことはもちろん、なによりもノートンは無実だとかたく信じていることに力づけられた。マントンを離れる前にもう一度会うことを約束したが、場合によっては調査を助けてもらうことも考えていた。彼女ならば目立たぬように力を貸してくれるだろう。また、どこかでばったり顔を合わせても、初対面のふりをするように頼んでおいた。

続いてファルコナー医師を捜しだし、肩から脇腹にかけてひどい関節炎に悩んでいるという口実で診察を受けた。

ニコルはさしたる苦労もなく、若いファルコナー医師の人となりを把握した。単純な性格のようだが、最近世間の耳目を集めているせいでいささか神経質になっている様子だった。毒殺事件の被害者の主治医だったため、いまではちょっとした有名人なのだ。まさに結果論なのだが、死亡時に検屍解剖をおこなう指示を怠ったと非難を浴びていた。だが専門家たちは彼に同情的だったし、本人も仮にもう一度おなじ状況に置かれたとしても、やはりおなじ判断を下すと断言していた。

ファルコナー医師は肩を診察して、柔軟運動をするのが一番効くと助言しながら処方箋を書き、慢性化する心配はないと保証した。それとなく本来の目的に話を向けるところまでは容易だったが、そこからのニコルのあては外れた。ベンジャミン卿に紹介してもらうつもりだったが、ほかの手段を考えるしかないようだった。最近グリマルディ荘に戻ってきたベンジャミン卿夫妻とは、以前とちがって疎遠になっている様子なのだ。

ニコルは肩について相談しながら、それとなく医師をおだてて、親密な雰囲気を作りだした。

「実はテニスが好きなので、なんとかベンジャミン卿とお近づきになれないかと思ってましてね。おれの場合は下手の横好きですが、ベンジャミン卿の大ファンなんですよ」

「最近はテニスどころではないでしょうね、タルボットさん。なにしろあんな事件が起こっては」

「それでもテニスの話くらいはできるんじゃないでしょうか。図々しいお願いですが、紹介状を書いていていただけませんか」

ファルコナー医師はかぶりを振った。

「申し訳ないですが、ご期待には添えません。ここだけの話ですが、ペラム夫人が亡くなってから、いくらか関係が変化したんですよ。訪ねてもくれませんし、一年近く留守をしていたとはいえ、戻ってきてからもなんの連絡もありません。考えすぎかもしれませんが、少なくとももう一度顔を合わせるまでは、だれかを紹介するのは控えようと思っています」

「ベンジャミン卿夫妻は主治医を変えたんですか?」ニコルが直截《ちょくせつ》に尋ねると、医師はかぶりを振った。

「まさか――いや、断言はできませんが、それはないでしょう。そのうちロンドンで顔を合わせるのはたしかですし。どちらも裁判で証言するので――ペラム事件の裁判です」

「検察側の証人ですか?」

「ええ。とはいえ、ペラムを擁護することになるでしょうね」

「ノートン・ペラムは犯人ではないという意見なんですか?」

「とても犯人とは思えないですよ。彼がこちらに滞在しているときはよく顔を合わせましたが、見ていて気の毒なほど夫人の病気に心を痛めていました。夫人のほうはけんもほろろで、むしろ避けているようでしたね。そんな恐ろしい疑いを抱いているとほのめかすことはなかったですが、夫は心配しているふりをしているだけだから、信用ならないと漏らしたことがありました」

「ペラム夫人はどういう女性でした？」

「賑やかなことが大好きで、社交的な方でしたね。そんな女性がいきなりすべての喜びを奪われたわけです。それでもくじけないことには感心しましたが、容態が悪化した日にはかんしゃくを爆発させることもありました。ぼくは好かれていたようで、大抵は機嫌よく迎えてもらえましたが、驚くほど当たりちらされたこともあります」

「なるほど。マントンに戻ってきたベンジャミン卿夫妻はどうなんでしょう。先生とおなじく、ノートン・ペラムは犯人ではないという意見なんですか？」

「それはわかりません。レディ・パースハウスはぼくと会うと妹さんを思いだし、悲しい記憶を呼び覚まされてしまうのかもしれません。ぼくはそう解釈しています」

「感受性が鋭い女性なら、それも充分考えられますね。体調が思わしくないときは、真っ先に先生を訪ねてくることでしょう」

ニコルは処方箋を受けとり、一週間くらいのうちにホテルを訪ねてくれと誘った。

ファルコナー医師はなにひとつ隠し立てしていないと確信した。これといった取り柄もなさそうな平凡な人物だが、似たような女性を相手にすれば、上《うわ》っ面《つら》だけの魅力でも通用するのかもしれない。

ニコルは改めてグリマルディ荘に考えを巡らせ、自力でいますぐベンジャミン卿夫妻に近づく方法を思いついた。

難しい作戦は必要なかった。あらかじめグリマルディ荘近辺を調べたときに、近くの山道から何度か庭にいるマイラが見えたことを思いだしたのだ。とある午後、ベンジャミン卿夫妻が広々としたベランダにいるときを見計らって、ニコルは横手にある小さな門から庭に入りこんだ。上流階級らしい物腰でふたりの前に立ち、疲れきった表情で麦わら帽子をとる。

ベンジャミン卿が不審そうに立ちあがると、ニコルは失礼を詫びた。

「無断でお邪魔し、申し訳ありません。恥ずかしながら限界でして、水を一杯所望できませんか。山歩きをしていたら、一時間ほど道に迷い、やっとのことで降りてきたところです。すわ砂漠のオアシスだと、よきサマリア人のお情けにすがりたいと思いまして」

ベンジャミン卿は笑顔になった。

「どうぞおかけください。なにか飲むものを持ってきましょう。これは家内で、ええと――」

「アーサー・タルボットです。ここは関節炎によかろうと、ロンドンから来ました」

マイラに会釈して腰を下ろすと、ニコルは改めて詫びた。

「いや、礼儀知らずでお恥ずかしいかぎりです。ご容赦ください。正直申しますと、これほど喉が渇いたのも生まれて初めてなら、脚がこんなに痛むのも初めての経験です。ラバですれちがうのがやっとの山道は、のぼるよりも降りるほうが大変ですね」

「そうですわね。自由に歩けたころ、わたしものぼるほうが好きでしたわ」マイラは小さくため息をついた。「どのあたりに行かれたのですか、タルボットさん」

「実はそれすらもはっきりしないのです。今朝車でカスティヨンまでのぼり、深く考えもせずにマントンまで歩いて降りるつもりでした。優に百五十キロ以上は歩いた気分です。大きな栗の木陰で一時間ほど昼寝をしたような記憶があります。それにしても、いくら喉が渇いていたからといって、このような無礼を働く言い訳にはなりませんが」

「喉の渇きでしたら、もうご心配には及びませんわ」マイラは微笑んだ。

ニコルは眺望を絶賛した。

「これはみごとな眺めですね。マントン一ではありませんか。目の疲れが吹き飛びます。どうすれば芝生をこれほど鮮やかな緑に保っておけるのでしょう。おお、東西の入り江がキューピッドの弓のようです。ロンドン暮らしなもので、南の陽光のもとでは、母なる自然がこれほど眩《まばゆ》く輝くとは存じませんでした」

世間話をしていると、ベンジャミン卿が使用人を従えて戻ってきた。使用人がソーダとカットグラスのウィスキーの瓶を載せた盆をニコルの脇に置いた。

「ご親切に感謝の言葉もありません」

ニコルは喉の渇きを癒し、感嘆の声をあげた。

「戦前のウィスキーですね。さすが、味がちがいます」

メイドがお茶を運んできたのを機に、ニコルは立ちあがった。

「そろそろお暇《いとま》いたしませんと。ご親切に痛みいります。お礼をさせていただきたいのですが、〈英国ホテル〉で晩餐をご一緒できないでしょうか」

マイラは夫に顔を向けた。ベンジャミン卿は即答しなかった。

「いかがでしょう、ベンジャミン・パースハウス卿」ベンジャミン卿が不審げに顔をあげたので、ニコルは微笑んだ。

「これは失礼。ようやく思いだしたもので。最初からどこかでお会いしたような気がしていたんですが、お名前を失念しておりました。わたしもテニスが大好きで、ベンジャミン卿の試合も何度か拝見しました」

ベンジャミン卿はそれを聞いて表情をやわらげ、マイラがニコルを引きとめた。

「もうすこしゆっくりなさってくださいな。お茶をいかがですか」

ニコルは礼をいって、腰を下ろした。

「こちらに来たら、有名選手にお会いできるかもしれないと期待していたんですよ。もちろん、試合シーズンがまだ先なのは承知していますが。いまも練習はされていますか？　よろしければ、一度見学できないでしょうか」

「いまはあまり表に出たくないんです」ベンジャミン卿が口を開いた。「ご招待の返事を躊《ため》躇《ら》っているのもおなじ理由でして――なあ、マイラ」

マイラはうなずき、小さなため息を漏らした。

ニコルは眉をひそめ、記憶を探るふりをした。

「ああ、そうでした。大変な目に遭われたんでしたね。このあたりでは、だれもが寄ると触るとその話ばかりしているようです。そんなときになんと無神経なと呆れられたことでしょう。失礼の段、お詫びします」

そのまま沈黙が続いたので、ニコルは話題をテニスに戻した。腕は下手の横好きに近いが、試合観戦に目がないテニス好きのふりを続けていれば安全だった。なかでもみごとだったベンジャミン卿のプレイを、いくつか例を挙げて熱弁する。

「試合を観戦していたファンはみな、空を仰ぎましたよ。三年前、ベンジャミン卿がティルデンを破ってくれるものと期待しておりましたのに、なんと準決勝で消えてしまわれたんですから」

ベンジャミン卿は我が意を得たりとばかりに、敗退の理由をいくつも挙げた。どうやら話に引きこまれた様子なので、ニコルが何度か議論をふっかけると、ベンジャミン卿は筋金入りのファンだと納得したようだ。マイラも会話に参加したので、彼女が引退してしまったのはテニス界にとって大きな痛手だと声をかけた。

「実に残念な出来事でした。レディ・パースハウスにとっても、テニス界にとっても」マイラが事故について説明すると、ニコルは優しい言葉で慰めた。

ベンジャミン卿夫妻は、裁判が終わるまでは社交行事に参加しないとニコルの招待を断った。しかしかわりに晩餐に招待されるという願ってもない成り行きになった。ニコルが遠慮しているふりをしていると、ベンジャミン卿は熱心なファンとの会話が楽しかった様子で、ぜひにと誘った。マイラに顔を向けると、夫人もおなじ意見のようだったので、お言葉に甘えると返事して辞去した。約束の晩、夫人にはすてきなカーネーションの花束、ベンジャミン卿には見逃したといっていた最近のテニスの試合結果を手土産として持参した。

ニコルはすっかり夫妻に気に入られ、食事が終わるころには、そもそもの目的である事件を話題に持ちだしても違和感がない雰囲気になった。

だが、話の口火は夫妻に切らせようと、目立たぬように会話を誘導した。

ベンジャミン卿は数週間したらロンドンに戻る予定だと述べた。

「あの悪辣《あくらつ》な事件のせいです」

「すべてが片づいたら、ほっとなさるでしょうね」とニコル。「敢えて触れまいと思っていましたが、ひどい出来事だと心を痛めております。気の休まる暇もないでしょうが、世間の記憶などいいかげんなことが救いといえるでしょう。半年もたたないうちに、事件のことなど忘れてしまいますよ」

夫妻の表情は暗いが、むしろ事件の話を望んでいる様子だった。

「どのみち世間の噂などくだらないものだ」ベンジャミン卿が嘆いた。「しかしこの事件はあまりにも無惨で。できれば裁判など避けたいと思っていたが、力及ばなかったものは仕方ない」

「主人は批判の矢面《やおもて》に立たされるだろうと覚悟しているんです」マイラが説明した。「手紙をすぐに渡すべきだったといわれるのはまちがいありません。よかれと思ってのことだと理解してはくれないでしょう」

「そうでしょうね。しかし手紙を隠したところで、ベンジャミン卿には得るものなどなにひとつありません。義父を慮《おもんぱか》っての行為なのは一目瞭然です」ニコルは答えた。

「そうなんです」とマイラ。「こんなことになるなら、ダイアナの疑いを聞いたときに――かわいそうな妹が亡くなる前に、ファルコナー先生やノートンにきちんと伝えておけばよかったと後悔しています。あのときはあまりに突拍子もないと――どう考えても、まさか現実に起こるとは」

「とはいえ、そう珍しい話ではないでしょう、ベンジャミン卿」

「では、きみはノートンが犯人だと考えているのか?」

「そういうわけではありません」ニコルは答えた。「もっとも新聞記事を読んだだけで、事件の概略しか知りませんが。容疑者の弁護方針は聞いていますか?」

「いや。無罪を主張するだろうが、どのような方針をとるつもりなのかは見当もつかない。

逮捕されたのが知らない男ならよかったんだが。ノートンの力になってやりたいと思っている。家内はすべて仕組まれたことじゃないかという意見なんだ。ダイアナの性格ならば、だれよりもよくわかっているし。そうだよな、ミソサザイ」

「ええ、そうなんです。夫が自分を毒殺しようとしていると気づいて、それを証明したいなら、ダイアナはあんな行動に出ません。もちろん、それを悟ったショックで生きる気力を奪われる女性もいるでしょうが、妹はちがいます。父に宛てた手紙も本物とは思えません。ダイアナならば、なんとかしてノートンの尻尾をつかみ、いまも生きているはずです。黙って毒を飲みつづけるなんて、一番妹らしからぬふるまいです。絶対に信じられません」

「しかし、あの手紙は本人が書いたものでまちがいないんですよね」ニコルは確認した。

「ええ、筆跡の専門家に鑑定してもらったところ、疑問の余地はないそうです。きっと手紙を書いたときは、ある意味で正気をうしなっていたにちがいありません。元気になると、手紙のことは忘れてしまったんじゃないかしら。それどころか、そもそもどうしてそんな手紙を書いたのかすら覚えていなかったと思います。怒りに任せて書いたか、あるいは、たまにそういうこともあったんですが、もう長くはないと思いこんでペンをとったのかもしれません。その後快方に向かってからは、新たに希望を見いだし、手紙のことはきれいさっぱり忘れてしまったんでしょう」

「おふたりのどちらかが、手紙を話題にしたことはなかったんですか?」

「それを怠ったことを後悔している」ベンジャミン卿が答えた。「話をしておけば、ダイアナは自分が勘違いをしていたと気づいて、手紙を焼いてくれと頼んだかもしれない」

「しかし、毒殺されたことはまちがいないんでしょう？」

「ああ」

「それでも、ノートン・ペラムが犯人だとは思えないんですか？」

「家内はそうではないと確信しているが、ぼくはなんともいえないと思っている。この件については家内と数えきれないほど話しあってきた。冷静に考えれば、ノートン以外が犯人である可能性はまずないだろう。しかし人柄を考えると、彼にそんなことができるはずはないと思う。家内は理屈抜きで犯人じゃないと信じているしな。ぼくもそんなはずはない、ノートンは犯人ではないと思いたい。しかし、そこで大きな疑問が生じる。それならば犯人はだれなんだ？　どこに隠れている？　残念だが、薬の知識があり、そのうえ動機もある人物など、ノートン以外にはいないんだ」

「レディ・パースハウス、ノートン・ペラムは無実だと確信なさっているなら、犯人はだれだと思いますか？」ニコルは尋ねた。

「こんな意見では、ノートンを救うことはできないでしょうけど。わたしは薬剤師がうっかりまちがったんだと思います。毒入りのカプセルが紛れこんでしまったんだと。だから、だれが悪いわけではなく、不幸な事故だったんですわ。それを証明することはできませんし、妹が長いあいだ謎の病に苦しめられた理由も、わからないままになってしまいますけど」

ニコルはかぶりを振った。

「それではだれひとり納得させることはできないでしょう。どんなにぼんやりしている薬剤師でも、うっかり砒素《ひそ》をカプセルに入れてしまうことは考えられません」

「そもそもカプセルに毒が入っていたのかという点に疑問を持つ人もいるはずです」とマイラ。「亡くなった日、ダイアナは昼食を終えるとひとりで自室に引きとったんです。このとき薬を飲んだのかどうかはだれにもわかりません」

「食事のあとで家内が淹れたコーヒーを飲んだのはまちがいない」ベンジャミン卿が口を挟んだ。「しかし、あの時点でダイアナの死を不審に思う人間はいなかったということを思いだしてほしい。だれもがいつかその日を迎えるものと覚悟していた」

「ノートン・ペラムもやはり重症だという意見だったんでしょうか」ニコルは尋ねた。「妹さんの症状について話したことはありませんか？」

「しょっちゅう話していましたし、それは主人もおなじです。ノートンは以前のように元気になることはないと観念していました。いつその日が来ても不思議ではないと考えていたようです」

「ああ、実に冷静に状況を分析していた」ベンジャミン卿が言葉を添えた。「主治医のファルコナー先生も同様で、予想どおりだとまったく驚かなかったな」

「ますます謎めいてきましたね」とニコル。「こんな話は聞いたことがありません。それで妹さんのいまわの際《きわ》、ノートン・ペラムはどういう様子だったんですか？」

「不在だったんだ」ベンジャミン卿が答えた。「行きちがいがあって連絡が遅れてしまってね。実はノートンはそのとき死の床にある母親を看取っていた。そしてダイアナ死去の報を聞いても駆けつけてはこなかった。どうせ葬儀にはまにあわないと思ったからなのか、やってきたのは数週間後だった」

「連絡がなかったことに、ほっとしたような印象でしたわ。わたしも主人も、てっきり相手が電報を送ってくれたものと思いこんでいたんです」マイラも口を添えた。

「立ちいったことを尋ねるようですが、いまもノートン・ペラムに対する好意は変わりませんか？」

「もちろんです。ただ、ダイアナが亡くなったあとは会っていませんけど」

「妹さんの疑いは正しかったと思ったからですか？」

「まさか、ちがいます。主治医すら不審に感じなかったんですから、わたしたちがそんなふうに思うわけがありません」

「妹さんの疑いを打ち明けていても、主治医の反応はおなじだったでしょうか？」ニコルが尋ねると、ベンジャミン卿はあのときどうしようか迷ったと答えた。

「一応耳に入れておこうかと考えたし、いまとなれば黙っていたことを後悔している。しかし、あのとき打ち明けたところで、ファルコナー先生も真に受けなかっただろう。話していたら検屍解剖をおこなうことになったのかもしれないが、無駄に終わるとわかっていながら騒ぎを起こすのも気が進まなかった。だから話さなかったんだ」

「ファルコナー先生に打ち明けるべきだったと思います？」マイラが尋ねた。

「とんでもない」ニコルは即答した。「そんな思いは頭に浮かびもしませんでした。おふたりとも、妹さんの疑いは妄想にすぎないと確信してらしたのだから、口を噤《つぐ》んでいたのは当然でしょう。長患《ながわずら》いだったうえ、主治医からいつその日を迎えても不思議ではないと聞いていたんです。忌まわしい行為がおこなわれたと疑問を持つ者などいるはずがありません」

「ぼくもまさにおなじ意見だ。だが、家内は自信がないようでね。あの手紙を破り捨てておけばよかったと後悔するときもある。そうしたら、こんな厄介な事態にはならなかった」

「裁判でノートン・ペラムが極刑の判決を受けたら、無実の人間が絞首刑になってしまうと心配なさっているという意味ですか？」

「その懸念が頭を離れることはないだろうな。なにしろ家内は彼が無実だと信じているんだ。しかし、極刑を逃れる妙案も思いつかないが」

「絞首刑にはならないんじゃないかしら。これだけ時間がたっていては、有罪だと立証するのは難しいでしょう。すべて状況証拠ですし」マイラがいったが、ニコルは楽観的すぎると感じた。

「真犯人が見つからないかぎり、極刑は免れないでしょうね」とニコルは応じた。「それどころか、まずまちがいなくほとんどの人が有罪だと断ずるでしょう」

意見が出尽くすまで三人でとことん検討したが、しまいには話は堂々巡りになってしまった。

そのあいだニコルは冷静にマイラを観察していた。ベンジャミン卿よりもよっぽど饒舌《じょうぜつ》で、夫の話を遮って自分で説明することもままあった。事件に並々ならぬ関心があるようだ。ノートンは無実だと確信しているが、それを裏付ける仮説は思いつかない様子だった。

夜十時になるとニコルは暇乞いしようと立ちあがり、改めて心からの見舞いの言葉をかけた。

「今日はご馳走さまでした。事件の望ましい解決を祈っています。おっしゃるとおり、被害者の夫がそのような冷酷な犯罪に手を染めるとはとうてい信じられませんが、どのような弁護方針がいいのかは見当もつきません。もしかしたら、ノートン・ペラムは亡くなった妹さんを恨んでいる人物に心当たりがあるかもしれませんが」

「恨みですって？　ダイアナを恨んでいる人などいるはずがありませんわ、タルボットさん」

それを潮にニコルは辞去し、またたく星空のもと、静かなオリーブ畑を眺めながら歩いた。頭のなかではなにかが動きだしていたが、具体的にどういった像を結ぶのかは判然としなかった。ベンジャミン卿夫妻が正直に話しているように見せて、実は隠しごとをしていたのは気づいていた。しかしそれがニコルに対してだけなのか、つまり夫婦のあいだに秘密はないのかどうかまでは判断がつかなかった。ともにすべての事情に通じているのか、あるいは夫だけ、もしくは妻だけが秘密を抱いているのか。最初のうちはマイラのほうが事情通であるという印象を受けた。しかし夫妻どちらの意見ももっともで、ふたりとも警戒したり、口ごもったりする様子もなく、胸襟《きょうきん》を開いて意見を述べている様子だった。ふたりの意見が食い違う場面もあり、後半ベンジャミン卿は、手紙を処分して口を噤んでいればよかったと公言してはばからなかった。そんな述懐は信用を落とすだけと承知していながら、一向に気にならないようだった。

しかし、彼が事件になんらかのかかわりがあったなら、捜査がおこなわれるのを阻止するために、あの手紙は即刻廃棄したはずだ。ダイアナが毒殺された事実を承知していたとしたら、彼自身が事件にどうかかわっているかによるが、その事実をすぐに公表するか、あるいは永遠に闇に葬るかのどちらかだろう。マイラもまたおなじことで、事件にかかわりがあったら手紙の存在は隠しておきたいはずで、公表したがるはずがない。ではマイラが妹を殺そうと毒入りカプセルを与えたとしたらどうだろう。しかし、毒殺の事実を明るみに出すきっかけを作ったのは、ほかならぬマイラなのだ。マイラが真犯人だったら、父親に手紙を渡そうと主張するはずはない。

ベンジャミン卿夫妻は——単独犯にしろ、共犯にしろ——どちらも容疑の対象から外してよさそうだ。ニコルがそう結論づけると同時に、尋常ではない考えが不意に浮かび、徐々に像を結びはじめた。そのうちニコルは電気に打たれたかのごとく足を止めた。それがグリマルディ荘からの帰り道の、どの地点だったのかも正確に覚えている。ニコルはまさか現実に起きた犯罪とは思えない、黒い闇のように漠然とした疑いに目を凝らした。いくらなんでも不可能だろう。それとも人間の能力で可能なのだろうか。マイラのことは脳裏から消え、ベンジャミン卿の人柄と性格をじっくりと考えた。

しばらくして、さすがに奇想天外すぎるとその仮説を検討するのをやめた。ところが、気づくとまたそのことを考えている。何度振りはらっても、どうしても頭から離れなかった。仮説は黒々とした実体と化して、すぐ隣を歩きながら、ありえないと立証されるまではこの可能性を追えと迫ってきた。

「まさか、いくらなんでもありえないだろう」ニコルはひとりごちた。「しかし、これが真相でなければ、ノートンは破滅だ。これ以外、希望の光が見つからないのも事実なんだ。だが、常軌を逸している。とても現実のこととは思えない」

第14章　ムッシュー・カミュゾ

ニコル・ハートは思いついた仮説を何度となく忘れ去ろうとしながらも、どうしても考えずにはいられなかった。事件の詳細をひとつひとつ仮説に照らしあわせたところ、仮説を真っ向から否定するような出来事は起こっていなかった。しかしニコルが知らないだけで、実は起こっている可能性が高かった。これまでの経験なり、蓋然性なりで考えれば、夢幻のような仮説を退《しりぞ》ける事実はあるものと見なすべきだった。

とはいえ、刻々と期限は迫っているのに、それ以外に追うべき道も発見できていなかった。ニコルはようやくその仮説の真偽をたしかめる方法を思いついたが、簡単に確認できることではないので、成功するかどうかは運次第だった。しかもそれに失敗したら、さらに困難で大がかりな道しか残されていない。ただ、成功すればあとは造作もなく進むはずだった。調査そのものは対象に悟られないようにニコル自身が監視するだけだが、のちに協力者と調査結果を公表する場が必要となる。そして仮説の真偽を確認する際には、できればその後公表するときに使える証拠を入手したかった。これまでも難事件を解決してきた自負に背中を押され、ニコルはてきぱきと新方針の調査準備にとりかかった。

マントンに来て知りあった相手の前から姿を消してみせる必要があったが、ここを離れるわけではなかった。調査の如何《いかん》はすべてこの地にかかっている。まずは晩餐に招待された翌々日に、グリマルディ荘のベンジャミン卿夫妻を訪ねた。そして関節炎の痛みが消えたので、仕事のために帰国しなければならないが、ぜひ英国でも再会したいし、降誕祭のあとにマントンへ戻る予定だと挨拶をした。つぎにファルコナー医師の再診を受け、処方薬と勧められた体操のおかげで痛みが消えたので帰国すると礼を述べた。

日が暮れてからホテルを引き払ったが、ニコルは駅には向かわず、旧市街近くの小さな宿屋に移った。ミリセント・リードに頼んで、ふた部屋予約してあったのだ。ここでニコルは初めて簡単な変装をし、白髪交じりの濃い顎ひげ、くたびれた黒のフロックコート、煤のついた眼鏡という出《い》で立《た》ちでこの宿に滞在した。そして大きな白い日傘をさして出かけては、山道に自生する植物を観察するふりをしたり、日向に腰を下ろして新聞を読んだりして、グリマルディ荘近辺をぶらぶらしていた。宿ではイタリア人の植物学者〝ジャコモ〟と名乗っていて、部屋には秋の草や花が散乱していたが、いわれるままの宿代を払ってあるので、主である老婦人は黙認していた。

ニコルは時間の許すかぎりグリマルディ荘を監視し、夜は何度も闇に紛れて庭に忍びこんだ。人目がないと油断している夫妻をごく近くで観察したかったのだ。会話が漏れ聞こえる距離まで近づくのは難しいと思っていたが、夫妻はベランダが気に入っているらしく、午後のお茶はもちろん、夕食のあとも頻繁にそこで時間を過ごす習慣に助けられた。ニコルは双眼鏡持参で庭に忍びこみ、ベランダから五十メートルと離れていない場所で観察を続けた。夫妻は毎晩ベランダに現れるわけではないので、夜に遠征しても空振りに終わることもあったが、日によっては一時間近くのんびりする姿が見られることもあった。そうしたとき、開け放したフランス窓から漏れる明かりで、ベンジャミン卿は煙草を一服しながらコーヒーを飲み、マイラはもっぱら編み物をしていた。

　ある晩ふたりで腕を組んで、月明かりを浴びて銀色に染まった庭の常緑樹や椰子のなかを散歩したことがあった。ニコルはとっさに大きな銀梅花の枝の陰に隠れてことなきを得た。このときはすぐそばを歩くふたりの会話が聞こえた。

「来週、医者の診察を受けないといけないな」ベンジャミン卿の声。

「ええ」

「しかし、ファルコナーはやめておこう。ムッシュー・ボンパールがいいんじゃないか」

　それだけしか聞こえなかったので、会話の内容自体はあまり参考にならなかった。それでもいまの会話を自分の仮説に照らして考えてみた。矛盾はしない。熟考してみても、矛盾はしないどころかますます疑いは濃厚になった。

　ふたりはぐるりと庭をまわり、小さな池の前で足を止めた。池に浮かぶ睡蓮が月明かりに照らされている。ベンジャミン卿が身を屈めて栓をひねると、噴水がひと筋、銀に輝く真珠となって噴きだした。水滴は音を立てて池に落ち、水面が大理石模様に変わった。ふたりは五分ほどその様子を眺めていたが、噴水を止め、先ほどとはちがう小径で屋敷に戻った。ニコルはふたりの姿が消えるまで双眼鏡で観察したが、その後は特に収穫はなかった。

　屋敷の明かりも消えて寝静まった様子なので、ニコルは宿に戻った。その翌晩も遠征し、漏れ聞こえた会話でますます確信は深まったが、さらなる証拠を追い求めるべきだという予感がした。そして、その努力は報われることとなった。連日の寝ずの行《ぎょう》に同行した者がいたとしても、おそらくはなにも気づかなかっただろう。普通は見過ごしてしまうような細かい手がかりを積みあげ、ニコルはとても現実とは思えぬ仮説を徹底的に検証したのだ。ある晩、例によって夫妻を監視していると、日が落ちたあとでベランダにいるふたりが窓からの明かりに浮かびあがった。空は厚い雲で覆われ、霧雨がそぼ降っている。やがて夫妻は立ちあがったが、今夜は庭ではなく、広いベランダの屋根の下で散歩を始めた。腕を組んで十回ほど往復したところで、ベンジャミン卿がひとりで屋敷内に姿を消した。残されたマイラはゆっくりしたペースで歩いている。五分ほどでベンジャミン卿は葉巻を手に戻ってきた。距離があるので言葉までは聞きとれないものの、いいあらそっている様子だった。ベンジャミン卿は身ぶりを交えてなにごとかを主張し、マイラは我慢の限界といった風情《ふぜい》で応じている。そのうち、風に乗って会話の断片が聞こえてきた。

「そんなにしょっちゅう自分を甘やかしてどうするんだ」ベンジャミン卿の声は怒っていた。

「やはりそうだったのか！」ニコルは小声でつぶやいた。

その晩は就寝まで待たずに、闇に紛れて敷地をあとにした。宿に戻って濡れた上着を脱ぎ、コーヒーを淹れる。パイプを吹かしながら、手紙をしたためる準備をした。どんどん気分が高揚してきていた。不可能と思われたことをやり遂げた自分に、驚嘆の思いを禁じ得ない。

なぜか他人の功績を冷静に評価しているような気分だった。ここまでこぎ着けたのだから、あとは当局に任せて帰国しようかという考えも脳裏をよぎった。だが、いま調査から手を引くわけにはいかないと考えなおす。最後まで見届けなければ、予想外の展開に後悔を残す結果になるおそれがあった。まだすべきことがあるかぎり、この想像を絶する状況から離れるわけにはいかない。だが信頼できる人間が——行動力も勇気も判断力もある援軍が必要だった。

「運命の女神に願いを託すつもりはない」ニコルは熟考した。「だが、聡明かつ慎重な人物だろうと——さらにいえば正直者だろうと、悪人だろうと、みな等しく運命の女神に多くを期待するものだ。人間としてはそうせざるを得ないのだろう。残念ながら人間の頭脳は休息を必要とするが、運命の女神は眠らないのだから。夫妻にしても運命の女神に頼るつもりなど毛頭ないだろうが、それでも人間であるからには、致命的な過失を犯すときがかならず来るはずだ」

運命の女神がこの事件にどう関与するつもりなのか、またその結果事態がどこまで変化するのか、見当もつかないので、ニコルはじっくりと作戦を練った。パイプを吹かして極度の興奮を静めると、手紙の文面を考える。どんな内容の手紙だろうと、実際に書く前にきちんと文案を練ることにしていた。理にかなった手法なのに、実行する者はすくないのだが。

ニコルはペンをとった。

ノエル・ウォレンダー殿

いますぐバイクでこちらに来てもらえないか？　いくらか退屈だが重要な任務を頼みたいんだ。万事順調にいけば、きみに力を発揮してもらうような冒険とは無縁で終わるだろう。しかし、万が一の失敗も許されないし、相手は行動力もあれば、頭の回転も速い人物だ。きみの期待どおり猛スピードでバイクを飛ばすことになるのか、退屈で煙草を吹かすだけで終わるのか、どうなるのかはまったくわからない。実は、ある人物をできるだけ近くで見張ってほしいんだ。それほど長期間ではないが、言葉にできないほど重大な任務なのは保証する。

ネーサン・コーエンに連絡して、ノートンにいい知らせを伝えてやってくれ。おれが大失敗をやらかさないかぎり、ノートンは二週間以内に自由の身になれるはずだ。驚愕の事実を暴きだしたと確信している。看破したおれ自身、まだ信じかねているがね。たったひとつの事実ですべてががらりと変わってくるんだ。さいわい、その事実は立証することができる。それ以外の手がかりとも照らしあわせ、あらゆる角度から厳しく検証したが、やはり結論は変わらなかった。それにしても戦慄の真実だ。何時間かゆっくり考えて気を落ち着けたはずなのに、いまも探偵とも思えぬ驚きが消えないでいる。だが、ここに書けないのはもちろん、会っても説明することはできない。いまはまだ。

電報で列車を知らせてくれれば、駅まで迎えにいく。きみのことだ。すぐに行動を起こしてくれるものと信じている。目の前にいてもおれとは気づかないだろうから、こちらから声をかけるよ。

ニコル・ハート

電報の宛先・フランス、アルプ＝マリティーム県、マントン、レ通り八番、シニョール・ジャコモまで

手紙を投函すると、何日も満足に寝ていないニコルはぐっすりと眠った。そして翌日からはまた植物採集に精を出し、夜間も遠征して見張りを続けた。なにかが起こるような気がして、落ち着かなかったのだ。論理的ではないと自覚しながら悪い予感をなだめようと行動したところ、いくらかその苦労は報われたといえるかもしれない。その日は夜になってもベランダに出てくる様子はなく、今夜は引きあげようかと思いはじめたころ、坂道を車がのぼってくるのが見えた。門前で止まった車から現れたのはひとりの男性だった。ニコルが門近くに隠れて待っていると、屋敷に入ったその男はベンジャミン卿と一緒に出てきた。どうやら男は医者で、往診に訪れたようだ。

「心配いりません、ベンジャミン・パースハウス卿」医者がいった。「奥さまはちょっと胃の調子が悪いだけです。すぐによくなるでしょう」

年配のフランス人医師は車で立ち去った。なにごとかと身構えていたニコルも、ほっとしてその場をあとにした。

ノエルからの電報は期待どおりすぐに届いた。すでに南仏に向かっているそうで、その翌日に颯爽《さっそう》とマントンに現れた。迎えたのはフロックコートに黒いよれよれの帽子、煤けた眼鏡というみすぼらしいなりの猫背の男だった。ニコルのタクシーにノエルのリュックを積み、ノエル自身はバイクで安宿に向かう車のあとを追った。

その晩はふたりでグリマルディ荘近辺を歩きまわった。ニコルはあたりの地形を見せながら、ノエルの任務を説明した。

「そういうわけで、くれぐれも慎重に頼む。警察に依頼してもいいんだが、それは最後の手段にとっておきたい。とにかく相手になにひとつ気取られたくないんだ。気づかれずに見張るのはかなり骨が折れる仕事だと思うが、失敗は許されないと肝に銘じてくれ」

任務の内容を聞いたノエルは仰天した。

「じゃあ、あのふたりがダイアナを殺したのか？」ノエルは戦慄の面持ちで尋ねたが、返事を聞いて表情をやわらげた。

「まさか、そうじゃない」

「それなら、どうして見張る必要があるんだ？」

「その判断はおれに任せてくれ。理由についてはこれから説明する」

しかし仮説を聞いたノエルは本気にせず、思いつくかぎりの異を唱えたが、ことごとくニコルに論破された。

「いま、きみが挙げた意見はもちろん、それ以外のものもとことん検討してある。きみに手紙を書いた時点では、すぐに決定的な証拠を見つけられると楽観していた。それでおれはお役ご免となるだろうと。しかし、残念ながらそれは甘かった。とはいえ、小さな発見を積み重ねたおかげで、ますます確信は深まったがね。あとは反論の余地なく立証するだけ——とにかくそう努めるだけだ。ベンジャミン卿は来週英国へ向かうそうだ。それに裁判までは二週間の猶予がある。しかし、だれかがきちんと見張っていないと心配で、ここを離れる気にはなれなかった。こうしてきみが来てくれたので、明日ニースのムッシュー・ラウール・カミュゾを訪ねるつもりだ。当然、正気ではないといわれるだろうが、そんなことは聞き流せばいい。それでもおれの話を聞いたら、職業柄興味を惹かれるのはまちがいない。あくまでも協力を拒まれた場合は、警察から要請してもらえばいいことだ」

「おれはこのあたりで、なにも動きがないかを見張っていればいいんだな？　逃げださないように」

「ああ。ぶらぶら散歩したり、バイクをいじったりしていてくれ。万が一あわただしい動きなり、逃げだす気配なりを感じたら、なにがあろうと離れないでくれよ。南極だろうと、北極だろうと、どこまでも追いかけるんだ。そんな事態になると思っているわけじゃないが、これから面識もない人びとを信頼して重大な秘密を打ち明けるんでね。相手がベンジャミン卿の親しい友人である可能性だって考えられる。たとえばムッシュー・カミユゾがそうじゃないという保証はないんだ。知らないうちにベンジャミン卿に情報が伝わってしまうかもしれない。それでもベンジャミン卿が長期間行方をくらますとも思えないがね。とにかく、なにか起こるとしたら明日以降のことだろう」

ノエルは自分の任務を理解し、地図を頼りにあたりの地形を頭に叩きこんだ。いつでも出動できるようにバイクも整備してある。どうやら心躍るような冒険はなさそうだが、それでも日常から離れたこの地で、物語のような事件が起こるのを期待する気持ちはあった。

そしてニコル・ハートにとってさいわいだったのは、ノエルよりもはるかに事件解決に影響が大きい人物もまた、物語のような事件を待ち望む遊び心の持ち主だったことだ。世界に名だたる科学者であるムッシュー・ラウール・カミユゾは、ニコルの隣人である著名な天文学者カミーユ・フラマリオンに負けず劣らず、好奇心旺盛な人物だった。普通は面識のない人物の話など、いやいや耳を傾ける程度だろう。だが、高名なムッシュー・カミユゾは最初こそ当惑を隠さなかったが、次第にニコルの話に引きこまれ、しまいには身を乗りだすようにして聞いていた。本人いわく「好奇心を刺激された」そうだ。ニコルは〝シニョール・ジャコモ〟の名で面会の約束をしたが、挨拶が終わると早々に顎ひげと眼鏡を外し、身元を明かした。有名人ともなるとどんな奇人変人が訪ねてくるかわからないようで、ムッシュー・

カミュゾは当初いくらか警戒していたが、ごく普通の英国人とわかって安心した様子だった。ニコルの話は変人の妄想めいて聞こえたにちがいないが、話しぶりは良識ある人間のそれだった。またムッシュー・カミュゾは英語が堪能だったため、ニコルが母国語で説明できたのも、理性的な話だと確信させる一助になった。ニコルの覚束《おぼつか》ないフランス語ではそこまで明確に説明できなかっただろう。

レディ・パースハウスの妹殺害の容疑で起訴されているノートン・ペラムのために調査していると自己紹介すると、ムッシュー・カミュゾはおおいに興味をそそられた様子だった。事件についていくらかでも知識がある者はほとんどがそうだったが、ムッシュー・カミュゾも自分なりの意見を持っているものの、事件は額面どおりだと信じているようだった。またベンジャミン卿夫妻とは仕事を通じての知りあいで、レディ・パースハウスには個人的に好印象を抱いているが、仕事を離れて親しくつきあっているわけではないという話だった。ムッシュー・カミュゾは黙ってニコルの話に耳を傾けていた。にわかには信じられないが、ニコルの仮説に異を唱える根拠もないという表情だ。だが、ニコルが夫妻の近況とともに、ニコル自身がその仮説を確信するにいたった、小さな、だが重大な意味を持つ情報を伝えると、初めて真剣な顔に変わった。そのうち身を乗りだして話に聞きいり、最後には興味津々という様子になった。学者であるムッシュー・カミュゾは、ニコルが突きとめた事実に感嘆を惜しまなかった。そして改めて彼が知る肝心要《かなめ》の情報を検証した結果、ニコルとおなじ結論に達した。

「その件は即刻調査するべきでしょう」ムッシュー・カミュゾは答えた。「いくつか詳細を確認させてください。久しぶりにレディ・パースハウスを訪ねてみるとします。気さくな方ですから、すべてきちんと説明してくれるでしょう」

　逆効果になりそうな成り行きに、ニコルは慌てて異を唱えた。

「ムッシュー・カミュゾが調査に着手してくださるとは、感謝の言葉もありません。けれど理由はご理解いただけるでしょうが、この調査は最後まで秘密裏におこなわなければ意味がないのです。ですから、当局に証拠として提出するまでは、事件関係者のだれにもそれと悟られたくありません」

「ああ、そうですね。見当違いと判明しても、公表しなければだれにも害はありません。疑念が立証された暁《あかつき》には、ムッシュー・ハートは名探偵として歴史に名を刻むでしょうな。お話をうかがったいまでは、わたしもその疑念は正しいと思います。あなたの目を信頼するならば、まずまちがいはないでしょう。しかし人間というものは、得てして自分が見たいものを見るものです。それを忘れてはなりません。意志の力、つまり精神が我々の身体になしえる影響は驚異的です。切望がそのまま見えることもありますから」

「それは承知しています」

「幽霊譚の半数はそれが原因ではないでしょうか。あとに残された両親、恋人、夫、妻などがひと目でいいから会いたいと熱望するからこそ、亡くなった者が実際に見えるのです。理性など愛情に太刀打ちできるはずがありません。しかし、幻想に死者が現れるだけならまだしも、食屍鬼《グール》さながらの霊媒は格好のカモにとりつき、悪行のかぎりを尽くしています。大戦で大勢の血が流されたせいで、そうした吸血鬼どもが肥え太っているのです」

「しかし、今回の場合はその心配は無用ですよ、ムッシュー・カミュゾ。それは納得いただけるはずです。そのさまがまざまざと目に浮かぶようなお話ですが、わたしは幽霊を見たいと思ったことはありません。自分の自制心も双眼鏡も信頼しています。重大な点ですから、慎重のうえにも慎重を心懸けました。自分が求めているものを承知していたからこそ、その光景が意味することに簡単に飛びつくのを差し控えたくらいです」

「それをうかがって安心しました。科学的かつ的確なお返事に、残っていた不安も一掃されましたよ。あなたは実際にご覧になったのだと改めて確信しました。つまり、わたしにいわせれば幽霊が歩きまわっているわけです。なんと、怪奇小説もかくや、ですな。これまでも現実とは思えない事象は何度も経験しましたし、おそらくあなたもそうでしょう。しかし、この事例に匹敵するものは思いあたりません。そんなことが可能なのかと科学的には感嘆するものの、けっして許される……」

「感嘆するお気持ちはわからないでもないですが、調査の手が鈍るようなことはありませんよね」ニコルは一抹の不安を覚え、確認した。「杞憂だとは思いますが」

ムッシュー・カミュゾはそれを聞いて笑った。巨人と形容しても大げさではない大男の豪快な笑い声に、ニコルはとっさに言葉が出なかった。

「その心配は無用です。感嘆どころか、声援を送りたい思いなのは否定しませんが、ギロチンの存在を忘れるわけにはいきませんからな。いや、お国は絞首刑でしたか。とにかく、ノートン・ペラム氏の身の安全を第一に考えるべきでしょう」

そのあともしばらく相談を続けたが、ムッシュー・カミュゾが約束を失念していたことを思いだし、面会は終了となった。ニコルは変装道具を身につけた。

「すべてお任せください。レディ・パースハウスになにもかも明らかにしていただきましょう！　つぎにお会いするのは、そうですな、準備に時間がかかりますが、三日あれば充分でしょう。では、お会いする場所はおわかりでしょうから、追って時間だけご連絡します」

ニコルは重い肩の荷を下ろした気分でニースをあとにした。期待以上の成果だった。あとはいくつか話をするだけで済むはずで、探偵としてのニコル自身の評判も高まることだろう。ニコルが独力でやろうとしたら、ここまでたどりつくのは容易ではなく、時間もはるかにかかっただろうし、なによりも秘密の漏洩は避けられなかったにちがいない。幸運を味方につけたいま、ニコルはよもや失敗する余地はないと考えていた。運命の女神がどのような奇策を用意しようと、ノートンが自由の身になるのを阻むものはなく、なにがあろうと正義の鉄槌が下されるものと思われた。しかし、それは正しくもあったが、過信でもあったと判明する。運命の女神テュケーはだれも予想だにしなかった奥の手を用意していたのだ。

ニコルがマントンに戻るとノエルは留守だったが、夕暮れ近くに帰ってきた。

「特に変わったことはなかった」ノエルが報告した。「正午に医者の往診があり、午後になるとベンジャミン卿が車でマントンの町まで一、二時間ほど出かけた。ふたりのご婦人が車で訪ねてきたが、門前払いを食らってたよ。奥さんはいまも容態が芳《かんば》しくなく、人に会うどころじゃないようだな。来週ベンジャミン卿は英国に向かうという話だったが、おれはそっちについていったほうがいいのか？　それともここに残って奥さんを見張ることになるのか？」

「ベンジャミン卿が英国に発ったら、もうどちらも見張る必要はないんだ」

だが、女神テュケーの奥の手により、ベンジャミン卿は二度と祖国に帰れなくなったとニコルは知らされることとなる。

それからの三日間も、グリマルディ荘の監視は続けられた。今度は夜中も交替で見張ったので、監視の目をかいくぐって屋敷に出入りするのは不可能だった。そしてムッシュー・カミュゾと約束した日の朝を迎えた。高名な科学者は時間を無駄にせず、約束どおりに現れた。ニコルとムッシュー・カミュゾがマントンで再会したころ、ふたりの目の届かぬところで悲劇の最終幕が開き、目を覆わんばかりの無惨な終局に向かってひた走ることになる。そして破局的な惨事となった大団円に、ただノエル・ウォレンダーのみが喜びと苦しみを味わうことなるのである。

第15章　ロワイヤ渓谷

ノエル・ウォレンダーはその日の予定を知らされていなかったが、ノートン・ペラムの無実を証明するために大切な日であることは理解しており、夜にはすべて説明してもらう約束で退屈な任務に赴いた。夜明け前にニコルと見張り番を交替し、今日こそなにかしら変化が起こらないかと願いながら、グリマルディ荘近辺をぶらついていた。今晩にはネリーとノートンに急ぎの電報を送ってやれると、それだけを楽しみにしていた。とはいえ、ずっと電報のことを考えていたわけでもない。しばらくすると、なにもかもを覆い隠していた夜の闇に曙光《しょこう》が射してきたのだ。

午後二時にいつもの見晴らしのいい場所でサンドウィッチと白ワインの昼食をとっていると、グリマルディ荘から見覚えのある大きなオープンカーが出てきた。いつもの運転手が運転しており、ベンジャミン卿夫妻はマントンに出かけるような軽装だった。目につく荷物はなかったが、墓所に捧げる美しい花環が座席に置いてあるのが見えた。

車はゆっくりと坂道を降りていき、ノエルは例によって気づかれぬようにあとを追った。

ドライブに出るレディ・パースハウスを目にするのは初めてだったが、どうやら元気になった様子だった。退屈していたノエルは遠くまで出かけてほしいと祈っていたが、車は急ぐ様子もなく、やがて墓地の下の門で止まった。ベンジャミン卿は車を降り、運転手になにか命じると、大きな花環を片手に墓地の斜面をあがっていった。レディ・パースハウスは夫の空いているほうの腕をとって歩いていく。

そのうちに戻ってくるだろうと、ノエルは五十メートルほど離れた場所から、門の前に止まったままの車を見張っていた。すると予想よりも早くふたりが戻ってきた。花環は置いてきたようで、グリマルディ荘に向かっている気配だった。特に不審な様子もないと思いながらあとを追うと、二十分後に車はグリマルディ荘の門のなかに消えた。ノエルは今日もまた変わりばえのしない任務が終了したと思ったが、すぐに大きな勘違いだと思い知らされることになった。二十分もたたぬうちに、夫妻がちがう車で現れたのだ。今度は灰色の小型車で、ベンジャミン卿みずからが運転している。夫妻以外の同乗者はおらず、どうやら予期せぬ手紙なり電報なりを受けとって急に外出することにしたようだ。今度の車はかなりスピードが出るらしく、あっという間に走り去った。夫妻はマントンに向かわず、途中で左に曲がってガラヴァンに出ると、どんどんスピードをあげて断崖道路《コルニッシュ》を東に向かった。

見たところ夫妻は遠出するようだった。ノエルは今日なにがおこなわれるのかも知らされていなければ、警告も受けていなかったので、とにかくなにがあろうとあとを追い、あとでニコルに報告するつもりだった。車は猛スピードで坂をのぼり、二百メートルほど先の国境で止まった。国境の柵が目に入ったノエルは、始まったばかりの追跡もこれで終わりかと覚悟した。夫妻はパスポートを提示している。国境までは三十秒ほどしかなく、迷っている時間はなかった。運命の分かれ道だった。ノエルはイタリアの入国許可を持っていないし、それがなければ通してくれないのも承知していた。残された道はひとつしかない。ノエルはエンジンの回転をあげ、時速八十キロ以上で国境に突っこんだ。止まっている車をすり抜け、制服姿の国境警備隊がなにが起きたかを理解できぬうちに急カーブを曲がった。国境突破は重罪であり、警備隊は電話に飛びついた。

そのあいだにノエルはさらに進み、何キロか先で追っ手が来ていないのを確認すると、脇道に入って隠れた。国境突破を目撃したことで夫妻が警戒し、ノエルがノートン陣営だと気づいたかもしれないと不安だった。だが小型車はなにごともなかったように現れ、どんどんスピードをあげて、隠れている場所の前を通りすぎていった。たったいま重罪を犯した意味を深く考察する暇もなく、ノエルは追跡を再開した。てっきりヴェンティミリアの町に向かうのかと思っていたら、車は灰色の影のように素早く左に曲がり、川沿いを北上しはじめた。気づくとノエルはロワイヤ渓谷に来ていた。小型車は川沿いの平らな道を猛スピードで走り去っていく。どうやら夫妻にとって重要な用件でどこかに向かっているのはまちがいないようだ。ノエルが負けじと加速すると、砂煙のなかにぼんやりと灰色のものが動いているのが見えた。すぐに車は視界から消える。

ノエルは興奮を抑えきれなかった。ようやく心躍る冒険が始まったのだ。ベンジャミン卿夫妻がなにかから逃げているのはまちがいない。ノエルはなにがあろうとついていく覚悟だった。バイクの調子も上々で、気持ちのいいエンジン音を響かせている。急勾配の山道になったときに威力を発揮するバイクだった。平坦な道ではあの車にかなわないかもしれないが、坂道になれば追いつく自信がある。最初はどうしても事故が怖くて遅れをとったが、その後徐々に差を縮めつつあった。車はかなりの速度で走っていて、どこかで脇道にそれて視界から消えたとしたら、そのまま見失ってしまう危険が高かった。まったく先の予想がつかない。

直角に左折すると、広々と開けたロワイヤ川の合流地点に出た。砂利でできたいくつもの大きな中州を縫うようにして、川はゆっくり海に向かって流れていく。ノエルはいまこそ実力を発揮するチャンスだと、乗りこなすのが難しいでこぼこ道で大胆にアクセルをまわした。

何キロか進むと車を発見をしたが、その先はこれまでのように飛ばすわけにはいかなかった。道が狭いうえに、橋を渡ると細かいジグザグ道が現れ、角を曲がると急カーブが続くといった調子なのだ。眼下には川が流れ、頭上には崖がそびえていた。なにが現れるか予想もつかない、危険に満ちた道だった。路面は荒れているし、村に入るとラバや歩行者で混みあっていて、否応なしに時間がかかった。灰色の車も全速で飛ばしたのだろうが、減速や停止を余儀なくされることも多かったにちがいない。小さな町ブレルまで二キロほどのあたりで、角を曲がったら目の前に車がいた。山羊《やぎ》の群れを通すために止まっていたのだ。ノエルは急に止まれなかったので、先に行くしかなかった。関心があるのを悟られまいと、車には視線を向けなかった。国境を強行突破した男だと覚えているのではないかと心配だったのだ。気づかれたかどうかは不明だが、そのまま進まないと不自然なので、先にブレルに向かうことにした。

ブレルに着くと宿の前の歩道にバイクを止め、小さなテーブルに腰を落ち着けた。赤ワインを飲みながら、これみよがしに赤表紙のベデカー旅行ガイドをのぞきこむ。

果たして五分後に灰色の車がこちらに走ってくるのが見え、ノエルはガイドを読んでいるふりをして顔を伏せた。車が通りすぎると、勘定を払ってバイクであとを追う。町を出るあたりで追いつき、さらに山道をのぼる車に続いた。

ブロワ峠を過ぎたところで、道は行き止まりかと思われた。そこではるか下のロワイヤ川の流れが北に向かい、ソスペルからの山道が途切れているかに見えたのだ。だが、灰色の車はかまわずに直進し、サルジュに向かった。車はあいかわらず猛スピードで飛ばしていた。ただ、直線が続いたときに一度か二度ノエルの姿が前方から丸見えになったようで、レディ・パースハウスが振り返っていたのがノエルは気にかかっていた。

二台はサルジュもフォンタンも止まらずに通りすぎた。そのうち、タンドや背後のマリティーム・アルプ山地に比べても見劣りしない、サン・ダルマッツォの峰が見えてきた。冬の初めは日が傾くのが早く、気づくと追いつ追われつする三人の前には、黄昏《たそがれ》に包まれた美しい自然が広がっていた。

くねくね道のカーブ、小川の滝、山並み、小さな村、中世のまま残る水道橋や朽ちかけた橋、そのひとつひとつがいつになく輝いているように見えた。黒っぽい枝を広げている松林近くまで雪が迫っている。車はとてつもないスピードで、車体をがたがた揺らせながら高い橋を走りぬけた。ノエルはつかず離れず一キロほど後ろを余裕をもって追いかけた。サン・ダルマッツォやタンドの山頂が近くに迫って見える。まるで異世界に迷いこんだかのようだった。色あせた壁や白茶けたタイルの建物が寄り集まったさまは、蜂の巣か、虫や蜘蛛の糸で織った鈍色《にびいろ》の布を思わせる。古風な尖った切り妻屋根や小さな塔が並ぶ小鬼《ゴブリン》の村。中世のおとぎの国に迷いこんだような村々が黄昏のなかに浮かんでいた。広大な山脈に比すると驚くほど小さく見える村に、背後の断崖が影を落としていた。ぽつぽつと無数の凹凸《おうとつ》があり、小さくすればそのまま蜂の巣になりそうな、中空に浮かぶこびとの国。歳月が汚れや味わいを刻んだ家々の、黒っぽい戸口や窓にはいにしえの精が顔をのぞかせ、壁にはなにかがとりついている。歳月の重みで形が変わった差し掛け屋根。昔の職工の手になる形が不揃いな石造りのアーチ道は風雨にさらされ、ひび割れから草が生えていた。天に近い場所ですべてが調和している。嵐に襲われることも厭わない勇気ある人間が暮らす村ではなく、さながら精霊たちの巣のようだった。

身を切るような寒風が谷から巻きあがるなか、二台は細い道をのぼっていった。日没は見えなかったが、いつの間にか鈍色の夜の帳《とばり》が路面の無数の凹凸を覆い隠していた。

橋の手前で車は急停車し、道をふさぐように横向きに止まった。橋の下には大きな岩が連なり、六十メートル近く下に渦を巻いて流れるロワイヤ川がぼんやりと見える。運転していたベンジャミン卿も、助手席にいた妻も、車から降り立った。ベンジャミン卿はリヴォルバーをかまえ、妻も銀細工を施した小さな拳銃を鞄からとりだした。国境を強行突破したバイク乗りに追跡されていることに気づいたふたりは、人気《ひとけ》のないこの橋で追っ手を始末し、これまでの人生のつながりを完全に断ちきって旅の最終目的地に向かうつもりだった。緊急事態に備えて用意してあった計画はこれまでのところ予定どおりに進んでいた。ただひとつの例外が、しつこく追ってくる邪魔者の存在だったのだ。おそらく見失うまいとあとを追っているだけで、それ以上の意図はないのだろうと察していたが、追っ手がいるかぎり逃亡は失敗に終わるので、人里離れた場所で殺そうと決心したのだった。ここならばバイクと死体は眼下の急流に呑みこまれ、それらが発見されるころには安全な場所まで逃げおおせているだろうとの目論見だった。

すこし遅れてカーブを曲がったノエルは、すぐに事態を把握した。しかし時速三十キロ以上は出ているうえ、夫妻が待ちかまえる場所までは五十メートルもなく、その後ろでは車が狭い道をふさぎ、その先には橋も控えている。この距離では急停車もUターンも不可能だった。猶予は数秒しかない。ノエルは予期せぬ死の影に怯んだが、それも一瞬のことだった。目の前の男がダイアナを殺した犯人かどうかはともかく、いまノエルを殺すつもりなのはまちがいなかった。右手をまっすぐ伸ばし、ノエルが射程距離に入るのを待っている。怒りでノエルの全身が熱くなった。この任務は命をかける価値があると思いさだめた。実はノエルの二百メートルほど後方では、バイク四台が砂煙をあげて猛スピードであとを追っていた。だがノエルは目の前の脅威しか知るよしもなく、背後からもべつの危険が迫っているとは夢にも思っていなかった。

ノエルは死を覚悟した。乗っているバイク以外に武器に使えそうなものはない。雄牛よろしく、無謀なスピードで突っこむしかなかった。ノエルはむざむざ標的になるまいと上体を屈めた。前方からは帽子と広い肩しか見えなくなったはずだが、ベンジャミン卿はかまわず撃った。ノエルはさらにスピードをあげた。二発目の銃声が山に木霊《こだま》する。ベンジャミン卿は急いで飛びのくつもりだったが、バイクの速度を見誤っていた。逃げる隙などなかった。ベンジャミン卿はバイクに轢かれて羽毛のように跳ねとばされ、後ろの車とバイクのあいだに挟みこまれた。すさまじい衝突音が響いた。つかの間の静寂ののち、下の急流の水音に混じって、こちらに近づいてくるバイクのエンジン音が聞こえた。ふたりの死体とともに、女性がひとり残されたかに見えた。ベンジャミン卿は原形をとどめていないバイクの下敷きになり、血だらけのぼろぞうきんのような姿で倒れていた。ノエルは二度撃たれ、身体にあたったのは一発だけで、もう一発はそれて後ろに飛んでいったが、橋の手すりで頭を強打した。その傷からの出血で地面がみるみるうちに赤く染まる。残された女性はノエルを一顧だにせず、ベンジャミン卿の横に跪《ひざまず》いた。ついで立ちあがり、バイクを引きずって動かす。しかし、生きている徴候は見られなかった。顔には傷もなく、まっすぐに妻を見つめていたが、顔面は蒼白で、見開いた目はうつろだった。両脚はありえない角度に曲がっていた。

「死んでしまったのね」女性はつぶやいた。そこへカーブの向こうからバイクに乗った四人の制服の男が現れ、一行に気づいて減速した。しかし女性はおとなしく待ちはしなかった。小さなリヴォルバーを手に、跪いて意識のないベンジャミン卿にくちづけしたかと思うと、自分のこめかみを撃ち、ベンジャミン卿に重なるように倒れた。

制服警官たちは死体を三体発見かと慌てて駆けより、がやがやしはじめた。リーダーが手早く調べたところ、男性ふたりは息があることが確認できた。リーダーは電話のあるフォンタンまで戻って救急車を手配するよう部下に指示すると、意識のない男性ふたりに応急処置を施した。女性は絶命していた。バイクから投げだされた男性は肩に銃創があり、頭を強打していた。息をしているのはたしかだが、意識不明の状態が続いた。いっぽうベンジャミン卿は五分後に意識をとりもどした。脚を骨折し、内臓も損傷している様子だが、医者が到着するまではっきりしたことはわからなかった。

皮肉な巡りあわせだった。イタリアの警官がロワイヤ渓谷まで追ってきたのは夫妻の車ではなかった。国境を強行突破した者がいるとブレルから報告を受け、ノエルを追ってきたのだ。そして遠く離れた山の対決で死者が出たのとおなじ時刻、ニコル・ハートはようやく警察とともに、ベンジャミン卿夫妻を逮捕しようとグリマルディ荘を訪れていた。当然、とっくにもぬけの殻で、使用人によると、夫妻はニースに出かけているが夜半前に帰宅するという話だった。

ノエルの姿も消えていたが、ニコルに伝言は残されていなかった。だが二時間後にヴェンティミリアの町から連絡があり、ニコルは詳しい事情を知らされた。重傷の男性ふたりは救急車でヴェンティミリアに運ばれたのだ。ニコルはその日のうちに意識不明のノエルの病室に駆けつけた。

第16章　だれがコマドリを殺したのか?

ノエル・ウォレンダーはたまに意識が戻ることもあったが、かなり長いあいだ昏睡《こんすい》状態が続いた。それでもしばらくすると、ぼんやりとだが意識が戻る時間が長くなってきた。肩を撃たれて肩胛骨《けんこうこつ》が折れていたが、銃弾は無事摘出され、傷は時間がかかるものの完治するという話だった。それよりも頭の傷のほうが深刻で、脳震盪《のうしんとう》を起こしているうえ、顎の骨も砕けていた。

さいわい二週間もすると命の危険はなくなり、つねにそばでふたり——ひとりは白、もうひとりは灰色の人影が動いているのを認識できるようになった。ミリセント・リードと妹ネリーだった。

ノエルが入院しているのはヴェンティミリア病院の個室で、そのうち天気がいい日はバルコニーに出られるようになった。病室には白と灰色のふたり以外にも出入りする人物がいた。担当医、ノートン・ペラム、べつの医師で、はっきり見覚えがあるものの、どうしても名前が出てこない男もいた。ノエルは日に日に頭の靄《もや》が晴れていくようだった。彼は白い衣装の女性のことがやけに気になり、彼女に世話をしてもらうと不思議と気持ちが安らいだ。

新しい年を迎えるころにはノエルの記憶は戻っていて、自分の任務の意味や事件の結末をきちんと知りたいと思いはじめた。それを終わらせないかぎり、白い衣装の女性が気になるわけをゆっくり考えられそうになかったのだ。そこで命がけの追跡は事件でどういう役割を果たしたのかを教えてほしいと頼んだ。

ノートンは夫婦でヴェンティミリアに滞在して病院に日参していたが、順調に快復しているノエルが詳しい事情を説明されていないと知って驚いた。するとネリーがこれまで兄が不満を漏らさなかった理由をあっさりと説明した。

「あら、あなたは気づいていなかったのね。兄さんはミリセントに夢中で、彼女もおなじ気持ちみたいなの。だから、いまはそれ以外のことにあまり関心がないんじゃないかしら。兄さんがこんなに変わるなんて、本当に嬉しい驚きだわ。命にかかわる大怪我だったけれど、思いもしないご褒美が用意されていたわね」

「ノエルは結婚を申しこんだのか？」

「どうかしら。ミリセントは浮き浮きと幸せそうだし、兄さんもあまり顔には出さないけれど、ご機嫌なのはまちがいないわ。あれこれからかわれるのもまんざらでもなさそうだし。それに、どうやら来月早々には退院できるみたいなの」

「それはよかった。ぼくは来週ニコルと一緒に帰国するつもりなんだ。ノエルは充分快復して説明を受けるのに支障はないから、きちんと説明してやってほしいとニコルに伝えたら、明日のお茶の時間に来るといっていた。すべてを理解しているのはニコルだけだからな。ベンジャミンの供述書の写しも読んでくれるそうだ」

「あまり気が進まないわ。もう、忘れてしまうほうがいいと思うの」

「しかし、ニコルに礼をいわないと」

「それはもちろんよ。だけどどんなに言葉を尽くしても、とても伝えきれないわね。一生、感謝の気持ちを忘れずにいましょう」

　ネリーは心身ともに事件のショックが色濃く残っている様子で、顔色も悪くてげっそりとやつれていた。ノートンも厳しい試練をくぐり抜けた気配をうかがわせるが、その重みが刻まれた面差《おもざ》しはかえって端整さが際だつようだった。

ノエルに説明するためにニコルが病室を訪れた日、はからずも、まだ理解できない部分が残っていたほかの関係者も、すべての疑問を解決することができた。

一同、広々としたバルコニーに腰を落ち着けた。お茶を飲みながら、口々にノエルを冷やかし、おしゃべりに花を咲かせている。集まったのはノートン、ネリー、ニコル、ミリセント・リード、そしてノエルだった。

ニコルは事件を解決したことで一躍有名人となり、連日のように紙面を賑わせていた。ニコルがおもむろに口を開いた。

「どうして真実を看破することができたのかと尋ねられるが、答えに窮するというのが正直なところだ。あとになってひらめいた理由を口にするのは簡単だが、そんなことをしたところでなんの意味もない。ポーがあとで『大鴉』を分析してみせたようなものだな。それだけが残ったというのが正解に近い気がする。それはともかく、何週間ものあいだ、たったひとつの疑問が頭を離れなかった。我ながら馬鹿馬鹿しくて、自分に腹が立ったものだ。マザーグースのある一節が頭にこびりついてしまったんだよ。夜に見張りしているときなど、実際に聞こえたような気がしたくらいだ。そう、〈だれがコマドリを殺したのか?〉いわば永遠の謎だが、現実にはそこに事件を解く鍵があったんだ。

さて、論理は便利なものだが、おれは形而上学者ではない。まあ、探偵と両立するのは難しそうだが。とにかく、どれだけ調べても問題の女性を殺す動機になりそうなものは発見できなかった――もちろん、ノートン以外の人物には、という意味だ。しかしノートンは犯人ではないと確信していたので、動機はひとまず棚上げして、べつの問題を考えることにした。それが〈だれかがコマドリを殺したのか？〉だ。疑問の余地もないように思えるかもしれないが、論理的には答えは不明だ。彼女が死亡し、埋葬されたという事実と、だれかが、あるいは人間以外のなにかが殺したかどうかはべつの問題だからな。そこで、その疑問を明らかにしようと独自の調査を始めたんだ。だれかに、あるいはなにかに殺されたのではないと判明した場合、ダイアナは生きているということになる。カプセルに毒を入れた人物が存在しないなら、ダイアナは毒など飲んでいない。そして毒を飲んでいないなら、死んでいると断定する理由はどう考えてもなかった。もちろん、偶然カプセルに毒が紛れこんだ可能性は、まずありえないと除外できる。しかしグリマルディ荘を訪ねたとき、女主人がしつこくその説を主張していたために、のちに彼女に興味が湧いたのは事実だがね。

さて、そういうわけで、前提となっていた事件そのものから考えなおすことにした。つまり、ダイアナが殺されていないなら、生きていると仮定してみたんだ。これは、たとえるならば革命にも等しい。ところが、当初は興味深い思いつきにすぎなかったものが、やがて身体が震えるほど興奮する仮説へと変わった。事件は見た目どおりに起こったが、ダイアナは生きているのかもしれないとひらめいたおかげだ。生きているのに、毒殺され、埋葬された！　矛盾していると呆れるかもしれない。おれ自身も、二日間はまさに半信半疑だった。そのうち興奮はおさまったが、今度はそれ以外の可能性など考えられなくなったんだ。ひとりの女性が毒殺され、埋葬されたのは事実だ。それがダイアナではなかったとしたら、だれだったのか。考えられる可能性はひとつしかないだろう。だが、どうすればそれを立証できるのか。実行できるかどうかはともかく、数えきれないほどの案が浮かび、それを検討するうちに確信の度合いは強まっていった。

こうして、事件の主役たちについてなにを調べるべきかがはっきりした。大執事から詳しい話を聞き、グリマルディ荘を訪ね、ここ数年の事件関係者の行動について知識を仕入れた。以前、ダイアナとベンジャミン卿がどういう関係だったのかも知った。なにもなければダイアナはベンジャミン卿と結婚していたはずが、ノートンと出逢ったことで未来が変わってしまったんだ。その後、ベンジャミン卿は姉マイラと結婚した。やがてマイラが不幸な事故に遭い、脚を引きずるようになったうえに、子供を持つことも望めなくなった。いっぽう、ノートンと妻ダイアナの関係も変化した。そうしたなか、本人たち以外にはけっしてわからない関係があった。その後のダイアナとベンジャミン卿だ。

それにしても、まさかベンジャミン卿が供述できるとは思わなかった。知ってのとおり瀕死の重傷を負っていたが、三日ほどは意識がはっきりしていたそうだ。そして告白文を記している最中に昏睡状態に陥り、そのまま息絶えた。真実を伝えたいと、本人が紙と鉛筆を要求したという話だ。驚くほど明快な文章で、事件の真相が書きしるしてあることはまちがいないだろう。

話をもとに戻そう。疑念を立証する方法を考えているうち、そんな面倒なことは必要ない、ある身体的な特徴を確認すればいいんだとひらめいたんだ。難しい方法ばかり考えていたので、こんな簡単なことでいいのかと拍子抜けしたくらいだ。うっかり見過ごしそうな、だが重大な事実、つまり自動車事故のせいでマイラは脚を引きずっていることを思いだしたんだ。そしてある晩グリマルディ荘を監視していたら、ベンジャミン卿が葉巻をとりに屋敷に戻り、五分ほどベランダで夫人がひとりになったことがあった。すると夫人は脚を引きずりもせず、普通に歩いていたんだ。こうして、その女性はマイラではないとわかった。戻ってきたベンジャミン卿は不注意だと声を荒げて非難していたが、実はそのうちうっかりする瞬間が来るだろうと予想していたんだよ。四六時中、膝関節が曲がらないふりをしなくてはいけないなんて、どんな気持ちか想像してごらん。おれも経験あるが、ほんの一瞬でも不自然な動きをやめられるだけで、驚くほど嬉しいものなんだ。ましてや普通の女性なんだから、そのうち人目がないときにぼろを出すのはまちがいないと思っていた。自分の関節を痛めてまで不自然な動きを続けられるのは、熱心の度を超した修行僧くらいだろうな。このときは、自分の仮説が正しいと確信できただけではなく、正体を暴く原因となったダイアナのすさまじいまでの憎しみに、驚くと同時に恐怖に近いものを感じたよ。

こと自分の未来に関するかぎり、ダイアナの目的は達せられていた。意中の男性と結ばれ、邪魔だった姉は始末した。復讐さえ断念できていれば、最後の審判の日まで秘密は守られ、ダイアナは安泰だったにちがいない。ダイアナの墓に葬られたマイラが異を唱えるわけもなく、姉を殺した罪を疑われることなど永遠になかっただろう。しかし、ダイアナはそれでは満足できず、ちがう道を選んだ。そして法の認めた夫ノートンを巻きこむ計画を時間をかけて周到に練った。ところが計画を実行に移したとき、我らにとってさいわいなことに、天はダイアナを見放したんだ。

ダイアナは諸刃《もろは》の剣で自分に斬りつけ、賭に負けた。ベンジャミン卿はダイアナのいいなりだったようだな。供述書にもそう書いてあった。ダイアナは意志のかたい女性で、有無をいわせずまわりを巻きこむ力があったようだ。ベンジャミン卿がダイアナを説得できていれば、命を落とさずに済んだろうに。しかし、そもそも最初からノートンに罪を着せる計画だったことはまちがいない」

ニコルは説明を終えたが、だれひとり口を開かなかった。ようやく真相を知ったノエルは、驚愕のあまり言葉をうしなっている。

しばらくすると、ノエルが尋ねた。

「どうしてあの日、あんなに急いで逃げだしたんだろう」

ニコルはポケットからタイプ打ちされた書類の束をとりだした。

「ベンジャミン卿の供述書の写しだ。いまの質問も、それ以外の疑問も、すべて答えてくれるにちがいあるまい」

「どうしてダイアナは死んだんだ？」

「自殺したんだ。バイクに乗った警官が大勢やってきたのを見て、万事休すだと覚悟を決めたんだろう。まさかきみを追いかけてきた警官だとは思いもせずにな。しかしベンジャミン卿は死んだと信じていたから、どのみちもう終わりだと観念したにちがいない。最後の希望もみずからの手で断ち、この世に未練もなく旅立ったんじゃないか」

「最後の希望？」

「ダイアナは妊娠していた」

ノエルは身を震わせ、傍《かたわ》らのミリセント・リードに手を伸ばした。ミリセントはその手を両手で握った。

ニコルは供述書を声に出して読みあげた。

ベンジャミン・パースハウス卿の供述書
本来ならば妻になるべきだった女性とともに、妻マイラを殺したことを認める。ダイアナ・ペラムと愛しあうようになり、人生をやり直して一緒に暮らしたいと考えたのだ。妻マイラが自動車事故のあとで臥せっていて、ダイアナがグリマルディ荘を訪ねてくれたときに、気持ちが通じあったように思う。マイラは自覚もなく、みずから死出の旅を歩きだしたようなものだった。事故のあとは、命が助かったことを嘆いていつまでも泣き暮らし、心底から死にたいと願っているようだった。ダイアナは無理もないと共感していた。立場が変わっていたら、やはりおなじように感じるだろうと。ダイアナならば終わりにしたいと口にするだけでなく、実際に行動を起こしたにちがいない。とにかく、マイラは苦痛に満ちた空しい日々が続くだけなのだから、終止符を打ちたいと思うのは当然で、その願いをかなえてやりたいとダイアナは考えたのだ。

いきなり全体像がひらめいたわけではなく、時間をかけて計画を練りあげた。ダイアナが復讐さえ断念すれば、秘密を暴かれることもなく、ぼくたちはいまも幸せに暮らしていただろう。しかし、ノートンに復讐したいというダイアナの希望をなによりも優先しなければならなかった。その念たるや、すべてを焼き尽くす溶岩流のごとしで、水に流すなどとうてい無理な話だった。ダイアナは隠しごとをしなかったので、ノートン・ペラムを破滅に追いこみたいと願っているのは何度も聞かされた。復讐にこだわれば、それだけなにかに躓《つまず》く可能性が高まると反対したのだが。

あのころ、それぞれつらい失意の日々のなかで、気づくと目の前に相手がいた。ふたりとも悲惨な結婚生活を送っていて、一緒に過ごすときだけが心休まる時間だった。ぼくたちはすぐに深く愛しあうようになった。以前はちょっとした勘違いで相手を見失い、離れてしまっただけなのだ。それについては全面的にダイアナのせいだが、いまさら過去を蒸し返して時間を無駄にしたりはしなかった。いまの気持ちに正直に、うしなわれた過去のためにもできるだけ早く一緒に暮らそうと決め、ダイアナはいったん帰国した。ぼくはふたりで暮らせればそれで満足だった。まず英国を離れ、それからそれぞれの離婚手続きを進めればいいと。罪を犯すつもりなどなかった。だが復讐したいというダイアナの執念はすさまじく、なにがあろうとノートンを破滅させる覚悟だった。ノートンへの憎悪たるや、ぼくへの愛よりもはるかに重みがあったのだと思う。ダイアナは愛だけでは足りず、復讐を果たしてようやく満足できるようだった。

徐々に計画の詳細が決まっていった。先ほど書いたように、ダイアナが耳を疑うような企《くわだ》てを考えたのは、マイラが自分の未来に絶望していたことがきっかけだった。複雑に入り組んだ隘路《あいろ》のような計画を聞かされ、ぼくは内心怯んだ。しかしダイアナは計画の細部まで完璧に覚えていて、あらゆる可能性を考慮してあるばかりか、誤算が生じた場合の代替案も用意してあった。終始一貫して、瞋恚《しんい》の炎こそがダイアナの頭が冴えわたる原動力だった。なだめても、道理を説いても、愛を語っても、ダイアナの決意を翻《ひるがえ》すことはできなかった。そして、その瞋恚の炎はぼくたちの命まで焼き尽くしたのだ。

ダイアナが英国の本宅を訪ねてきたとき、改めて決意のほどを知らされ、準備段階というべき一歩を踏みだした。それまで正気とは思えない計画をなんとか思いとどまらせようとしてきたが、ダイアナは冷静そのもので、ぼくが数えきれないほど挙げた難点もすべて解決策を用意してあった。何度も話しあい、説得を試みたが、最後にはぼくも諦めた。なにより、ダイアナの瞋恚の炎に煽られたのか、ぼく自身もマイラを疎《うと》ましく感じるようになったことが決定打となった。ダイアナは当初から、穏当な手段では求めるものは得られないと断言していた。ノートンと別れるだけでは満足せず、あくまでも破滅を企図していたからだ。そこに固執すればダイアナにも累が及ぶかもしれないと心配しても、耳を傾ける様子もなかった。ダイアナが愛した男はぼくだけで、生涯をともにしたいと願ったのもぼくひとりだった。それでもノートンとの別離は、彼の破滅という形でなければ許せなかったのだ。ダイアナはすでに砒素《ひそ》を飲みはじめていたが、ごく少量から始めて徐々に増やしていったので、みずから服毒していると疑われることもなかった。ダイアナは心臓に過度の負担をかけないように気をつけていたが、やはり瞋恚がなによりの気力の源だったようだ。

実際にマイラを手にかけることについては、なんら良心の呵責《かしやく》を覚えなかったようだ。生きる目的がないというのがマイラの口癖だったので、死ねばその苦しみから解放されると考えていたからだろう。実際、死後はあらゆる苦痛から解放されるというのがダイアナの持論だった。かたい意志の持ち主であるダイアナが、行く手に待ち受ける艱難辛苦《かんなんしんく》もいつかは終わると信じているのだから、怖いものなどあるはずがない。

ダイアナが思いついた計画とは、マイラに死んでもらい、その後ダイアナがマイラになりすますという実にシンプルなものだった。実行は難しいどころか一見不可能としか思えないが、ダイアナは斟酌しなかった。「なにか問題が起こったら、その都度解決するわ。機会を逃さず、なんとか切り抜けるのは得意なの。だから安心して」と。たしかにダイアナの言葉どおりになった。嘘をついて結婚にこぎ着けたノートンへの憎悪さえなければ、いまでも秘密は保たれていただろう。

ダイアナは計画どおりひそかに毒を飲みつづけ、医師たちは首を傾げるばかりだった。そして、いよいよダイアナが南仏の地にやってきた――彼女の人生は終わりを告げたと周囲を騙すために。

病状が徐々に悪化し、やがて死にいたったと思わせるため、ある程度時間をかける必要があった。ダイアナはたぐいまれなる観察力で自分の体力を正確に把握し、衰弱が激しいと見えたときでも余力を残していて、毎回みごとに快復してみせた。そしてハロルド・ファルコナー医師以上に目的にかなう主治医はいなかった。彼は頭脳明晰とはいいがたく、真実を探りだすおそれはないと安心していられた。しかしそれをいうならば、実は真実を看破する者などいるわけがないとぼくたちは高をくくっていた。ある人物への復讐のために女性がみずから服毒する、しかもそれが将来の幸せな生活の布石にもなっているとは、常人の想像力が及ぶところではないと自信があったのだ。ダイアナは人間離れした度胸と鋼鉄の意志でもって計画を粛々と進めた。いっぽう、その時期のぼくの心労は筆舌に尽くしがたかった。ふたたびダイアナと心が通じあい、夜も眠れぬほど恋いこがれていたぼくにとって、死と戯《たわむ》れているかのような姿を目にするのは拷問に近かったのだ。ダイアナは驚くほど砒素の扱いに長《た》けていたが、それでも一度か二度、摂取した量が多すぎて死線をさまよったこともあった。

いよいよノートンがグリマルディ荘にやってきた。舞台の最終幕があがったのだ。ダイアナはいつにない量の砒素を摂取して、これで本当に健康体に戻れるのかとぼくは何度も不安になった。しかしダイアナ本人は案ずる様子もなく、最後の二週間は服毒をやめて養生に努め、その後に備えた。マイラの仕草や口癖、悲しそうな口調などはすべて徹底的に研究しておいたのはいうまでもない。ダイアナは人生に希望が持てないマイラそのものを身にまとおうとしたようだ。こうしてダイアナは姉の容姿だけではなく、性格まで自分のものとするべく準備を進めていた。

ノートンがマントンにいないうちにと決行の日を決めた。なによりファルコナー医師に簡単に連絡がとれないときを選ぶ必要があり、謝肉祭当日はまさにうってつけだった。屋敷内も人払いしなくてはならなかったが、その点でも好都合だった。朝食のあとは使用人に夜まで暇をやると決まっているし、ファルコナー医師はお祭り騒ぎの真っ只中にいて、捜すのに時間がかかるにちがいない。こうして、グリマルディ荘に三人だけでそのときを迎えた。ぼくは昼食のあとで外出し、マントンで一、二時間過ごしたが、実は出かける前にマイラは最期を迎えていた。

そしてその後ノートンと顔を合わせるのを避ける方法については、例によって用意周到なダイアナは連絡が遅れた言い訳も考えてあった。それはごく単純な方法だった。ノートンは死の床にある母親を看取るためにヨークシャーにいて、滞在先は妻のダイアナしか知らなかったので、どのみちすぐに連絡がつかなかった。そういう場合に妻が死んだら、通常は自宅のチズルハーストに電報を送り、そこから転送してもらうだろう。だが、彼には葬儀に参列してもらいたくなかったので、故意に電報を送らなかったのだ。そしてその件が明らかになると、死んだ翌朝にお互いが電報を送ったものと勘違いしていたと説明した。つまり家内はぼくが、ぼくは家内が電報を送ったものと思いこんでいたと。

話を戻そう。最後の食事をとったあと、マイラに砒素入りのコーヒーを飲ませた。屋敷にいたのは三人だけで、コーヒーを飲んですぐにマイラはこと切れた。当然、体内に砒素が残ることも計算済みだった。ノートンが強壮剤のカプセルを送っていたのは周知の事実だから、検屍解剖で致死量の砒素が発見されれば、そのカプセルのなかに入っていたものと見なされるだろうとの目論見だった。(マイラに扮した) ダイアナは、昼食のあと妹は薬を飲むために自室に向かい、そのまま横になったようだったが、半時間ほど待っても戻ってこないので様子を見に行ったら死んでいたと証言した。

実際には、かねてからの計画どおりにふたりで協力してマイラを殺したのだ。時間はたっぷりあったので、あとの細工はダイアナに任せた。姉をベッドに寝かせ、自分そっくりに化粧や服を整えるなど、ダイアナにはお手のものだった。そしてダイアナは姉の服やアクセサリーを身につけ、化粧もすべて落とし、髪型はもちろん、他人にはわからない細部まで姉好みに変え、仕上げとして脚を引きずった。屋敷に戻ったぼくは、庭で待っているその姿を見て、マイラが甦《よみがえ》ったのかと恐怖に襲われた。なにしろ口を開けば声まで姉そっくりで、心配そうに両手を震わせるのも見慣れた仕草だった。事態を勘違いしているのは自分のほうではないかという不安に駆られた。現に死体となったマイラを目にしたというのに、ダイアナが死に、マイラが生きているような錯覚を起こしていた。落ち着いて考えると、これならばダイアナのみごとな演技を見破る者はいないだろうと安心できた。事情を知っているぼくでさえ、いかにも動転した様子で脚を引きずる姿を目にして騙されそうになったのだ。マイラではないと疑う者がいるとは思えなかった。

屋敷内に入り、ダイアナのベッドに横たわるマイラと対面した。そのあと、しばらく屋敷を離れられることに安堵しながらマントンの町に戻り、ファルコナー医師を捜した。暗くなるころにようやく見つけると、予想どおりの反応で、自分の診立《みた》てが正しかったとダイアナの死を聞いても驚いた様子はなかった。ファルコナー医師はダイアナが悪性貧血を患《わずら》っていると考えていた。距離を置こうとダイアナが失礼な態度を続けたせいで、ファルコナー医師はダイアナを嫌っていたので、悲しいそぶりも見せなかった。もちろん、犯罪がおこなわれたと疑念を差し挟むこともなかった。これもまた、計画どおりだった。検屍する予定かと尋ねると、その必要はないとの答えだった。

ファルコナー医師はその晩のうちに屋敷を訪れ、薄暗い部屋で花に埋もれていた、見慣れた化粧を施した亡骸《なきがら》と五分ほど対面した。遺体のそばに跪《ひざまず》いていたダイアナはぼくたちと入れ違いに部屋を出ていったので、ダイアナとはまともに顔を合わせていない。ずっと案じていた病気の妹が急死したことでかなりショックを受けていると説明すると、医師は共感しきりの様子だった。もともと患者のダイアナよりも、マイラのほうに好意的だったのだ。それは看護師のミリセント・リードも同様だったろう。亡骸の顔をゆっくり見たのはぼくたちと葬儀屋だけで、その葬儀屋にしてもダイアナが一緒に立ちあった。

葬儀を済ませたあとは、マイラを知る人物が多い場所を離れるのがなにより急務だった。ある程度時間がたてば不審に思われることもないだろうが、しばらくは姿を隠したほうが安全だと考えたのだ。葬儀のあいだはベールで顔を隠したので心配なかったが、屋敷にふたりいたメイドと、葬儀の朝マントンに到着し、葬儀も執りおこなってくれた大執事のことだけは気がかりだった。メイドに対しては、ショックで気分が優れないという理由でしばらく顔を合わせるのを避け、いかにもマイラが申しつけそうな指示をぼくが伝えた。大執事に対しては、目が悪いので視覚的にはあまり心配する必要はなかった。そして聴覚についても、大執事はマイラの声だと思って聞くだろうし、マイラはもともと口数がすくなく、小さくため息をつくだけのことも多かったので、マルセイユと北アフリカへの旅に出るまで、できるかぎり大執事との会話を避けて切り抜けた。

ノートンにはなにも知らせなかったので、問題が起こるはずもない。葬儀の当日にようやく、手違いで連絡していないことに気づいたふりをして妻の死を知らせる電報を打ち、三日前に知らせたものと勘違いしていたと釈明した。そのときはまだヨークシャーにいたようで、数日後にチズルハーストに帰宅してから、母親を看取ったことと、近いうちにマントンを訪ねてダイアナの墓参りをするつもりだと記した手紙を寄こした。ぼくは手紙でダイアナの最期の様子を詳しく説明し、マイラがかなり参っている様子なので旅に出ることと、いつ戻るかわからないのでグリマルディ荘は貸しに出したと書き添えた。ノートンはぼくの説明も、ファルコナー医師からの報告も、すべて頭から信用した様子だった。疑問を感じさせる点などなかったのだから当然だろう。

かえすがえすも悔やまれるのは、ここまではぼくたちが作りあげた偽りの現実と現実とのあいだに齟齬《そご》はなかったことだ。目の前に見えるものに疑問を感じたり、ましてや真実なのかと探ったりする人物はひとりもいなかった。しかしダイアナがそれでは満足できなかったために、結局は彼女の演技も無駄に終わってしまった。ぼくとしてはあくまでも反対で、何度も何度も説得を試みたが、復讐を果たせないならば生きている意味がないとまで脅されては、ぼくに選択肢があるはずもない。予定どおりに冷酷な計画へ駒を進めるのを見守るしかなかった。

すでにダイアナは体力も回復し、服毒の影響は残っていなかった。保管してある問題の手紙——夫に殺されたと父親に訴える手紙をどのような形で渡すのが一番自然かを考えなくてはいけなかった。いくつかの理由から敢えて一年以上遅らせたが、遺体は土に還っても、砒素は検出できる。ダイアナは毒の存在を明らかにするときが来たと判断した。ダイアナは最後にノートンに会ったときに、以前から勧めていた新しい薬を送ってほしいと頼み、飲みにくい味はいやだからノートンの処方がいいと注文をつけていた——これもまたあとを見据えての布石だった。とうとうダイアナは計画を先に進めると決心した。

この手紙について説明する前に、ダイアナの人間離れした演技力に触れておきたい。本来ならば賞賛を受けることもなく終わるはずだったので、こういう形にしろ、記録として残すことができて満足している。手紙といえば、いまでもそれについて演技をするダイアナの様子がありありと脳裏に浮かぶ。マイラになりすますダイアナの演技は文句のつけようがなく、ふたりきりのときでも、口調から話す内容まですべてがマイラそのものだった。そのおかげでぼくはダイアナ演じるマイラと一緒にいることに慣れていった。ダイアナのように、いわば自分を消してまったくべつの人物になりきった例は寡聞にして聞いたことがない。ダイアナはたぐいまれなる演技の力で、亡き姉の容姿どころか性格までも再現したのだ。姉の服をまとい、仕草を真似たのはもちろん、その思考回路や心まで我がものとしていた。人前に出たときなど、隣にマイラがいるのだと錯覚してしまうほどだった。耳に飛びこんできた話し声で、マイラが甦ったかと勘違いしたことも数えきれないほどあった。それほど、声音から話す内容までマイラそのものだった。

大執事宛の手紙をぼくの判断で渡さずにいると、敢えて大執事の耳を意識して話したときのように、人に聞かれているのを承知で話す際に演技するのは当然なのだが、ダイアナはマイラに扮すると決めたその日から、ぼくとふたりきりのときでも態度を変えなかった。人目はなくとも偽りの表情を浮かべ、だれかに聞かれる心配はなくとも偽りの声音を使ったのだ。マイラが亡くなった日から、最期を迎えるそのときまで演技を続けた。ふたり以外は人気《ひとけ》がないと確信できる状況でも態度を変えない理由を尋ねたことがあるが、自然とそのように身体が動いてしまうという返事だった。それが習慣となっており、すべてが終わって晴れて自由の身になるその日まで、役を演じつづけるはずだった。

「いってみれば、意志の力でマイラに入りこんだようなものね。必要なあいだは、つねにマイラでいるほうが安全でしょう?」

四六時中演技するのに夢中になっていれば、冷酷な計画への興味も薄れるだろうとぼくは期待していた。その後、大執事が陰で聞いているのを承知のうえで手紙の処置を話しあったところ、結果はダイアナの予想どおりとなった。人として大切にするべき仁義をおろそかにしたと大執事に叱責され、一年半前に書かれた手紙を即刻渡すよう要求されたのだ。

ゆっくりと時間をかけて北アフリカを周遊していたのは、ダイアナはもちろんマイラについても、人びとの記憶に残る姿をできるかぎり薄れさせるためだった。二年近くの空白があれば、姉妹の容姿や性格の記憶はおぼろげになっているだろうから、いまでは姉を演じるどころか、姉そのものといっても過言ではないダイアナならば、人に会っても違和感は持たれないだろうとの目論見だった。ダイアナは姉の筆跡をそっくりに真似ることができたが、ほとんど手紙を書くことはなかった。そしてマイラのどんなに細かな癖も――手を震わせるところまで、ダイアナは再現した。生前のマイラを知らない人物はもちろん、知っている人物の前でも堂々としている姿には驚かされたものだ。小さなため息、途方に暮れたような表情を浮かべる瞳まで、まさにマイラそのものだった。マイラがしなかったからと化粧をやめたので、かつての美しさはうしなわれてしまったが。

話を戻そう。計画をさらに進めるときが来た。姿は見えなくとも地上の出来事を把握している大空の鷹のように、ダイアナは遠くからノートンの様子をうかがっていて、ウォレンダー兄妹がチズルハーストに引っ越したのも承知していた。ダイアナは当然起こるだろうこと、つまり計画をつぎの段階に進めるきっかけとなる出来事を待っていた。すると人づてにノートンとネリー・ウォレンダーが婚約したとの報が入った。人づてというのは、ノートンと連絡をとっていた大執事から聞いたのだ。時間を置けば復讐したいという執念も薄まるかと期待していたが、その希望は未来永劫かないそうもなかった。愛情深く、ぼくには献身的に尽くしてくれたダイアナだが、ことノートン・ペラムへの復讐となるとどんな意見にも耳を貸さず、その熱意が薄れることもなければ、実行を先延ばしにすることもなかった。なにをしようとも、ダイアナのかたい決意にひびを入れることはできなかったのだ。

帰国したぼくたちはポルゲイト館には戻らなかった。古くからいる使用人は程度の差はあれマイラに親しく接していたので、ダイアナは信頼する気持ちになれなかったのだろう。ダイアナは男性は信頼するが、けっして女性を信頼することはなかった。そこでポルゲイト館は他人に貸したまま、調度つきの屋敷を借りて、秘密にしていた手紙の存在をどのように大執事に告げるかを相談した。大執事が読書を習慣としているのを知っていたので、そのときカーテン越しにふたりの会話を聞かせ、大執事の好奇心を刺激することに決めた。しかし、初回の試みは失敗に終わった。あとでわかったことだが、その日は午睡していたようだ。二回目は成功し、大執事は会話を耳にして姿を現し、手紙を渡せと叱責した。手紙を読んだ大執事の対応はご存じのとおりで、フランス当局が検屍解剖をおこない、遺体から毒物が発見された。

ダイアナは予備審問に出席せずに済んだ。ノートンの裁判が始まれば証言を求められるだろうが、ダイアナはそれについても対策を考えてあった。大胆不敵な彼女らしく、夫と対面する覚悟を決めていたのだ。これまでマイラになりすましていることをだれにも見破られなかったのだから、ノートンも大丈夫だとダイアナは主張したが、それだけはなにがあろうと許すわけにはいかなかった。そこでふたりで話しあい、ダイアナは裁判の直前に病気で倒れたという理由でマントンに残ることに決めた。ダイアナが証言する内容ならば、当局が入手するのは簡単だ。それに逮捕されたノートン・ペラムがたどる道はいわば既定路線だと思いこんでいた。

ぼくたちは私立探偵が調査しているとは夢にも思わず、〝アーサー・タルボット〟は自己紹介どおりの人物だと信じていた。

マントンのフランス人医師ムッシュー・ボンパールに往診を依頼し、ダイアナは診察前にみずから服毒しておいた。出廷のために帰国できる健康状態ではないと診断書を書いてもらうためだ。当局が必要と判断したなら、ダイアナの証言は宣誓供述書として提出すればこと足りるし、まずまちがいなくそうなるだろうと予想していた。とにかくぼくとしては、裁判所でダイアナがノートンと対面することだけは避けたかったのだ。おそらくノートンは容姿も声もマイラそのものだと感じ、なにも疑わないだろうとは思ったが、それでもあまりにも危険すぎる賭のように感じた。

私立探偵に秘密を目撃されたとき、ぼくたちの運命は決まった。ダイアナは日が暮れると、よくこわばった膝を伸ばして脚を動かしていた。そうするとつらさが消え、ずいぶんと楽になるという話だった。もちろん、目撃される危険については何度となく忠告した。しかし慎重なダイアナに目撃されるわけがないと理由を挙げて反論されると、ぼくも気に病みすぎだと感じてそれ以上はいわなかった。私立探偵に目撃された晩、ぼくは裁判を間近に控えて落ち着かない気分だった。何日も神経の休まる暇がなく、ぎりぎりの状態だった。それもあって、のびのびとベランダを歩きまわっている姿を目にして、こんなにしょっちゅう気を抜いてどうすると言葉を荒げて責めたのを覚えている。だが、ふたりとも目撃される危険はないに等しいと過信していた。なんでも、そのような姿を目にすれば思いついた仮説を立証できると、私立探偵はずっと見張っていたという話だ。ひと目でマイラではないとわかったはずだ。膝を骨折したせいで関節が動かないマイラが普通に歩きまわれるはずはないのだから。

ダイアナがうっかり目撃されてしまったせいで事態は急変したが、それでもまだ希望は残っていた。このままなんとか逃げきれそうだと思っていたら、サン・ダルマッツォ山頂の手前で追っ手の存在に気づいた。追跡を阻むことはできたものの、ぼくたちの逃避行もそこまでだった。

以前から、墓参りに来てくれた知人のため、折々にマイラの墓に花を手向《たむ》けていた。裁判が近くなって野次馬も増えたので、ダイアナの提案で今回は花環にし、彼女も一緒に墓参りすることになった。ダイアナはすでに体調が思わしくなかったが、服毒するのは初めてではないので、裁判のために帰国するのは難しいと診断される程度の体調不良にとどめておくことができた。出産予定日まで半年という身でありながら、ダイアナは危険を承知でみずから服毒したのだ。

その日はダイアナも一時間ほど外を歩きたいというので、花環を手に一緒にマイラの墓に向かった。坂をあがっていくと、マイラの墓の十字架が抜かれ、四方を粗布で囲んであるのが見えた。ぼくはなにごとかと足を止め、その直後電流に打たれたようにすべてを悟った。そのとき、粗布のなかからふたりの男が言葉を交わしながら出てきた。こちらには気づかなかった様子だが、ダイアナはすぐに片方の正体に気づいた。ぼくはもうひとりと面識があり、彼がこの場にいる意味も瞬時に理解した。ダイアナが見知っていたのは小柄な男のほうで、つい最近英国人の〝アーサー・タルボット〟だと名乗り、喉が渇いたという口実で庭に入りこんできた男だ。それよりも重大な意味を持つのは、黒服をまとった大男ムッシュー・ラウール・カミュゾの存在だった。ムッシュー・カミュゾはニース在住の高名な外科医で、マイラの骨折した膝蓋骨《しつがいこつ》を銀線でつなげる手術を執刀した医師だった。彼が墓場にいるのは、膝蓋骨を確認し、自分が手術した患者かどうかを証言するためにちがいない。

急いでダイアナを引きとめて衝撃的な事実を告げると、彼女は冷静に受けとめた。ぼくたちは屋敷にとって返し、万が一の場合の計画を実行に移すことにした。そういう事態に備えて、十万ポンドの換金可能な有価証券をつねに用意してあったのだ。半時間後にはスピードの出る小型車を自分で運転して、一路ロワイヤ渓谷に向かった。このときはまだ、監視されていたことも、追跡されていたことも、まったく気づいていなかった。たまたま墓参りに行ったおかげで、事前に察知して逃げだすことができたと信じていたのだ。ロワイヤ渓谷に向かったのは、サン・ダルマッツォ手前の危険なヘアピンカーブで運転を誤り、転落防止柵を飛びこえてはるか下の廃採石場に転落したと見せかける計画だったからだ。そうすると道路に事故の痕跡は残るが、十メートル近い水がたまっている採石場ですぐに車が発見されるはずはなく、ぼくたちは事故死したものと思われるだろう。水をくみ出して車を引きあげるには、おそらく数日どころか何週間かはかかり、それまでぼくたちが乗っていなかったことはわからないはずだ。計画どおりに行動すれば、山道や採石場の水面に残る事故の痕跡で時間稼ぎをしているあいだに、なんとか逃げおおせることができるはずだった。

そのあとは夜陰に乗じて歩いてサン・ダルマッツォの町に入り、幼いマイラとダイアナの子守をしていたフランス人老婆メール・グリソンを訪ね、そこで昼間をやりすごすつもりだった。そのためにダイアナは折に触れて手紙を書きおくるよう心懸けていた。老婆は昔からお気に入りだったマイラだと信じて、ダイアナの説明はすべて鵜呑みにし、なんでも協力してくれるだろう。そして翌日の夜、貧しい農夫に変装し、持参の証券だけを持って逃げるのだ。服はメール・グリソンが用意してくれるだろうし、マイラだと信じるダイアナの身を危険にさらすような真似はするはずがない。ぼくたちがいた痕跡を消し去り、なにを問われても口を噤《つぐ》んでいるだろう。だが計画どおりに行けば、メール・グリソンはもちろん、サン・ダルマッツォの住民のだれかに疑いの目が向くことはないはずだった。ぼくたちはそのまま闇に紛れてタンド峠を越え、どうにかジェノバかナポリにたどりついたら、そこからは移民船で南米に向かうつもりだった。これまで生きてきた世界、ヨーロッパには永遠に別れを告げて。

しかしダイアナはすでに旅立ってしまった。お腹の赤ん坊も一緒に。ぼくのような罪深い男が息子を抱くことを、神はお赦しにならなかったのだろう。ぼくたちふたりは愛しあうために生まれてきた。一緒に暮らしたのは短いあいだだったが、長い一生にも値する充実した日々だった。すべての咎《とが》はぼくにある。犯した罪の多さはまことに慚愧《ざんき》に堪えない。神よ、人びとよ、ただ愛のために犯した罪を許したまえ。情け容赦のない鬼畜の所業と思われるだろうが、それでも――


ニコルは供述書を下に置いた。

「以上だ。このあとなにを伝えたかったのかは、いまとなっては永遠にわからない。おそらくは弁明か謝罪の言葉だろう。だが、そこで意識をうしない、一、二時間後に息を引きとったそうだ。ここまで理路整然と告白できたことは奇跡に近いな。ベンジャミン卿の意志の力は驚嘆に値するが、直筆にこだわった理由は謎のままだ」

「奇跡に近いといえば、ダイアナの演技力ときみのひらめきだろう」ノエルがいった。

「きみの快復力もな――それに一番驚いたよ」

ノエルはミリセント・リードの手をぽんと叩いた。

「ミリーとネリーのおかげだよ」

ノートンとネリーは沈黙していた――ショックで言葉も出ないという表情だった。ノエルはふたりに目を向け、予想外の言葉をかけた。

「ノートン、きみは殺人犯ではないが、どうやら重婚だったようだな」

ニコルはそれを聞いて声をあげて笑い、ノートンはかぶりを振った。

「あの状況でそれを責めるのは酷だろう。ぼくたちは晴れて自由の身になった二週間後に改めて結婚したんだ」

「結局」とノエル。「〈だれがコマドリを殺したのか？〉の答えは、自分で殺したということか」

「気の毒なコマドリさん」ミリセント・リードがつぶやいた。

「気の毒というなら、ミソサザイさんのほうだろう」ノエルがいった。

「ベンジャミン卿のいうとおり、愛のために犯した罪だったが、愛情だけではなく、そこには激しい憎悪が混じっていた」ニコルはしみじみと述懐した。「しかも憎悪が愛情を凌駕していた。ダイアナが復讐を諦めて愛を選んでいたなら、いまも生きていただろう。だが、どうしても諦められなかった。憎しみからはなにも生まれないのに。昔から人を呪わば穴ふたつというだろう。まあ、いまさらそんなことをいっても始まらないが。しかしダイアナは敵ながらあっぱれと感心するね。ある意味で、信念の人にはちがいない」

「有名な名探偵になれたのもダイアナのおかげだしな。泣く者もあれば、笑う者もあるのが人生だ。ところで、ふたりの墓はどうしたんだ？」ノエルが尋ねた。

「ヴェンティミリアに一緒に葬られているわ」ミリセント・リードが答えた。

「デュマの小説にこんな一節があったな」とニコル。「正確な文章は覚えていないがね。大犯罪者は運命の定めるまま、あらゆる試練を軽々と乗り越え、あらゆる危険を回避しているかに見える。だがそんな姿が神の目にあまるのか、最後にはそれまでの信じがたい幸運の及ばぬ、外海の荒波が押しよせる堡礁《ほしょう》に抛《ほう》りだされるものだと。ダイアナの場合は、自分自身こそが堡礁だった。激しすぎる憎悪の念に呑みこまれてしまったんだ。それにしても興味深いのは、事件全体のなかでは些細なこととはいえ、ベンジャミン卿のもとに走ったのはかなり衝動的なものだったということだ。そもそも炎のようにすべてを焼き尽くす憎悪さえなければ、ダイアナはこんな事件を起こさなかったのかもしれないな。だが、結局、ふたりはその炎に焼かれることとなった。原因はいろいろあれど、ダイアナの尽きることのない憎しみこそが蕾《つぼみ》に巣くう虫であり、すべてを破壊する元凶だったんだ」

「それをいうなら、蕾に巣くう虫はほかならぬきみじゃないか。きみが事件を解決しなければ、ふたりはまんまと逃げおおせていただろう」ノエルが指摘した。

「いや、きみのおかげだよ。きみが命をかけて逃亡を阻止したんだ」

しばらく沈黙が流れ、ノエルが口を開いた。

「一生かけても女性というものを理解できそうにないな――そんなことは絶対に不可能だ！」

ノエルが大真面目な顔で宣言すると、ニコルがからかった。

「そんな必要、どこにある？　たったひとりがきみのことを理解してくれれば……」

「なあ、みんなに話してもいいかな、ミリー」ノエルの問いに、ミリセント・リードはほがらかに笑った。

「みんな、とっくにわかっているんじゃないかしら」

「なんだって？　おれたちが結婚するってことをか？　守銭奴が金塊を隠すのに負けないくらい、まわりに悟られまいと気をつけていたつもりなんだが！」

「あら、あれで隠していたつもりなの？」ネリーは笑いながら冷やかすと、飛びあがってミリセント・リードの頰にキスをした。

「初めて会ったときから、長いつきあいになりそうな予感がしたの。でも、義理の姉妹になるとは想像できなかったわ」

フィルポッツ再評価

戸川安宣

戦前から一九六〇年代にかけて、わが国ではイーデン・フィルポッツというと、専業の推理作家ではない書き手の中では最上位に位置する作家として君臨してきた。一九二二年の『赤毛のレドメイン家』は海外ミステリ・ベストテンの常連だったし、一九二五年の『闇からの声』もそれに次ぐ人気があった。一例を挙げれば、一九三七年に〈新青年〉誌が選んだベストテンで第三位、一九五一年の〈鬼〉誌では堂々の第一位、一九六〇年の〈ヒッチコックマガジン〉ベストテンの第七位、とこれはすべて『赤毛のレドメイン家』だが、〈ヒッチコックマガジン〉では『闇からの声』も十位に入っている。そして一九八五年に〈週刊文春〉が行ったベスト選びでは『赤毛』が十八位、『闇』が七十四位……という具合である。なにより本文庫『赤毛のレドメイン家』のフロントページに掲げられた江戸川乱歩の文章から、フィルポッツが日本でいかに持て囃《はや》されてきたかを窺い知ることができるだろう。

フィルポッツのサイン

欧米では、「フィルポッツのミステリは、書かれた時代の読者を愉しませはしたが、現代では無視に近い扱い」と *Contemporary Authors* (1962) で書かれているし、ジェラルド・H・ストラウスなどは、「フィルポッツがミステリの分野で名を遺しているとすれば、それはデヴォンシャー州トーキーで、近所に住んでいた若き日のアガサ・ミラーを文筆の道に進むよう後押ししたことくらいであろう」とまで言っている（*Dictionary of Literary Biography : British Short-Fiction Writers, 1880-1914*）。フィルポッツが作家になる前のアガサ・クリスティに文章の手ほどきをした、とされるエピソードはあまりにも有名だが、それにしても彼我《ひが》の差は、斯《か》くの如《ごと》しである。

日本で、戦前からこれほどの人気を得ていた割に、紹介される作品数が少なかったのは、あまりに膨大な著作の中で、どれがミステリ作品であるのか、見当がつけにくかったことが原因だろう。本国では、田園小説作家のイメージが強かったこともあってか、フィルポッツのミステリについて、言及されることはきわめて少なかった。にもかかわらずわが国に早くから『赤毛』『闇』の二作品が紹介されたのは、一にS・S・ヴァン・ダインの功績に依るところ大である。本名のウィラード・ハンティントン・ライト名義で発表した *The Great Detective Stories : A Chronological Anthology* (1927) の序文の中で彼は、「イーデン・フィルポッツは英国で最良の推理小説を何作か著した」と言って、『灰色の部屋』、『赤毛のレドメイン家』、『闇からの声』、『密室の守銭奴』、そしてヘクスト名義の *Number 87*、『テンプラー家の惨劇』、『だれがコマドリを殺したのか?』、『怪物』の計八作品を挙げているのだ（この序文は本文庫『ウインター殺人事件』の巻末に全文が掲載されている）。これがわが国へのフィルポッツ紹介の指針となったのは明らかである。

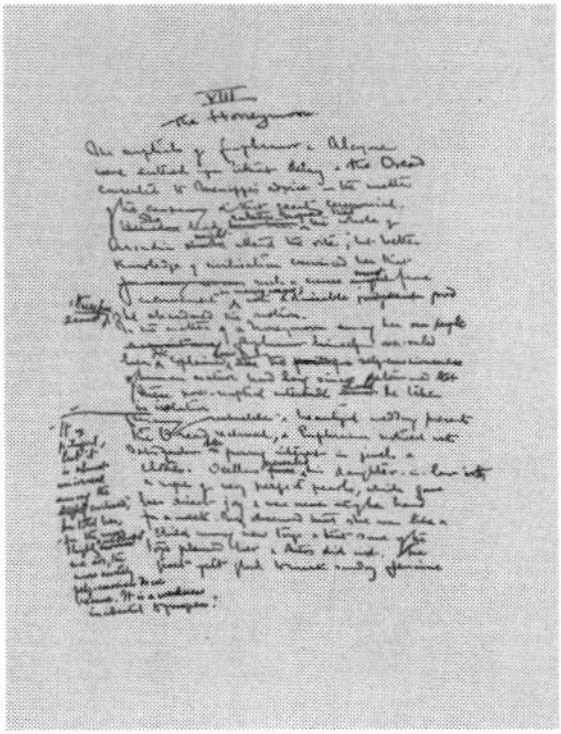

フィルポッツの自筆原稿

イーデン・フィルポッツの生涯　イーデン・フィルポッツは一八六二年十一月四日に生まれた。日本の暦でいうと江戸の最末期、文久二年、第二回のロンドン万国博覧会が開かれた年である。日本からも使節団が訪英し、ジャポニズムの開花を告げる年となったのだが、あいにくフィルポッツはイギリス生まれではない。陸軍大尉の父ヘンリーが駐在官だった

壮年期のイーデン・フィルポッツ

関係で、インド北西部に位置するラジプターナ地方のマウントアブーで生まれた。母の旧姓はアデレイド・ウォーターズ。父は赴任先で亡くなり、未亡人となった母がイーデンと二人の弟を連れてイギリスに戻った。イーデンはプリマスの私立学校マナミード・スクールに入る。そういう家庭の事情もあったのだろう、一八八〇年、十七歳の時、彼は大学には進まず、サン火災保険会社のトラファルガー広場にあるオフィスに勤め始めた。そのかたわら演劇学校に通うが、演技には向いていないと見切りをつけ、余暇を見つけては執筆に精を出し、原稿料を稼ぐようになる。筆で立つ自信を得たフィルポッツは九〇年に退職。その後ロンドンで週刊の〈ブラック・アンド・ホワイト〉誌の編集を手伝っていたが、間もなく筆一本の生活に入った。彼は内気で引っ込み思案な性格だったらしく、大都会よりも郊外の生活を好み、ロンドンを離れてデヴォン州に移り住んだ。初めトーキーに、次いでエクセター近くのブロードクライストに居を構え、ここに終生住み続けた。一八九二年、エミリー・トーパムと結婚。一九二八年、妻に先立たれ、翌二九年十月十七日ルーシー・ロビーナ・ウェブと再婚した。先妻との間にメアリ・アデレードと息子が一人いる。メアリとは一九二六年、*Yellow Sands* という三幕ものの喜劇を、一九三二年にはやはり三幕ものの *The Good Old Days* を共作し、どちらもダックワース社より上梓している。

一八八八年、*My Adventure in the Flying Scotsman : A Romance of London and North-Western Railways Shares* を刊行、これはエラリー・クイーンが路標的名作短編集を選んだガイド本 *Queen's Quorum* (1951, 1969) の一冊に選定している。以来亡くなる前年の一九五九年にハッチンソンから上梓した *There Was an Old Man* まで七十年に及ぶ作家歴の間に、長編小説、短編集、エッセイ、自伝、詩、戯曲、そしてミステリと、二百五十冊以上の刊行物を出した。

フィルポッツの文筆活動はまず、〈アイドラー〉誌の常連寄稿家となることから始まり、初期には戯曲の執筆が主だった。一八九五年には『ボートの三人男』で当てたジェローム・K・ジェロームと三幕ものの喜劇 *The Prude's Progress* を共作しているが、これは「放心家組合」の著者でもあるロバート・バーの抜擢でジェロームが〈アイドラー〉の編集者となっていて、執筆者の一人だったフィルポッツと知り合ったものと思われる。

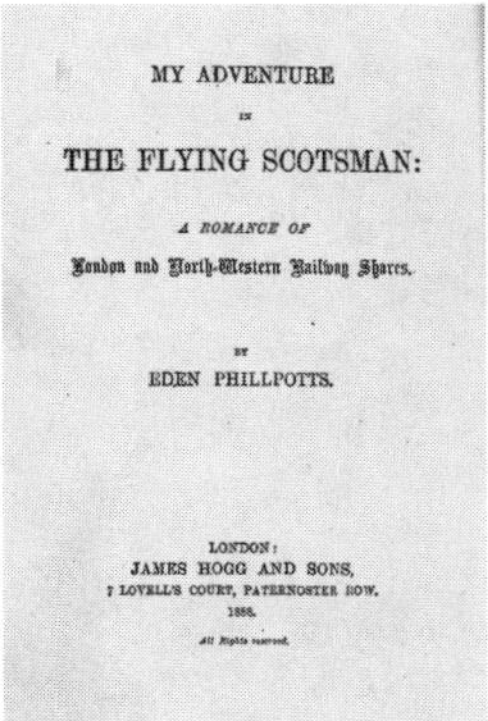
MY ADVENTURE
IN
THE FLYING SCOTSMAN:
A ROMANCE OF
London and North-Western Railway Shares.
BY
EDEN PHILLPOTTS.
LONDON:
JAMES HOGG AND SONS,
7 LOVELL'S COURT, PATERNOSTER ROW.
1888.
All Rights reserved.

フィルポッツの最初の書籍の扉

彼の演劇分野での最大のヒットは、ロンドンで千三百二十九回の上演記録を作った三幕ものの喜劇「農夫の妻」の戯曲（一九一六年刊）であろう。この芝居はアルフレッド・ヒッチコックがイギリス時代の一九二八年に映画化し、一九四一年にはノーマン・リーとレスリー・アーリス監督によって再映画化されている。なおフィルポッツはこの作品に限らず、自作を一度も劇場で観劇したことはない、と語っているそうだ。

「農夫の妻」のヴィデオ版

　小説家としてのフィルポッツの、もっとも有名な作品は「ダートムア小説《サイクル》」と呼ばれる一群の長編、および短編集である。アメリカではほとんど無名に近いが、本国では未だに記憶されているのは、「エミリー・ブロンテのヨークシャー・ムア、ディケンズのロンドン、トマス・ハーディのドーセットと並んで、ダートムアといったらフィルポッツだからだ」と、*Dictionary of Literary Biography : Late-Victorian and Edwardian British Novelists* でフィルポッツの項を担当しているジェームズ・Y・ダヤーナンダは記している。フィルポッツ自身、「ここは子供の頃の遊び場で、成人してからの仕事場だ」と言うダートムアを舞台にした作品は、十八の長編と二冊の短編集があるが、代表作と言われるのはその内、一九〇二年

の *The River* と一九〇五年の *The Secret Woman* だというのが衆目の一致した評価である。

フィルポッツ自身は一九一〇年の *The Thief of Virtue* をベストに挙げている。

フィルポッツ作品には最初期からミステリの要素が濃厚だったようで、一九一二年の *The Three Knaves* は紛れもない本格ミステリだ、とジェラルド・H・ストラウスは指摘している（前掲書）。そして『灰色の部屋』を皮切りに、一九二〇年代からは本名とハリントン・ヘクスト名義の双方で推理小説を精力的に発表するようになる。

一九六〇年十二月二十九日、終《つい》の棲家となったブロードクライストで亡くなった。享年九十八であった。

悪の造形　フィルポッツのミステリは、なによりも悪の造形に卓越していて、鮮烈だ。そして田園小説作家としての長いキャリアに裏打ちされた人物や風景描写に彩られ、いかにも英国の小説という重厚な作風である。その顕著な例として、倒叙形式をとった一九三五年の『医者よ自分を癒せ』がある。これは、リウマチの研究で画期的な功績を残して男爵に叙せられた医学博士マックオストリッチが、死の直前、主治医に死後公表するよう委嘱した、という体裁の、倒叙ものとしてもきわめて特異な設定の作品である。

ドーセットシャーの州境に近い、海沿いの街ブリッドマスで開業医として一歩を歩み出したマックオストリッチは、地元の不動産業者で社会福祉家としても活動しているアーサー・

Lycanthrope のジャケット

マナリングと親交を結ぶうちに娘のシシリイに好意を寄せるようになる。そんな矢先、彼女の兄、アーサーがマッターズ沼地で射殺される。確たる動機が見当たらず、スコットランドヤードの刑事が捜査に当たるも犯人を特定することができない。未解決のまま月日が流れ、その間、マックオストリッチはシシリイのハートを射止め、二人は結婚にこぎ着けるが、悲劇はさらに続いていく……。正悪の価値観が逆転した視点からの描写が、異様な読後感を生む傑作である。

この作品でも見られるような、恋愛と英国独特の階級意識は、フィルポッツのミステリを彩る顕著な特色である。これは一九二三年、ハリントン・ヘクスト名義で発表された『テンプラー家の惨劇』や、フィルポッツには珍しい密室を扱った一九二六年の『密室の守銭奴』など、ほとんどのフィルポッツ作品に共通している。

また、一九三七年の『狼男卿《ウルフ》の秘密』は、古文書に収められた一編の詩から、自分が狼男となる運命にあると信じるようになるある貴族の物語だが、タイトルにもあるように、Lycanthrope（狼男）譚の陰にある奸計《かんけい》が隠されているという見事な推理長編である。

『だれがコマドリを殺したのか？』　本書は一九二四年、イギリスのソーントン・バターワース社からハリントン・ヘクスト名義で刊行された *Who Killed Diana ?*（同年、アメリカのマクミラン社から *Who Killed Cock Robin ?* のタイトルで刊行された。本書はこちらのタイトルによっている）の全訳である。創元推理文庫創刊当時に、小山内徹氏の訳で『誰が駒鳥を殺したか？』の訳題で刊行されたものの新訳版だ。
　アメリカ版のタイトルはマザーグースの歌詞に準拠している。本文中で、私立探偵のニコルが「マザーグースのある一節が頭にこびりついてしまったんだよ。夜に見張りしているときなど、実際に聞こえたような気がしたくらいだ」と言っているように、「だれが殺したコック・ロビン」というあの歌である。ミステリではヴァン・ダインやエリザベス・フェラーズなどによって再三使われているが、本書は歌詞に沿って事件が進行する、という所謂《いわゆる》童謡殺人ものではない。

WHO KILLED COCK ROBIN?

BY
HARRINGTON HEXT
AUTHOR OF "THE THING AT THEIR HEELS," ETC.

New York
THE MACMILLAN COMPANY
1924
All rights reserved

本書のアメリカ版の扉

　おじの遺産を放棄する危険を冒してまで愛を貫き、本職に精進することによって自らの地位を確立していこうとするノートン・ペラムの生き方は、本来ならば賞賛されて良いものだが、彼の前途には壮絶な運命が待ち受けている。

「人間はそもそも孤独な存在であるべきだと考える者にとっては、恋に落ちることはすばらしいどころか、とらわれの身になるのと変わらないのかもしれない。そしてひとときだけ炎のように燃えあがる恋もあれば、生涯続く恋もあるが、その後なにがあろうともその記憶は消えるものではない。だが長さには関係なく、恋という得がたい経験は当人の性格にも影響を及ぼすだろう。幸福感なり、その後の苦悩なりのために」とあるが、前にも記した恋愛と階級意識が、ミステリの仕掛けと絶妙に絡み合って、本書に異様なまでの緊迫感を与えている。

だが、フィルポッツのミステリの優れた点は人物造形や風景描写といった文学的な面ばかりではない。ミステリ的なたくらみがどの作品にも潜んでいて、それを支えるキャラクター設定やそれぞれの思想が濃密に語られている。そこに唸らされるのだ。

本書はその典型とも言える作品である。忍耐強く慎重、だが自意識は高くうぬぼれもかなりのもの――と記されているノートンのキャラクター設定が、鮮烈な印象を残す傑作である。

フィルポッツというと、『赤毛のレドメイン家』と『闇からの声』のほかにも、ヴァン・ダインが推挽する作品の中で未紹介の *Number 87* を含め、まだまだ宝の山が埋もれているに違いない。フィルポッツの再評価が本書の新訳刊行によって緒に就いた、という気がする。

本文中で言及した以外に、以下のものを参照した。

Percival Hinton *Eden Phillpotts : A Bibliography of First Editions* 1931 Greville Worthington

Kenneth F. Day *Eden Phillpotts on Dartmoor* 1981 David & Charles Limited (Forest Publishing, republished edition)

Gerald H. Strauss 'Eden Phillpotts' (*Dictionary of Literary Biography : Volume 70 British Mystery Writers, 1860-1919* 1988 Gale Research Company)

検印
廃止

訳者紹介　成蹊大学文学部卒。英米文学翻訳家。バークリー『パニック・パーティ』，スタンリー『ベーカリーは罪深い』，ウェイド『議会に死体』，キング『グルメ探偵，特別料理を盗む』，フリーマン『証拠は眠る』，ソボル『２分間ミステリ』，ミルン『四日間の不思議』など訳書多数。

だれがコマドリを殺したのか？

2015年3月13日　初版
2015年12月4日　5版

著者　イーデン・フィルポッツ

訳者　武《む》藤《とう》崇《たか》恵《え》

発行所　（株）東京創元社
代表者　長谷川晋一

162-0814/東京都新宿区新小川町1-5
電話　03・3268・8231-営業部
03・3268・8204-編集部
URL http://www.tsogen.co.jp
振替　00160-9-1565
工友会印刷・本間製本

ISBN978-4-488-11105-2　C0197

永遠の名探偵、第一の事件簿

THE ADVENTURES OF SHERLOCK HOLMES ◆ Sir Arthur Conan Doyle

シャーロック・ホームズの冒険

新訳決定版

アーサー・コナン・ドイル
深町眞理子 訳 創元推理文庫

◆

ミステリ史上最大にして最高の名探偵シャーロック・ホームズの推理と活躍を、忠実なるワトスンが綴るシリーズ第１短編集。ホームズの緻密な計画がひとりの女性に破られる「ボヘミアの醜聞」、赤毛の男を求める奇妙な団体の意図が鮮やかに解明される「赤毛組合」、閉ざされた部屋での怪死事件に秘められたおそるべき真相「まだらの紐」など、いずれも忘れ難き12の名品を収録する。

収録作品＝ボヘミアの醜聞，赤毛組合，花婿の正体，
ボスコム谷の惨劇，五つのオレンジの種，
くちびるのねじれた男，青い柘榴《ざくろ》石《いし》，まだらの紐，
技師の親指，独身の貴族，緑柱石の宝冠，
橅《ぶな》の木屋敷の怪

英国ミステリの真髄

BUFFET FOR UNWELCOME GUESTS◆Christianna Brand

招かれざる客たちのビュッフェ

クリスチアナ・ブランド

深町眞理子 他訳　創元推理文庫

◆

ブランドご自慢のビュッフェへようこそ。
芳醇なコックリル印《ブランド》のカクテルは、
本場のコンテストで一席となった「婚姻飛翔」など、
めまいと紛う酔い心地が魅力です。
アントレには、独特の調理《レシピ》による歯ごたえ充分の品々。
ことに「ジェミニー・クリケット事件」は逸品との評判
を得ております。食後のコーヒーをご所望とあれば……
いずれも稀代の料理長《シェフ》が存分に腕をふるった名品揃い。
心ゆくまでご賞味くださいませ。

収録作品＝事件のあとに，血兄弟，婚姻飛翔，カップの中の毒，
ジェミニー・クリケット事件，スケープゴート，
もう山査子摘みもおしまい，スコットランドの姪，ジャケット，
メリーゴーラウンド，目撃，バルコニーからの眺め，
この家に祝福あれ，ごくふつうの男，囁き，神の御業